سفر ہے شرط

(افسانے)

مرتبہ:

ادارۂ ادبیاتِ اردو

© Idara-e-Adabiyat-e-Urdu

Safar hai Shart *(Afsane)*
Edited by: Idara-e-Adabiyat-e-Urdu
Edition: October '2023
Publisher:
Taemeer Publications LLC (Michigan, USA / Hyderabad, India)

ISBN 978-93-5872-393-9
9 789358 723939

مرتب کی پیشگی اجازت کے بغیر اس کتاب کا کوئی بھی حصہ کسی بھی شکل میں بشمول ویب سائٹ پر اَپ لوڈنگ کے لیے استعمال نہ کیا جائے۔ نیز اس کتاب پر کسی بھی قسم کے تنازع کو نمٹانے کا اختیار صرف حیدرآباد (تلنگانہ) کی عدلیہ کو ہو گا۔

© ادارۂ ادبیاتِ اردو

کتاب	:	**سفر ہے شرط**
مرتب	:	**ادارۂ ادبیاتِ اردو**
صنف	:	فکشن
ناشر	:	تعمیر پبلی کیشنز (حیدرآباد، انڈیا)
سالِ اشاعت	:	۲۰۲۳ء
صفحات	:	۶۸
سرورق ڈیزائن	:	تعمیر ویب ڈیزائن

فہرست

(۱)	اس کا پیار	اسلم جمشید پوری	7
(۲)	غار	مظہر الزماں خان	14
(۳)	شہید	احمد ریاض	16
(۴)	سفر ہے شرط	قمر جمالی	18
(۵)	تلاش	جبیں	25
(۶)	نظر نہ آنے والے لوگ	جیلانی بانو	31
(۷)	پھر صبح ہوگی	لکشمی دیوی راج	37
(۸)	جھگڑنا	ممتاز مہدی	40
(۹)	آنسو محبت کی آنکھ سے ٹپکا ہوا	خیر النساء علیم	42
(۱۰)	داتون والی بڑھیا	امتیاز غدر	45
(۱۱)	سماج سدھار کی	مشتاق احمد وانی	52
(۱۲)	لاڈلی	عبدالرزاق	56
(۱۳)	اوتار	نور الحسنین	59

تعارف

ادارۂ ادبیات اردو کا قیام سابق ریاست حیدرآباد دکن میں ۱۹۲۰ء میں ہوا تھا۔ یہ ادارہ شہر حیدرآباد کے علاوہ ریاست دکن کے دیگر اضلاع میں اردو زبان و ادب کے فروغ کا کام کرتا تھا اور ریاست دکن کے اضلاع میں بھی اس کی شاخیں قائم تھیں۔ یہ ایک طرح کی ادبی تحریک تھی جس کے روح رواں اور بانی مشہور محقق ڈاکٹر محی الدین قادری زور تھے۔

اردو زبان و ادب کی توسیع اور حفاظت، اردو کو مختلف علوم و فنون سے روشناس کرانا، سرزمین دکن میں اردو زبان و ادب کا صحیح ذوق پیدا کرنا، تاریخ دکن کی خدمت اور ملک کے تاریخی اور ادبی آثار کی حفاظت اور تصنیف و تالیف میں رہبری اور مدد جیسے عوامل اس ادارہ کے مقاصد میں شامل تھے، جو برسہا برس سے بحسن خوبی انجام پا رہے ہیں۔ ادارۂ ادبیات اردو آج کے دور میں بھی اپنی مطبوعات اور رسائل کے لیے شہرت رکھتا ہے۔ رسالہ "سب رس" اسی ادارے کی دین ہے۔ رسالہ "سب رس" کے ۲۰۲۲ء اور ۲۰۲۳ء کے چند شماروں سے اخذ کردہ افسانوں کا ایک انتخاب اِس کتاب کے ذریعے پیش خدمت ہے۔

اس کا پیار

افسانہ ______________پروفیسر اسلم جمشید پوری

یہ میرا لکھنؤ آنے کا تقریباً چوتھا یا پانچواں موقع تھا۔ میرٹھ سے چلنے والی نوچندی ایکسپریس علی الصبح پانچ بجے لکھنؤ پہنچ جاتی ہے۔ ویسے تو اس گاڑی کو لیٹ لطیف ہونے میں مہارت حاصل ہے۔ کبھی بھی نہ تو الہ آباد نہ میرٹھ وقت پر پہنچتی ہے۔ ہمیشہ دو تین گھنٹے لیٹ ہونا اس کی عادت میں شامل ہے۔ لیکن میرٹھ سے چل کر صبح جب یہ لکھنؤ پہنچتی ہے تو اکثر وقت پر پہنچتی ہے اور کئی بار وقت سے بھی پہلے پہنچ کر مسافروں کو چونکا دیتی ہے۔ آج بھی نوچندی ایکسپریس سوا پانچ بجے پلیٹ فارم نمبر 1 پر پہنچ گئی تھی۔ یہاں تقریباً آدھا گھنٹے رکتی ہے مسافر اطمینان سے اتر جاتے ہیں۔ کمپارٹمنٹ میں ہل چل اور گہما گہمی ہوئی تو میری آنکھ بھی کھل گئی۔ اوپری برتھ سے میں نیچے آیا جوتے تلاش کئے جلدی جلدی موزے اور جوتے پہنے۔ اکلوتا چھوٹا بیگ اٹھایا، پانی کی بوتل بیگ میں رکھی اور باہر جانے والے راستے کی طرف چل پڑا۔ اب بھی کچھ مسافر سو رہے تھے اور کچھ اونگھ رہے تھے۔ نیند کا خمار پورے ڈبے پر طاری تھا۔ میں جب پلیٹ فارم پر اترا تو پلیٹ فارم پر روشنی کچھ کم سی دکھائی دی۔ ایسا لگ رہا تھا گویا پلیٹ فارم بھی گہری نیند کے نشے میں تھا۔

فروری کا مہینہ تھا، ٹھنڈا بھی باقی تھی۔ میں نے ہلکا سوئیٹر اور انر پہن رکھا تھا۔ اسٹیشن کے باہر ٹھنڈ کے جھونکوں نے جب سلام کیا تو میں نے بیگ سے شال نکال کر اوڑھتے ہوئے ان کا جواب دیا۔ دراصل میں جب بھی لکھنؤ آتا ہوں تو زیادہ تر اپنے دوست حسین خان کے یہاں پھول باغ کالونی میں رکتا ہوں۔ مجھے اکثر اکیڈمی کی میٹنگ کی وجہ سے آنا پڑتا ہے۔ حسین بھائی میرے بہت اچھے دوست ہیں وہ میرے لکھنؤ میں کہیں اور قیام کرنے پر ناراض ہوتے ہیں۔ لیکن علی الصبح کسی کے یہاں جانا مجھے بہت معیوب لگتا ہے۔ طوعاً و کرہاً میں رکشہ میں سوار ہوا۔ رکشہ اسٹیشن سے نکل کر خراماں خراماں اس شاہراہ پر آ گیا تھا، جسے لکھنو کی ریڑھ کہہ سکتے ہیں۔ حسین گنج چوراہے سے بہت دور تک، ہوٹل، دکانیں، بڑے بڑے مال نما کامپلیکس، سیدھے ہاتھ کی طرف اسمبلی کی عظیم الشان عمارت، انتہائی ضروری سرکاری دفاتر، رہائشی فلیٹس کا سلسلہ حضرت گنج چوراہے اور آگے تک چلا گیا ہے۔ بائیں ہاتھ میں حج ہاؤس کی عمارت بھی ہے، جہاں سے قیصر گنج اور لال باغ تک بہ آسانی پہنچا جا سکتا ہے۔

رکشے والا پھول باغ آ گیا تھا۔ میں چھ بجے کے آس پاس حسین بھائی کے دولت کدے پر پہنچ گیا تھا۔ حسین بھائی اور ان کی فیملی دیر تک اٹھنے کی عادی ہیں، نا چاہتے ہوئے بھی میں نے کال بیل کا بٹن دبایا۔ کال بیل نے تقریباً چیختے ہوئے اپنا کام پورا کر دیا۔ لیکن حسین بھائی کے گھر سے کسی قسم کی کوئی آہٹ سنائی نہیں دی۔ لگتا ہے حسین بھائی دیر رات گھوڑے بیچ کر سوئے ہوں گے۔ دوبارہ کال بیل بجانے کی ہمت نہیں ہوئی۔ میں بیگ لئے ہوئے واپس ہولیا اور گلی کے نکڑ پر چائے خانہ میں چائے کا آرڈر دیا۔ گرم گرم چائے نے سردی کے احساس اور حسین بھائی کے بیدار نہ ہونے کی خجالت سے راحت دلائی۔

آج اردو اکادمی کی انعامات کمیٹی کی میٹنگ تھی جس میں سب سے بڑے انعام پانچ لاکھ روپے اور دس ایک ایک لاکھ روپے کے انعامات کا فیصلہ ہونا تھا۔ بہت ہی خاص میٹنگ ہونے والی تھی۔ ہر سال اس میٹنگ کا بہت شدت سے انتظار کیا جاتا ہے۔ میں پچھلے کئی برس

سے اردو اکادمی کی مجلس انتظامیہ کا رکن ہوں۔ میری حتی المقدور کوشش ہوتی ہے کہ انعامات کے فیصلے میں کوئی گڑبڑی نہ ہو۔ اور حق دار کو اس کا حق مل جائے۔ ہاں یہ ضرور ہے کہ کئی بار سیکریڑی اور چیرمین کی سفارشات کا بھی لحاظ رکھنا پڑتا ہے اور کسی ایک آدھ ایوارڈ پر من مار کے سمجھوتا کرنا پڑتا ہے۔ اکادمی کی میٹنگ میں ضیافت بھی اچھی خاصی ہوتی ہے۔ پورے دن گہما گہمی اور ہلکا ہلکا سا شور سا سنائی دیتا رہتا ہے۔ مجھے دوسری چائے کی حاجت طلب ہوئی اور میں نے چائے خانے کے مالک سے دوسری چائے طلب کی۔ ویسے بھی چائے میری کمزوری ہے، میں بہت چائے پیتا ہوں۔ مجھے چائے کا یہ شوق جمشید پور سے لگا۔ جہاں بہت چائے پی جاتی ہے۔ چائے کے پیسے ادا کر کے میں نے گھڑی دیکھی۔ سات بجے کا عمل تھا۔ میں دوبارہ حسین بھائی کے گھر کی طرف چل پڑا شرمندگی کے احساس کے ساتھ دوبارہ کال بیل پر انگلی رکھی اور ایک ساتھ دوبار بیل دبادی۔ اندر سے دروازے کی چرمرانے کی آواز نے بیل اور میری دونوں کی عزت رکھ لی۔ تھوڑی دیر میں دروازہ کھلا اور آنکھ ملتے ہوئے حسین بھائی دروازے پر برآمد ہوئے۔ آنکھوں میں نیند کا خمار تھا، لیکن چہرے پر پھیکی پھیکی سی مسکراہٹ بھی۔

''آیئے۔۔۔۔آیئے۔۔۔ارے۔۔۔۔ارے سلیم بھائی''

وہ دروازے سے واپس پلٹے اور مجھے اپنے ڈرائینگ روم میں لے آئے۔

''ابھی تو سات بجے ہیں میٹنگ تو 12 بجے ہے۔ ایک آدھ گھنٹہ سو لیتے ہیں پھر چلیں گے''

وہ انگڑائی لیتے ڈولتے ڈالتے واپس گھر کے اندر سما گئے۔ میں ڈرائینگ روم میں بیٹھا انہیں دیکھتا رہ گیا۔ میں نے جوتے اتارے، لباس تبدیل کیا اور کونے میں پڑے دیوان پر دراز ہوگیا۔

☆

لکھنؤ دراصل اردو زبان وادب کے ساتھ ساتھ تہذیب کا بھی گہوارہ ہے۔ یہاں آپ کو قدم قدم پر مہذب لوگوں سے واسطہ پڑے گا۔ چکن کپڑوں کی بہت ساری دکانیں لکھنؤ کی رونق میں اضافہ کرتی ہیں۔ نواب واجد علی شاہ کے ہورڈنگس بھی چوراہوں پر نظر آتے ہیں۔ ذہن سیدھا 1857ء، بیگم حضرت محل کی جہد وجہد آزادی اور نواب واجد علی شاہ کے کارناموں کی طرف گھوم جاتا ہے۔ پورے لکھنؤ میں عمارتوں کا طویل سلسلہ ہے جس کی طرز تعمیر بھی الگ نوابی رنگ لئے ہوئے نظر آتی ہے۔ خود لکھنؤ کا چار باغ اسٹیشن اس کی مثال ہے۔ بارہ دری، بھول بھلیاں، چھوٹا امام باڑا، شاہ نجف، ریزیڈنسی، گھنٹہ گھر، چڑیا گھر، جامع مسجد، پکچر گیلری، فرنگی محل، ندوۃ العلماء، لکھنؤ یونیورسٹی اور بے شمار عمارتیں لکھنؤ کی شان ہیں۔ گنج، باغ، ٹنگری کباب، ٹنڈے کباب اور گومتی کے لیے مشہور لکھنؤ اپنی مثال آپ ہے۔ خود نیر مسعود نے اپنے افسانوں خصوصاً طویل افسانے ''طاؤس چمن کی مینا'' میں نواب واجد علی شاہ، لکھنؤ اور 1857ء کے حالات کا جو منظر لفظوں میں ڈھالا ہے وہ لاجواب ہے۔ یہی نہیں لکھنؤ کی تہذیب ومعاشرت پر پنڈت رتن ناتھ سرشار کا ''گزشت لکھنؤ'' اور مرزا ہادی رسوا کا ناول ''امراؤ جان ادا'' اس کے بہترین عکاس ہیں۔ سیش محل، ڈالی گنج، ٹھاکر گنج، بالا گنج، نخاس، چوک، کشمیری محلہ، لال باغ، پھول باغ، نظیر آباد جیسے پرانے لکھنو کی زندگی اور تہذیب کو ادھر نئے لوگوں میں انیس اشفاق نے اپنے فکشن میں از سرنو زندہ کرنے کی کامیاب کوشش کی ہے۔

اچانک ڈرائینگ روم کا دروازہ کھلا اور حسین بھائی کا حکم صادر ہوا جلدی سے نہا دھو کر آجائیں، میں ناشتے کی ٹیبل پر آپ کا انتظار کر رہا ہوں۔ میں نے خیالات کی پوٹلی کو الٹا سیدھا سمیٹا اور باندھا۔ کپڑے لے کر باتھ روم چلا گیا۔

ناشتے وغیرہ سے فارغ ہوکر ہم لوگ حسین بھائی کے آفس قیصر باغ آئے اور پھر اردو اکادمی گومتی نگر پہنچ گئے۔ میٹنگ وغیرہ کے بعد طے ہوا کہ شام میں لکھنؤ کی مشہور ومعروف بزرگ فکشن رائٹر کے یہاں چلیں گے۔ میں نے بچپن سے ہی محترمہ کے متعدد ناول پڑھ رکھے تھے ان سے ملنے کا مجھے کافی اشتیاق تھا۔ شام میں جب میں اور حسین بھائی ان کے گھر پہنچے تو انہوں نے ہمارا بڑا پرتپاک خیر مقدم کیا۔ عالم گیر شہرت یافتہ ادیبہ آج میرے سامنے تھیں۔ لمبا قد، بھری بھری شکل وصورت اور جسم والی یہی کوئی ساٹھ پینسٹھ سالہ خاتون کو دیکھ کر میں دنگ رہ گیا۔ لمبے قد والی عورت کا ادب میں بھی قد خاصا بُلند تھا۔ ڈرائینگ روم میں ایک الگ قسم کی نفاست ہر سامان سے چمک رہی تھی۔ میں نے محسوس کیا کہ وہ مجھ سے کچھ زیادہ ہی بے تکلف ہو رہی تھیں۔ ویسے میں نے ان کے بارے میں سن رکھا تھا کہ وہ بہت زندہ دل اور دلچسپ گفتگو کرنے والی خاتون ہیں۔ چائے پانی کے بعد حسین بھائی اور میں دیر تک ان سے محوِ گفتگو رہے۔ ادب کے بہت سارے موضوعات پر باتیں ہوتی رہیں۔ لکھنؤ کا ماضی بھی گفتگو میں آیا۔ اچانک وہ مجھ سے مخاطب ہوتے ہوئے بولیں:

''اگر آپ نے امین آباد اور حضرت گنج نہیں دیکھا، تو لکھنؤ نہیں دیکھا۔ امین آباد بازاروں سے آباد ایک بڑا علاقہ ہے۔ آپ یہاں کی رونق اور چکا چوند سے متاثر ہوئے بغیر نہیں رہ سکتے۔ ٹنڈے کبابوں کی خوشبو، پراٹھوں کی مہک، مغلئی کھانوں کی لذت ہے تو سوتی اور چکن کے کپڑوں کے بازاروں کا جال بھی۔ یہاں ایک طرف پارک ہے۔ جس کے نیچے پارکنگ اور سامنے کتابوں کا بڑا سا بازار، جہاں ہر قسم کی کتابیں، ہول سیل اور رعایتی قیمتوں پر فروخت ہوتی ہیں۔ پہلے یہاں اردو کا بھی اچھا خاصا بازار تھا۔ اردو کی کئی دکانیں اور پبلشر ہوتے تھے، اب دانش محل، اپنی دانش مندی سے کسی طرح کام چلا رہا ہے۔ امین آباد کو آپ لکھنؤ کا چاندنی چوک بھی کہہ سکتے ہیں۔ یہاں سے کئی راستے قیصر گنج تک آتے ہیں۔'' وہ تھوڑی دیر کے لئے خاموش ہوئیں۔ انہیں کیا پتہ کہ میں لکھنو سے واقف ہوں۔

''اور حضرت گنج کا کیا کہنا ایک اعلیٰ درجہ کا کشادہ بازار ہے۔ اسے آپ کناٹ پلیس سے تشبیہ دے سکتے ہیں۔ یہاں پرانی عمارتوں کو نئے انداز میں سجایا گیا ہے۔ زیادہ تر دوکانوں کے نیون سائن بورڈ کالے پر سفید رنگ سے لکھے ہوئے ہیں۔ یہاں کی شامیں بہت گلزار ہوتی ہیں۔ ایک زمانہ تھا جب یہاں کا کافی ہاؤس ادبا وشعرا کی آماجگاہ ہوا کرتا تھا۔ اب نئی نسل کے نوجوان کافی کی چسکیوں کے ساتھ خوب موج مستی کرتے ہیں۔''

وہ حضرت گنج کے قصیدے پڑھ کر خاموش ہوگئیں۔ لیکن ان کا حرف حرف حقیقت کو عیاں کر رہا تھا۔ مجھے ان کی باتوں سے یہ بھی علم ہوا کہ اُن کے خانوادے میں نوابین اور زبان وادب کے بڑے اساتذہ ہوئے ہیں۔ میں تو ان سے پہلے ہی سے بہت متاثر تھا اب ان کی شخصیت کا تاثر مزید گہرا ہوگیا تھا۔ ان سے رابطے کا نمبر حاصل کرنے کے بعد ہم لوگ رخصت ہوئے۔ وہ دروازے تک ہمیں الوداع کہنے آئیں۔ ان کی الوداعی نگاہوں میں مجھے ایک طلسم سا محسوس ہوا۔ شخصیت، خاندان، زبان، انداز اور فکشن کے ساتھ ساتھ ان کے والہانہ برتاؤ نے مجھے ان کا گرویدہ بنا دیا تھا۔

☆

کافی دنوں سے میں لکھنؤ نہیں گیا تھا لیکن بزرگ ادیبہ سے ایسا دیرینہ تعلق قایم ہوگیا تھا کہ اکثر ان کے فون آتے یا میں خود انکو فون کرلیتا۔ اور ہم کافی دیر تک باتیں کرتے۔ ان کے ناولوں کی باتیں، افسانوں پر تبصرے، ان کے کرداروں کا ذکر اور کچھ ادھر اُدھر کی ہنسنے

ہنسانے کی باتیں۔

میں بھی ایک افسانہ نگار ہوں اور میرے دوست حسین خان بھی اچھے افسانہ نگار ہیں۔ میری عمر چالیس سے کچھ کم ہوگی جبکہ حسین بھائی پچپن کے آس پاس کے تھے۔ دوستی اور محبت میں عمر کا کوئی معاملہ نہیں ہوتا۔ مجھے بخوبی علم ہے کہ محترمہ کے کئی بچے ہیں اور ان بچوں کے بھی بچے ہیں لیکن ان سب کے باوجود مجھے اپنے دل کے نہاں خانے میں محترمہ کا احترام، شخصیت کا روپ اور انداز گفتگو کے ساتھ ساتھ ایک خاص لگاؤ محسوس ہونے لگا تھا، جس طرح نیا لکھنو، گومتی نگر، اندرانگر، وکاس نگر، رام منوہر لوہیا پارک، وبھوتی کھنڈ، ایئر پورٹ علاقہ اور پالی ٹیکنک علاقہ دل میں اپنی جگہ بنالیتا ہے۔

آئندہ کئی بار لکھنؤ جانے کا اتفاق ہوا لیکن محترمہ سے ملاقات کی کوئی سبیل نہیں نکل پائی۔ پھر میں نے اپنی تازہ ترین کتاب جو فکشن تنقید پر تھی جس میں محترمہ کے افسانوی مجموعے پر تبصرہ شامل تھا، انہیں بھجوائی تو وہ میری کتاب پڑھ کر خوش بھی ہوئیں اور جذباتی بھی۔ انہوں نے مجھے ایک دن فون پر کتاب کے تعلق سے بہت کچھ بتایا۔ میرے طرز تحریر کی بہت تعریف کی۔ ان کے لہجے اور انداز سے پیار کی ایک دھیمی دھیمی آنچ پھوٹتی تھی۔ ان کی باتوں میں سرور تھا اور میں مسرور ہوئے بغیر نہیں رہ پایا۔ میں نے ان سے ایک انٹرویو کرنے کا منصوبہ تیار کیا۔ انہوں نے مجھے یہ بھی بتایا کہ پاکستان کا ایک معروف رسالہ ان پر گوشہ شائع کر رہا ہے۔ میں اس میں ضرور لکھوں۔ میری عدیم الفرصتی نے ایسے بہت سے موقعے مجھ سے چھین لئے ہیں۔ میں چاہتے ہوئے بھی اس گوشے میں شریک نہیں ہو پایا۔

☆

کچھ دن بعد مجھے پھر لکھنؤ جانے کا موقع ملا۔ حسین بھائی تو مصروف تھے۔ میں کسی اور طالب علم کو لے کر ان کے گھر پہنچ گیا۔ لکھنؤ میں میرے کئی طالب علم زیر تعلیم ہیں۔ محترمہ بڑے جوش اور جذبے سے ملیں۔ ناشتے کا خاص انتظام تھا۔ انہوں نے ناشتے کے دوران ہی اپنی بیٹی اور نواسی سے ملوایا۔ کچھ دیر بعد میں نے ان سے انٹرویو شروع کر دیا۔ وہ چہک چہک کر میرے سوالوں کا جواب دیتی رہیں۔ اپنے ناولوں کے بارے میں، ان کے کرداروں، قصوں، انسانوں کی آپ بیتیاں سب کچھ تفصیل سے بتاتی رہیں۔ لکھنؤ اور اپنے رشتہ داروں کے بارے میں تفصیل سے گفتگو کرتی رہیں۔ میں نے لکھنؤ کی ادبی حیثیت کے بارے میں پوچھا تو پر جوش انداز میں بولیں۔

''لکھنؤ اردو زبان وادب کا بڑا مرکز رہا ہے۔ آتش، ناسخ کے ہی عہد میں سودا، مصحفی اور میر ہجرت کر کے آئے اور عمر کا آخری حصہ لکھنؤ میں گذارا۔ میر انیس اور مرزا دبیر نے مرثیے کو استحکام بخشا۔ میر حسن اور دیا شنکر نسیم نے مثنوی کو عروج عطا کیا۔ شرر، سرشار، مرزا ہادی رسوا، نسیم حجازی، اسلم جیراجپوری، عزیز احمد، حیات اللہ انصاری نے ناول کو رفتار دی۔ امانت لکھنوی اور نواب واجد علی شاہ نے ڈرامے کو بطور صنف مستحکم کیا۔ صفی لکھنوی، محشر لکھنوی کے بعد یاس یگانہ، آرزو لکھنوی، جوش ملیح آبادی، مجاز، جاں نثار اختر نے شاعری میں اپنا جلوہ دکھایا۔ سجاد ظہیر کی قیادت میں ترقی پسند تحریک کی بنیاد بھی پڑی اور عروج بھی ملا۔ یہی نہیں لکھنؤ کو تو ادب میں ایک اسکول کی حیثیت حاصل ہے'' وہ چپ ہوئیں تو میں نے سوال کیا۔ منشی سجاد حسین اور نول کشور کے بارے میں کیا خیال ہے۔

پہلے تو تھوڑا اجنل ہوئیں، پھر بولیں ''ارے سلیم میاں! میری یادداشت متاثر ہونے لگی ہے۔ عمر کا تقاضا ہے۔ منشی سجاد حسین اپنے اخبار اور نول کشور اپنے پریس کے لئے ہمیشہ یاد کئے جائیں گے۔''

''اچھا یہ بتائیں آپ کو نیا لکھنؤ کیسا لگتا ہے؟'' میرے اس سوال پر ان کی آنکھوں میں الگ ہی رنگ تھا۔

''نئے زمانے میں لکھنؤ نے بہت ترقی کی ہے۔شاندار ائیر پورٹ، نئی نئی ٹرینیں، برق رفتار میٹرو، سڑکوں اور پلوں کا جال، عالیشان کثیر منزلہ عمارتیں، فلیٹس کا اگتا جنگل، نئے نئے بازار، مالس، ملٹی اسکرین فلم ہالس، خوبصورت پارک اور چوراہے، پرانی عمارتوں کے نئے رنگ روپ، لوفلور بسیں، شاندار کالجز اور ادارے، غرض لکھنؤ کا نقشہ ہی بدل چکا ہے۔لیکن بدلتے زمانے نے لکھنؤ سے بہت کچھ چھین بھی لیا ہے۔تہذیب کے نام پر صرف حرف ہی نہیں آیا بلکہ سب کچھ تہس نہس ہوگیا ہے۔ادب اور تہذیب تو مدارس، امام بارگاہوں، مجالس و محافل تک سمٹ کر رہ گئی ہیں۔ورنہ یہی لکھنؤ تھا، جہاں پہلے آپ، پہلے آپ میں سواری چھوٹ جایا کرتی تھی۔''

فکرو تردد کی لکیریں ان کے چہرے کو مزید غمزدہ بنا رہی تھیں۔تھوڑی دیر کی خاموشی کے بعد میں نے آخری سوال کیا۔لکھنؤ کے سیاسی رنگ کے بارے میں ایک ادیبہ کا کیا خیال ہے؟

''سیاست کا تو عجب ہی حال ہے تین رنگوں والا پرچم پہلے سبز و سرخ تو پھر نیلا اور اب زعفرانی ہوکر جم سا گیا ہے۔کہیں پتھر کے عظیم الجثہ ہاتھیوں کی قطاریں، تو کہیں محل نما عمارتیں، خوبصورت پتھروں سے سجے وسیع و عریض پارک، زندہ سیاسی رہنماؤں کی قیمتی مورتیاں، شہروں کے بدلتے نام، نفرت کا روز بڑھتا کاروبار، مخصوص فرقے، مذہب اور ان کی عبادت گاہوں کو نشانہ بنانے کا سلسلہ۔'' وہ بولتے بولتے روہانسی ہوگئیں۔

میرے ساتھ آئے طالب علم نے میرے ان کے ساتھ متعدد فوٹو فلم بند کئے۔انٹرویو کے بعد جب ہم چلنے لگے تو وہ زیادہ جذباتی ہوگئیں۔ان کی آنکھوں میں نمی تھی۔خدا جانے یہ بچھڑنے کے آنسو تھے یا طویل ملاقات اور قربت کی خوشی کے۔ہم لوگ ان سے رخصت ہو کر ان کی پر امید اور نم نگاہوں کے سائے تلے دور تک چلے آئے۔نگاہوں سے اوجھل ہوتے ہی وہ ذہن و دل پر سوار ہوگئیں۔میں اس دن بہت بے چین رہا میری عجیب سی کیفیت ہوگئی تھی۔میری اور ان کی عمر میں تقریباً 20-25 سال کا فرق تھا لیکن ان کے والہانہ پن اور خوش دلی سے میں بہت متاثر تھا۔اس کے باوجود ان کی چاہت کے رخ کا مجھے پتہ نہیں تھا۔لیکن ایک عجیب سی کسک اور کمی کا احساس میرے اندر اترتا جا رہا تھا۔گویا سورج شام میں سمندر کے اندر اپنی روشنی سمیت سما تا جا رہا ہو۔اور سمندر کا پانی سنہرا ہوگیا ہو۔میرے اندر بھی ان کی محبت کا سورج، اپنی حدت اور روشنی سمیت اترتا جا رہا تھا۔میں اپنے اندر ان کی بے پناہ محبت محسوس کرنے لگا تھا۔ان کا صحت مند و توانا اور خوبصورت جسم مجھے چاروں طرف سے گھیرے ہوئے تھا۔یوں محسوس ہو رہا تھا گویا میں روئی کے گالوں کے درمیان آسمان کی سیر کر رہا ہوں۔میں نجانے کس طرح ان کی چاہت کے سمندر میں ڈوبتا جا رہا تھا۔وہ اکثر لکھنؤ کے پرانے قصے بیان کرتیں اور اپنے آباواجداد کے تذکرے بھی سناتیں۔وداع ہوتے وقت ان کے آنکھوں کی نمی بوند بوند بارش کی شکل میں اترتی جا رہی تھی۔میرے بدن کی گیلی مٹی میں کٹان اور دھنسان شروع ہوگیا تھا۔ان کی آنکھیں کچھ کہنے کی کوشش کرتیں اور میں مضطرب ہو جاتا۔

☆

نوچندی لکھنؤ سے میرٹھ کے لئے گیارہ بجے رات میں ملتی ہے۔میں احتیاطاً دس بجے ہی اسٹیشن آ گیا تھا۔پورا اسٹیشن مسافروں سے بھرا پڑا تھا۔کوئی ادھر جا رہا تھا تو کوئی ادھر۔ریل گاڑیاں آ جا رہی تھیں۔پلیٹ فارم گاڑیوں کے آنے جانے سے کبھی کبھار کانپ اُٹھتا

تھا۔مسافروں کے شوروغل سے ایک الگ سماں پیدا ہو رہا تھا۔ضروری اعلانات بھی بہت کم سنائی دے رہے تھے۔کسی طرح میں ٹرین کی آمد کا صحیح وقت کا پتہ لگانے میں کامیاب ہوا۔

''نوچندی ایکسپریس پلیٹ فارم نمبر چار پر سوا گیارہ بجے آئے گی۔''

گیارہ بجا چاہتے تھے۔ٹرین کا ایک گھنٹہ انتظار میرے لئے بہت سخت تھا۔پلیٹ فارم پر بہت زیادہ بھیڑ تھی۔بیٹھنے کی کوئی کرسی خالی نہیں تھی نا ہی کوئی ایسی مناسب جگہ جہاں ٹکا جا سکے۔کچھ دیر بعد میں نے دیکھا اترنے اور چڑھنے والی سیڑھیوں کے دونوں جانب کچھ لوگ بیٹھے ہیں۔میں نے بھی ایک سیڑھی پر ریلنگ کے قریب قبضہ جما لیا۔آنکھوں میں نیند طاری تھی۔تھکاوٹ کا احساس بھی شدید تھا۔لیکن محترمہ کی یادیں، باتیں، انداز، تصویریں ذہن کے اندر اور باہر رقص کر رہی تھیں۔ان کی بولتی ہوئی خاموش نظریں مجھے بے حد مضطرب کر رہی تھیں۔میں اس سے پہلے بھی کئی بار محترمہ سے رخصت ہو چکا ہوں لیکن آج کی ان کی الوداعی نظریں کچھ اور ہی فسانہ کہہ رہی تھیں۔میرا دل اُداسی کے سمندر میں غوطہ زن تھا۔ان کا چہرہ اپنی تمام جولانیوں کے ساتھ میرے دل سمندر میں لطف و انبساط کی لہریں اُٹھا رہا تھا۔

نوچندی ایکسپریس آ گئی تھی۔مسافر اتر چڑھ رہے تھے۔میں نے بھی اپنی سیٹ پر بستر کھولا اور دراز ہو گیا۔محترمہ کا خیال میرے اور نیند کے درمیان لیٹ گیا تھا۔میرا دل لکھنؤ میں کہیں چھوٹ گیا تھا اور بے جان سا جسم کب ٹرین کے جھکولوں کے ساتھ محترمہ کی تصویر کے ساتھ نیند کی آغوش میں سما گیا مجھے پتہ نہیں چلا۔

☆

محترمہ پر جو پاکستانی رسالے کا گوشہ آیا اس میں اتفاق سے میری ایک کہانی ''اس کی کہانی'' بھی شامل تھی۔محترمہ کا فون آیا پہلے تو گوشے میں میری عدم شمولیت کی شکایت کرتی رہیں لیکن پھر میری کہانی کے شامل ہونے پر خوشی کا اظہار بھی کیا اور کہانی کی بے حد تعریف کی۔یہ اتفاق ہی تھا کہ میں پہلی بار کسی رسالے میں ان کے ساتھ شائع ہوا تھا۔میں ان کی باتوں سے مزید متاثر ہوا۔

ہمارا حال بالکل ٹرین کی پٹریوں جیسا تھا۔انہوں نے کھل کر کبھی اپنی محبت کا اظہار نہیں کیا اور میں ایک چھوٹا افسانہ نگار ان کی شان میں ایسی گستاخی کیسے کر سکتا تھا۔وہ لکھنوی تہذیب کی پروردہ، پہلے آپ پہلے آپ کی نمایندہ، اگر کوئی پہل ہوتی تو ان کی طرف سے ہوتی۔میں میرٹھ کا ایک رف ٹف ادیب لکھنوی شان و شوکت اور تہذیب سے ناواقف، ایسی جرأت کیسے کر سکتا تھا۔مجھے خدشہ تھا کہ اگر میں نے کبھی ایسا قدم اٹھایا بھی تو میں انہیں کھو نہ بیٹھوں۔اپنے اندر کے ڈر اور خوف نے مجھ پر ایک غلاف چڑھا دیا تھا۔جو ان کی لطیف اور دلچسپ گفتگو سے کبھی کبھار چیخ پڑتا تھا۔لیکن اس کفن نما غلاف کو میں کبھی اتار نہیں پایا۔

☆

گذشتہ دو ایک ماہ، میں بہت مصروف رہا۔اس بیچ محترمہ کا کوئی فون بھی نہیں آیا اور میں بھی ان سے کوئی رابطہ نہیں کر سکا۔یوں بھی ان کے پاس موبائل نہیں تھا بلکہ وہ اپنے گھر کے لینڈ لائن کا استعمال کرتی تھیں۔ایک آدھ بار میں نے ان کا نمبر ملانے کی کوشش بھی کی تو فون خراب ہونے کا اشارہ ملتا رہا۔ادھر کئی ماہ بعد مجھے لکھنؤ جانے کا موقع ملا۔میں نے انہیں فون پر خبر دینے کی کوشش کی لیکن فون خراب ہی تھا۔لکھنؤ میں اپنی مصروفیات سے فارغ ہو کر میں شام میں ایک طالب علم کے ہمراہ بائک پر سوار ان کے گھر پہنچا تو پتہ چلا کہ انہوں نے اپنا گھر

تبدیل کرلیا ہے۔ وہ پہلے بھی کئی بار گھر تبدیل کرنے کے بارے میں کہہ چکی تھیں۔ نئے گھر کا پتہ تلاش کرنے میں مجھے کافی جدوجہد کا سامنا کرنا پڑا اور جب کافی پریشانیوں کے بعد ان کے نئے فلیٹ پر پہنچا اور بیل بجائی تو ان کی بیٹی برآمد ہوئی۔ مجھے دیکھ کر انہوں نے جو جملہ ادا کیا اس نے میرے وجود میں گرم پگھلتے شیشے کے اترنے جیسا کام کیا۔

''امی کو نیا گھر راس نہیں آیا اور وہ اپنے حقیقی گھر چلی گئیں۔''

''امی نے آپ کو فون ملایا تھا لیکن آپ سے بات نہیں ہو پائی۔ امی آپ کے لئے یہ لفافہ چھوڑ گئی ہیں۔''

میں نے لفافہ اپنی جیب میں رکھا اور تعزیت کے بعد قبرستان کا رخ کیا۔ ان کی قبر کے پاس جا کر میں نے اپنے آنسوؤں کا نذرانہ پیش کیا اور جیب میں رکھے لفافے کو کھولا۔ لفافے سے دو تصویریں برآمد ہوئیں پہلی تصویر میں، میں ان کے ساتھ ڈرائنگ روم میں موجود تھا جس پر لکھا تھا ''میں اور نوجوان افسانہ نگار سلیم'' جبکہ دوسری تصویر میں محترمہ کسی نوجوان کے ساتھ تھیں جس کی شباہت مجھ سے بہت ملتی جلتی تھی لیکن عمر 5-4 برس کم ہوگی۔ تصویر کے نیچے لکھا تھا۔

''میں اور میرا مرحوم بیٹا سلیم درانی۔''

میری نظر میں محترمہ کے ساتھ ساتھ لکھنو کی شاندار عمارتیں، امام باڑے، بلند و بالا گنبد و مینار، قبرستان میں موجود شاندار تکیے اور آستانے آ گئے۔ جن کی قدر تو دور، احترام اور محبت سے دیکھنے والے بھی اب نہیں رہے۔

OOO

غار

افسانہ ________________ محمد مظہر الزماں خاں

جب وہ اپنے اپنے خواب سے بیدار ہوئے تو ان کی ناکوں پر کسی نے رومال باندھ دیئے تھے یا پھر انہوں نے خود ہی اپنی اپنی ناکوں پر رومال باندھ لیا تھا کہ انھیں پوری طرح سے یاد ہی نہیں تھا اور وہ اس مخمصے میں پھنسے ہوئے تھے کہ آیا یہ رومال ان کی ناکوں پر کیسے اور کس نے باندھ دیا کیوں کہ جب وہ خواب سے بیدار ہوئے تو دیکھا کہ ان کی ناکوں پر رومال باندھے ہوئے ہیں اور کمال کی بات یہ تھی کہ گھر کے ہر فرد کی ناک پر الگ الگ رنگ کے رومال باندھے ہوئے تھے یعنی کسی کی ناک پر زعفرانی، نیلا، پیلا وغیرہ وغیرہ۔ لیکن کسی کی بھی ناک پر سفید رومال یا پھر سبز رنگ کا رومال باندھا ہوا نہیں تھا۔ ان دو رنگوں کو چھوڑ کر باقی سب رنگ کے رومال ہر فرد کی ناک پر باندھے ہوئے تھے چنانچہ وہ سب کے سب حیران تھے اور عجب سے ایک دوسرے کی طرف دیکھ رہے تھے چنانچہ جب وہ اپنے اپنے گھر سے باہر نکلے تو باہر بھی سبھوں کا وہی حال تھا کہ ہر ایک کی ناک پر کسی نہ کسی رنگ کا رومال موجود تھا اور پھر رومال بھی کچھ اس طرح باندھا گیا تھا کہ کوئی گانٹھ ہی نہیں تھی۔ بس ہر فرد کی ناک پر وہ بڑی مضبوطی سے چپکا دیا گیا تھا اور سبھوں نے اپنی اپنی ناکوں پر چپکائے ہوئے رومالوں کو نکالنے کی کوششیں کی تھیں یا ناکوں پر سے ہٹانے کی کوششیں کی تھیں تو نکلے نہیں تھے پھر ناک کی نتھنوں کے پاس سے جب تھوڑا سا ہٹایا تھا تو ایسی سڑاند کی بو آئی تھی کہ انہوں نے زیادہ اپنی اپنی ناک کے نتھنوں کو اچھی طرح ڈھانک لیا تھا۔ بہر حال ہر طرف لوگ اپنی اپنی ناکوں پر رومال بندھے گھوم رہے تھے کہ سارے راستوں، سڑکوں بلکہ پورے شہر اور پورے ملک کا یہی حال تھا کہ سبھوں کی ناکوں پر الگ الگ رنگ کے رومال بندھے ہوئے تھے اور وہ حیرت سے ایک دوسرے کی طرف چپ چاپ دیکھ رہے تھے کہ کسی میں ایک دوسرے سے آنکھ ملانے یا پھر زبان ہلانے کی جرأت نہ تھی لگتا تھا کہ سب کو سانپ نے سونگھ لیا ہے۔ تاہم ایک فرد نے ہمت کی اور اپنے قریب اپنے راستے پر چلنے والے ایک زرد رنگ کے رومال والے سے کہا۔

''تمہاری ناک پر کسی نے یہ رومال باندھا ہے؟''

''جس نے تمہاری ناک پر باندھا ہے۔ زرد رنگ کے رومال والے نے کہا''

''مجھے نہیں معلوم کے میری ناک پر یہ سیاہ رنگ کا رومال کس نے اور کب باندھا ہے۔ میں خواب میں تھا کہ شاید ہنوز خواب ہی میں ہوں اور خواب ہی میں یہ رومال شاید میں نے ہی باندھ لیا ہے لیکن ایسا لگتا ہے یہ ناممکن ہے کیوں کہ میرے گھر کے سارے افراد کی ناکوں پر بھی الگ الگ رنگ کے رومال باندھے ہوئے تھے اور سبھوں کا کہنا تھا کہ وہ سب خوابوں ہی میں موجود تھے اور اُٹھے تو ان کی ناکوں پر رومال باندھے ہوئے تھے چنانچہ جب میں نے اپنی ناک کے رومال کو کسی قدر ناک کے نتھنوں سے سرکا کر دیکھا تو میرے اندر سے ایسی گندی بو باہر نکل آئی کہ مجھے ابکائی سی آ گئی اور پھر میں نے دوبارہ نتھنوں کو ڈھانک لیا۔ لگتا ہے ہمارے اندر کوئی کتا برسوں مر کر سڑھ چکا ہے اور یہ سڑاند شاید اسی کی ہے جو پورے ملک میں پھیل رہی ہے...... تمہارا کیا خیال ہے؟

''وہی خیال میرا بھی ہے تمہارا ہے کہ ہمارے پیٹوں کے کتے مر کر سڑھ گئے ہیں اور ان کی بدبو ہر طرف پھیل رہی ہے اور کسی نے نیند میں آ کر ہماری ناکوں پر رومال باندھ دیا ہے آخر وہ کون ہمدرد ہوگا جس نے ہماری ناکوں پر آ کر رومال باندھ گیا ہوگا جب کہ ہمارے اس بدذات

عہد میں ایسا کوئی نظر نہیں آتا لیکن یہ ذلیل اور خارش زدہ کتے ہمارے پیٹوں کے اندر کیسے پہنچ گئے۔لگتا ہے کہ ہم نے ہی اپنے ہاتھوں سے انھیں اپنے اندر اُتار لیا ہے؟

لیکن مجھے ایسا کچھ نہیں لگتا۔ زرد رومال والے نے کہا۔ کیوں کہ ہمارے اپنے خیال میں ہمارے پیٹ تو بے حد صاف ستھرے ہیں۔ یہ غلیظ کتے ہی دراصل جگہ جگہ مر کر سڑھ گئے ہیں بہر حال کچھ سمجھ میں نہیں آتا کہ ہر طرف تعفن ہی تعفن پھیلا ہوا ہے ایسا لگتا ہے کہ یہ ہمارے حاکم کے پیٹ کے اندر ہی سے یہ بدبو کا نکل کر پورے ملک میں یا پھر پورے شہر میں پھیل رہی ہے ہاں! سیاہ رومال والے نے کہا۔
لیکن گھروں میں جگہ جگہ بیت الخلاء ہی بیت الخلاء پھیلے ہوئے بھی تو ہیں اور پورے ملک یا شہر میں بلکہ کسی بھی مقام پر کوئی عطر کی دکان موجود ہے اور نہ ہی کسی پرفیوم کی دکان موجود ہے لگتا ہے کہ سارے عطر فروش اور پرفیوم والے حاکم شہر کے ڈر سے اپنی اپنی دکانیں اٹھا کر کسی اور زمین پر منتقل ہو گئے ہیں۔

سیاہ رنگ کے رومال والے نے اس کے کان کے قریب اپنا منہ لے جا کر کہا...... ''سنا ہے کہ ملک میں جتنے بھی پرندے موجود تھے وہ سب کے سب اس خراب اور بدبوار حاکم کی وجہ سے ملک چھوڑ کر کہیں اور چلے گئے ہیں''۔

اور پھر شاید ہمارے معدے بھی کچھ خراب ہو گئے ہیں کہ ہمارے پیٹوں کے اندر اکثر بادل گرجتے رہتے ہیں اور بڑی عجیب قسم کی آوازیں اور اسے سنائی دیتی ہیں جیسے سینکڑوں جانور لڑ رہے ہیں اور زبانیں اتنی مکار۔ خوشامد خور اور جھوٹی ہو گئی ہیں کہ موقع محل دیکھ کر چلنے لگتی ہیں اور ایسی چلنے لگتی ہیں کہ مدمقابل کے پاؤں چاٹنا ہی باقی رہ جاتا ہے بلکہ اکثر چاٹ بھی رہے ہیں۔

خیر چھوڑ۔ اور اب خواب سنو کہ میں تمہیں اپنا خواب سنانا چاہتا کہ میں نے خواب میں دیکھا کہ میں جوں ہی حمام میں داخل ہوا میرے سارے کپڑے آپ ہی آپ اُتر گئے تھے اور میرے سارے جسم پر زنگ آلود سکوں کی طرح عجیب عجیب شکل کے داغ دھبے ہی دھبے پھیلے ہوئے تھے اور میں جانوروں کی شکل وصورت کے دھبوں کو ہاتھ پھیر پھیر کر دیکھ رہا تھا اور پورا حمام آئینوں سے بھرا ہوا تھا اور مسلسل گھوم رہا تھا اور میرے جسم کا کوئی ایسا حصہ خالی نہیں تھا جس پر داغ دھبہ نہ موجود ہو کہ سارا جسم بدشکل جانوروں سے بھرا ہوا تھا اور میں مادرزاد ننگا گھوم رہا تھا۔ بہر حال جب میں حمام سے باہر نکلنا چاہا تو اچانک سارا شہر یا پھر سارا ملک حمام میں داخل ہو گیا تھا اور سب کے سب بے لباس تھے اور سبھوں کے جسموں پر بدشکلوں جانور جیسے دھبے ہی دھبے پھیلے ہوئے تھے اور سب کے سب اپنے اپنے داغ دھبوں کو سرخ اور لمبے لمبے نوک دار ناخن سے کھجا رہے تھے چنانچہ سارا ملک حمام بن گیا تھا اور ہم سب آئینوں سے بھرے حمام میں کھڑے ایک دوسرے کو گھور رہے تھے اور ہماری لمبی لمبی زبانوں سے گندے گندے الفاظ نکل کر حمام کے آئینوں سے ٹکرا رہے تھے۔

ابھی وہ دنوں گفتگو کر رہے تھے کہ چاروں طرف سے ایک شور اٹھا کہ اس ملک کا حاکم یا صدر کچھ دیر کے بعد اس راستے، اس زمین، اس علاقے اور اس مقام سے گذرنے والا ہے۔ لہٰذا سارے عوام، تمام راستہ چھوڑ دیں اور کوئی بھی فرد۔ صدر یا حاکم کو آنکھ اٹھا کر دیکھنے کی جسارت نہ کرے ورنہ اس کی آنکھیں نکال لی جائیں گی۔ اور پھر اچانک زبردست گرد اڑی اور لاکھوں کتوں کا ایک لشکر اسی سمت سے آتا ہوا نظر آیا جس سمت میں صدر یا حاکم ملک آنے والا تھا اور تمام لاکھوں کتوں کی ناکوں پر بھی پٹیاں باندھی ہوئی تھیں کہ وہ سب سے سب شاید اس شہر ملک سے فرار ہو رہے تھے اور تمام عوام اپنی اپنی جگہ مجسمے بن گئے تھے اور ہر طرف گرد وغبار کے ساتھ تعفن ہی تعفن پھیل گیا تھا اور ان کی ہتھیلیاں اور چہرے سیاہ ہو گئے تھے اور اوپر بلندیوں سے وبائیں اور بلائیات بارش کی طرح ان پر گر رہی تھیں اور وہ ایک تاریک غار کی طرف بڑھ رہے تھے......!!

شہید

افسانہ ________________ احمد ریاض

گاؤں کے پوربی چھور پر پیپل کے گھنے سایہ دار پیڑ کے نیچے لوگوں کا مجمع بڑھتا ہی جا رہا تھا۔ کچھ لوگ پیڑ کے اردگرد بیٹھے ہوئے تھے۔ مگر زیادہ تر لوگ کھڑے، بے چینی سے دور پکّے روڈ کی جانب دیکھ رہے تھے، جہاں سے ایک کچّی سڑک گاؤں کی جانب مڑتی تھی۔ دراصل تین روز قبل گاؤں کا ایک جوان فوجی سرحد پر دشمن کی فوجوں سے لڑتے ہوئے شہید ہوگیا تھا۔ یہ خبر گاؤں والوں پر بجلی بن کر گری تھی اور پورا گاؤں سوگ میں ڈوب گیا تھا۔ آج اس شہید جوان کا تابوت آخری رسوم کی ادائی کے لیے گاؤں لایا جا رہا تھا۔ لوگ اس کے پہنچنے کا انتظار کر رہے تھے۔ پیڑ کی ایک ڈال پر ٹنگے لاؤڈ اسپیکر کے ہارن سے حب الوطنی کے گیت گونج رہے تھے۔ ایک جانب چھوٹا سا اسٹیج سجا ہوا تھا، جس کے ڈائس پر ایک مقامی لیڈر جذبات انگیز تقریر کر رہا تھا مگر کم ہی لوگ اس کی جانب متوجہ تھے۔

جس دن گاؤں کے فوجی جوان کے شہید ہونے کی خبر آئی تھی، اسی دن سے اس کے ماں باپ اور اس کی جوان بیوہ کا روتے روتے برا حال تھا۔ آنسوؤں کی جھڑی تھی جو تھمنے کا نام نہیں لے رہی تھی۔ شہید کے گھر کے چھوٹے سے آنگن میں گاؤں کی عورتیں اور مرد اکٹھے ہو گئے تھے۔ کچھ عورتیں شہید کی ماں اور اس کی بیوہ کو دلاسہ دینے کی کوشش کر رہی تھیں۔ بیوہ کی گود میں بیٹھا اس کا پانچ سالہ بچہ متوحش تھا۔ اس کی سمجھ میں نہیں آ رہا تھا کہ اس کی ماں کیوں رو رہی ہے اور اس کے گھر پر اتنی بھیڑ کیوں ہے۔

شہید فوجی گاؤں کے ایک غریب گھرانے کا نوجوان تھا۔ اس کے باپ کی تھوڑی سی زمین تھی، جس سے گھر کے لوگوں کا گزر بسر مشکل سے ہوتا تھا۔ اس کے باپ نے گاؤں کے خوشحال کسانوں کے یہاں محنت مزدوری کر کے اپنے بیٹے کو پڑھانے کی بہت کوشش کی تھی تا کہ وہ بھی زمینداروں کے لڑکوں کی طرح اعلیٰ افسر بنے۔ مگر اس کا یہ خاب ادھورا ہی رہ گیا تھا۔ میٹرک پاس کرنے کے بعد اس کی شدید خواہش تھی کہ شہر جا کر کالج میں داخلہ لے مگر گھر کی معاشی حالت ایسی نہیں تھی کہ وہ مزید تعلیم حاصل کر سکے کیوں کہ اس کے باپ کی صحت دن بدن گرتی جا رہی تھی۔ اور اب وہ بیچارہ اس قابل نہیں رہ گیا تھا کہ گھر کے اخراجات کا بوجھ اٹھا سکے۔ گھر کی یہ حالت دیکھ کر بیٹا نوکری کی تلاش میں ملک کے مختلف شہروں کے چکّر کاٹنے لگا۔ مگر محض میٹرک کے سرٹیفکٹ کی بنیاد پر نوکری کہاں ملنے والی تھی۔ یہاں تو ہزاروں لاکھوں گریجویٹ بیروزگار نوکری کی تلاش مارے مارے پھر رہے تھے۔

اس دوران میں اسے کسی نے بتایا کہ ضلعی ہیڈ کوارٹر میں بڑے پیمانے پر نوجوانوں کی فوج میں بھرتی کا سلسلہ چل رہا ہے۔ چنانچہ ایک روز شہر جا کر وہ بھی اس لائن میں کھڑا ہو گیا جس میں سینکڑوں نوجوان امیدوار کھڑے تھے۔ وہ قد کاٹھی کا اچھا تھا۔ یہاں اس کی قسمت نے یاوری کی اور وہ فوج میں سپاہی کے لیے چن لیا گیا۔

وہ چوں کہ غربت میں پلا بڑھا تھا اس لیے اس کے دل میں لوگوں کے لیے درد بھرا ہوا تھا۔ چھٹیوں میں جب وہ گھر آتا تو گاؤں کے امیر غریب سبھی لوگوں سے خوش دلی سے ملتا۔ وہ غریب اور بے سہارا لوگوں کی کچھ نہ کچھ مالی مدد بھی کیا کرتا تھا۔ گاؤں میں اس کا کسی سے کوئی لڑائی جھگڑا نہیں تھا۔ جیسا کہ عموماً ایک جگہ رہنے والے لوگوں کے درمیان ہوا کرتا ہے۔ وہ سب کا پیارا تھا۔ یہی وجہ تھی کہ اس کی شہادت

کی خبر پا کر گاؤں کے سبھی لوگ سوگوار تھے۔لوگوں کو وہ منظر بھی یاد تھا جب چند ماہ قبل وہ گاؤں آیا تھا تو اپنے بیٹے کو کاندھے پر بٹھا کر گاؤں کے چکّر لگا رہا تھا اور سب کی دعائیں لے رہا تھا۔

آج پتا نہیں کیوں موسم کا مزاج عجیب سا تھا۔گرمی شدید تھی، آسمان پر اکّا دکّا بادل کے ٹکڑے تیر رہے تھے۔ہلکی بونداباندی بھی ہوئی تھی۔جیسے آسمان نے بھی اس غمگین ماحول کو دکھ کر چند آنسو بہا لیے ہوں۔

ابھی سورج کچھ مغربی جانب ڈھلا ہی تھا کہ ایک فوجی گاڑی پکّے روڈ سے کچّی سڑک کی طرف مڑتی ہوئی دکھائی دی۔مجمع میں ہلکی سی ہلچل ہوئی۔پھر کچھ چہ میگوئیاں ہوئیں۔اس کے بعد خاموشی چھا گئی۔سب کی نگاہیں دور سے آتی ہوئی فوجی گاڑی پر ٹک گئیں۔چند منٹوں بعد فوجی گاڑی پیپل کے نیچے کھڑی بھیڑ کو چیرتی ہوئی ایک کنارے رُک گئی۔چار فوجی جوان، جو تابوت کے ساتھ آئے تھے گاڑی سے نیچے اُترے اور بھیڑ کو تھوڑا پیچھے ڈھکیلنے کی کوشش کرنے لگے تاکہ تابوت رکھا جا سکے۔لوگوں کو یہ دیکھ کر تعجب اور مایوسی ہوئی کہ شہید کے تابوت کے ساتھ کوئی بڑا ریاستی لیڈر یا سرکاری افسر نہیں تھا۔حالاں کہ پہلے خبر تھی کہ وزیر اعلیٰ آئیں گے مگر پتا نہیں کیوں وہ نہیں آ سکے۔

سب سے پہلے شہید کے ماں باپ کو کچھ لوگ سہارا دیتے ہوئے لائے۔وہ اپنے لاڈلے بیٹے کی لاش دیکھ کر دہاڑیں مار کر رونے لگے۔لوگوں نے بڑی مشکل سے انہیں الگ کیا۔اس کے بعد شہید کی بیوہ کو کچھ عورتیں تابوت کے پاس لائیں۔اس کے ساتھ اس کا معصوم بیٹا ماں کا ہاتھ تھامے تھا۔شہید کی بیوہ اپنے شوہر کے تابوت کے پاس آ کر ایسے کھڑی رہی جیسے وہ پتھر کی ہوگئی ہو۔اس کی آنکھیں روتے روتے خشک ہوگئی تھیں۔شہید کا بیٹا چند لمحے کفن میں لپٹے ہوئے اپنے باپ کی لاش دیکھتا رہا۔پھر بھولے پن سے بولا۔''میرے پاپا کو کس نے مار دیا؟''

پاس کھڑا ایک فوجی بولا۔''بیٹا! تیرے پاپا دیش کے دشمنوں سے لڑتے ہوئے مارے گئے۔''

''لیکن میرے ابّو تو کسی سے لڑتے نہیں تھے؟''

بچّے کے اس معصومانہ سوال کا جواب کس کے پاس تھا؟ البتہ پہلے سے سوگوار ماحول اور بھی غم انگیز ہوگیا۔فوجی نے بچّے کو پیار سے گود میں اُٹھا لیا۔لوگوں نے دیکھا، فوجی کی آنکھیں بھی فرطِ جذبات سے ڈبڈبائی ہوئی تھیں۔

OOO

سفر ہے شرط

افسانہ ________________ قمر جمالی

سفر ہے شرط مگر.....

اسی اگر مگر کے بیچ ساری کائنات کا رمز پوشیدہ ہے۔

اس کی زندگی بھی اسی 'اگر مگر' کی نذر ہو گئی تھی۔

زندگی ایک مسلسل سفر ہی تو ہے۔ منزل در منزل۔

انسان لاشعوری طور پر جانے ایسی کتنی منزلوں پر سفر کرتا ہے اور کسی پڑاؤ پر پہنچ کر اُسے اپنی منزل سمجھ بیٹھتا ہے۔

مگر.....

پیچھے مڑ کر دیکھتا تو احساس ہوتا ہے کہ سامنے ایک اور منزل متقاضی سفر ہے۔

اس نے بھی شادی کسی پڑاؤ ہی کو اپنی منزل سمجھ لیا تھا۔

''پوں..... پوں..... پوں.....''

پیچھے سے گاڑیوں کے متواتر ہارن کی آواز سے وہ چونک پڑی اور اسٹیرنگ وہیل سے سر اُٹھا کر دیکھا تو شرمندگی کا احساس ہوا۔ سگنل کب کا مل چکا تھا اور سفر شروع ہو گیا تھا۔ محض اس کی وجہ سے ٹریفک رُک گئی تھی۔ اس کا دھیان شونا کی طرف پلٹ گیا۔

''زندگی اس دوران کتنا جارحانہ روپ اختیار کر چلی ہوگی.....!''

اسے رہ رہ کر شونا یاد آنے لگی۔ زندگی کے نام پر صرف پھولتا پچکتا پیٹ اور کبھی کبھی اٹھتی گرتی پلکیں۔ اس میں اتنی بھی طاقت نہیں رہ گئی تھی کہ سر گھما کر دیکھ سکتی۔ کبھی کبھی وہ کھی آنکھوں سے یک ٹک دیکھتی تو لگتا کہ شاید اسے منزل کے نشان دکھائی دے رہے ہوں۔ اپنے بستر پر پڑی آنکھیں گھما کر اِدھر اُدھر دیکھنا، بس اتنا ہی اس کے حصے میں رہ گیا تھا۔ گُو مُوت میں لتھڑی کسی کے انتظار میں کہ کوئی اس کی صفائی کر دے تاکہ مکھیاں اس کے قریب نہ پھٹکیں۔ جب تک اس کے دَم میں دَم تھا مکھی کی کیا مجال تھی کہ اس کے قریب پھٹکتی.....!

''کم ظرف مکھیاں.....! کمزور کا استحصال کرتی ہیں!!''

وہ بے اختیار کہہ اٹھی..... مگر..... دوسرے ہی لمحہ اسے احساس ہوا کہ اگر شیر شکار اور مکھیاں غلاظت سے دوستی کر لیں تو جئیں کیسے!

دراصل یہی تو Ecology یعنی نظامِ فطرت ہے۔

سچ تو یہ ہے کہ اس دنیا میں ہر کوئی کسی اور کا استحصال کر کے ہی جیتا ہے۔

سرکل پر 'اسٹاپ' لگ چکا تھا۔ اس نے اسٹیرنگ پر دونوں ہاتھ رکھ کر سر ٹکا دیا۔ ابھی کچھ ہی دنوں کی بات ہے کتنی ہشاش بشاش تھی وہ.....!

سفید نائلوں کا جمپر پہنے، گلے میں موتیوں کی کالر لگائے، ڈرائیور سیٹ کے بازو بیٹھے کس شانِ بے نیازی سے باہر کی طرف دیکھ رہی تھی!

اس کے ہلکے بادامی بھورے بھورے شیمپو سے دھلے بال ہوا میں لہراتے تو بازو سے گزرنے والا ایک لمحے کے لیے اسے دیکھے بغیر نہیں رہ سکتا تھا۔

ان موقعوں پر رافعہ کو شانا پر بڑا پیار آتا۔

''کیا قسمت ہے.....!! وسیلہ چاہیے.....''

''کس کی قسمت.....؟ اور کیسا وسیلہ بابا؟''

رافعہ نے پانچ روپے کا سکہ فقیر بابا کے ہاتھ میں تھماتے ہوئے پوچھا۔

''اس کی.....''

فقیر بابا نے شونا کی طرف اشارہ کیا تو رفاعہ کا سینہ فخر سے پھول گیا

سگنل مل چکا تھا۔ اسٹیرنگ پر رافعہ کی گرفت مضبوط ہو گئی۔

مگر.....

وہ لفظ 'وسیلہ' اس کے کانوں میں کورس کی طرح بجنے لگا۔

وسیلہ.........ہاں وسیلہ ہی تو ہے جو منزلوں کی نشان دہی کرتا ہے۔

جب وہ چھوٹی تھی.....

بابا جب بھی جمعہ کی نماز سے واپس آتے وہ بابا سے ضرور پوچھتی

''بابا! آج کے خطبے میں کیا خاص تھا.....؟''

ایک دن.....

اس کے بابا نے بتایا کہ اس جمعہ کے خطبے میں خطیب صاحب نے ایک کہانی سنائی کہ ایک لمبی چوڑی گاڑی میں ایک کیم شحیم کتا اپنے مالک کے برابر والی سیٹ پر بیٹھے بڑی شانِ بے نیازی سے باہر کی طرف دیکھ رہا تھا جسے دیکھ کر ہر ور رشک کر رہے تھے۔ خطیب صاحب نے مصلیوں سے پوچھا کہ کیا کوئی بتا سکتا ہے اس کے ایسے نصیب کیسے ہوئے؟ سب سر جھکا کر چپ رہے۔ تب خطیب صاحب نے کہا

''یہ وسیلہ ہے.....''

تب.....

بابا نے اپنی بات جاری رکھتے ہوئے کہا تھا.....

''بیٹا.....! انسان کو بھی دین و دنیا میں سرخ رو ہونے کے لیے وسیلہ درکار ہے''

شاید اس کی زندگی میں اس وسیلے کی کمی تھی۔ ورنہ تو سب کچھ ٹھیک تھا۔ بظاہر تو قابلِ رشک تھا۔ گھر دار، شوہر، بچے..... خود اس کے جنے نہیں تو کیا ہوا..... تھے تو اس کے شوہر کے۔

''پھر..... میرے نصیب کو کیا ہوا.....؟ ہوں تو نصیبوں والی.....!!''

رافعہ کو خود پر ہنسی آ گئی.....

مگر..... یہ بے چینیاں..... یہ ادھورا پن..... یہ اندر ہی اندر ٹوٹنے پھوٹنے کا احساس۔ ضمیر کے کچوکے اور اندر اتھل پتھل ہوتی کچھ کہی اَن کہی

کہانیاں..... یہ سب کیا ہیں.....؟''

وہ تو اپنے امی بابا کی نورِ نظر تھی۔

اچھا خاصا ہنستا کھیلتا خاندان۔ بابا نے سرکاری ملازمت سے سبکدوشی کے بعد گریجویٹی کی رقم سے کار خرید کر رافعہ کو تحفتاً دی تھی۔ پہلے بھی کار ی تھی۔ وہ ہمیشہ اپنے بابا کے بازو والی سیٹ پر بیٹھی بابا کو کار چلاتا ہوا غور سے دیکھتی اور سوال پر سوال کیے جاتی۔ اسی لیے وہ بنا کسی استاد کے کار چلانا سیکھ گئی تھی۔ شاہراہوں پر آنے سے قبل اس نے گلی محلوں میں کار چلا کر خوب ہاتھ صاف کر لیا تھا۔ امی بابا اسے دیکھ کر پھولے نہ سماتے۔ اس پر فخر کرتے تھے۔ اس کے اچھے مستقبل کا خواب بھی دیکھتے اور رافعہ کو بھی احساس دلاتے کہ اس کا مستقبل شاندار ہوگا۔

مگر.....

اس منحوس شام امی بابا کسی کام سے باہر گئے تو لوٹ کر ان کی لاشیں ہی گھر آئیں۔

اُف..... کیا قیامت تھی.....!!

''میڈم..... میڈم.....!''

ٹریفک کانسٹبل زور زور سے کار کی کھڑکی پر ہاتھ مار رہا تھا۔

''سوری.....''

وہ خود سے شرمندہ ہوئی اور آگے بڑھ کر ٹریفک میں شامل ہوگئی۔

کچھ ہی دور چلی ہوگی کہ اسے احساس ہوا کہ ٹریفک تو بہت پیچھے چھوٹ چکی ہے۔

''شٹ ناسٹیلجیا.....''

اس نے رک کر سانس لی اور پیچھے مڑ کر دیکھا تو اسے احساس ہوا کہ وہ سرکل پر غلط رُخ پر آگے بڑھ گئی ہے اور اس کی کار شاہ راہ پر لگ گئی ہے۔ اب دو تین کلومیٹر سے پہلے تو اسے کوئی یوٹرن ملنے والا نہیں۔

میٹروسٹیز کا یہی تو رونا ہے۔ کسی موڑ پر اگر راستہ پاؤں سے چھوٹ جائے تو اُلٹا سفر گلے پڑ جاتا ہے۔

اب اس کے پاس آگے بڑھنے کے سوا اور کوئی چارہ نہ تھا۔

ارشد سے شادی کرنا خود اس کا اپنا فیصلہ تھا۔ ارشد اس کا باس تھا، اس کی کمپنی کا موسٹ ایلی جیبل وِڈووَر! ساری لڑکیاں اس پر مرتی تھیں۔ مگر ارشد نے خود سے رافعہ کو پرو پوز کیا تھا۔

اس وقت..... رافعہ نے سوچا کہ قسمت نے یاوری کی۔ وہ تنہائی سے خوف زدہ تھی اور کسی مونس وغم خوار کی متلاشی تھی جو زندگی بھر اس کا ساتھ نبھائے۔ واقعی ارشد نے رافعہ کو بھی دھوکہ نہیں دیا۔

مگر.....

اس اگر مگر نے ہی رافعہ کا سکھ چین چھین لیا تھا۔ یوٹرن مل گیا تھا۔ وہ دوبارہ راستے پر لگ گئی تھی۔

''زندگی کتنا بھیانک روپ اختیار کر چلی ہوگی.....!''

وہ خود سے شرمندہ ہوئی۔ایک ذرا سی غلطی کو سدھارنے میں ایک گھنٹہ نکل گیا۔

دراصل وہ ایک VET کے پاس جاری تھی۔اسے خوف تھا کہ وقت پر نہ پہنچنے کی وجہ سے کہیں ہو اور کسی کام سے نکل نہ جائے۔اس نے موبائل فون کا بٹن آن کر دیا۔

''یس میڈم۔''ادھر سے جواب ملا۔

''ڈاک!میں شرمندہ ہوں۔ٹریفک کی وجہ سے تاخیر ہوگئی۔میں بالکل پاس میں ہوں۔آپ تیار ہیں نا؟''

''یس میڈم''

ڈاکٹر کے جواب پر اسے تسلی ہوئی۔اس نے کار کی رفتار تیز کر دی۔

اب اس کا ذہن پوری طرح شونا کی طرف پلٹ چکا تھا۔دل سے ہوک سی اٹھی اور اس نے شونا کے سر پر ہاتھ پھیرنے کے لیے ہاتھ بڑھایا تو احساس ہوا کہ شونا تو موت کے انتظار میں صحن میں پڑی تھی۔

اس کا سارا جسم معطل تھا اور دَم آنکھوں کی پتلیوں میں سمٹ آیا تھا جنہیں کبھی کبھی حرکت دے کر یہ احساس دلاتی تھی.....

''ماسٹر.....!میں بہت تکلیف میں ہوں''

ارشد یہی کہہ رہے تھے۔شاید وہ اس کی زبان سمجھتے ہوں۔اسے تو جانوروں کی زبان سمجھ میں نہیں آتی تھی۔جانور پالنا ارشد کا شوق تھا۔یہ ایک لیبرے ڈور Labredor تھی،ہلکی بھورے رنگ کی۔تقریباً ڈیڑھ دوفٹ اونچی اور تین ساڑھے تین فٹ لمبی۔جب وہ اپنے جسم کو حرکت دیتی تو اس کی گردن اور دُم کے نکھرے نکھرے بادامی بال بڑے خوب صورت لگتے۔

اس نے اچھی زندگی جی بارہ بچے پیدا کیے۔دو تو اس کی آنکھوں کے سامنے پل کر جوان ہوئے اور باقی دس اسی کی طرح کھاتے پیتے گھرانوں میں گدّی نشینی کی زندگی گزار رہے تھے۔کبھی کبھی ان کی سالگرہ کے موقع پر ارشد اور رافعہ بھی مدعو ہوتے اور رفاعہ ان کے لیے سوٹس اور جمپرز اپنے ہاتھ سے سی کر لے جاتی۔اسے کپڑے سینا بہت پسند تھا۔یہ اس کا محبوب مشغلہ تھا۔وہ اپنی شونی کے لیے بھی نت نئے ڈیزائن کے جمپرز اور کالرز سیتی اور جب کبھی باہر جانا ہوتا اسے ایک نیا لباس پہناتی۔شونی تھی بھی بڑی خوب صورت لمبی تھوتھنی،صاف وشفاف صورت،لہراتے بادامی بال۔

اور آنکھیں.....

غضب کی تھیں۔آنکھوں میں کاجل کی تحریر اللہ نے پیدائش ہی سے بخش دی تھی۔اسے اپنی شونی سے بے انتہا پیار تھا۔

مگر.....

وہ اسے اپنی خواب گاہ میں داخل ہونے نہیں دیتی تھی اور نہ کبھی ہاتھ پیر چاٹنے کی اجازت تھی۔جب بھی اس کا لعاب اس کے کپڑوں پر لگ جاتا اور اس کے منہ سے ''چھی'' نکل جاتا،سمجھو اس دن گھر میں تنازعہ ہو جاتا۔ارشد کو شنا کو دھتکارنا ایک نظر نہ بھاتا اور وہ رافعہ کے سلوک کو مڈل کلاس مورالیٹی کا طعنہ دے کر اس کے باپ دادا تک پہنچ جاتے۔

رافعہ کو یہ سب سہنے کی عادت سی ہوگئی تھی،کیوں کہ وہ جانتی تھی کہ لہروں کے بہاؤ میں بہنے سے خود کو روکو تو اذیتیں تو اٹھانی ہی ہوتی ہیں۔

مگر.....

اس دن اسے اپنے بابا کی بہت یاد آتی ۔ وہ چھپ چھپ کر روتی ۔ بابا کا سفید لباس، اذان کے ساتھ ہی سر پر سفید قریشا کی ٹوپی لگا کر مسجد جانا، امی کا بے داغ لباس اور سر کا ہمیشہ پلّو سے ڈھنکا رکھنا، وہ ایک قدامت پرست خاندان کی پروردہ تھی جہاں بچپن ہی سے کتوں کے لعاب کو نجس سمجھایا جاتا تھا۔ ارشد سے شادی کے بعد اسے لگا کہ جس زندگی کا وہ خواب دیکھتی تھی وہ شرمندۂ تعبیر نہ ہو سکا۔ اب تو وہ اس طرزِ زندگی میں محض پیوند کی طرح جڑی ہوئی تھی۔

سب کچھ الٹا.....

بیٹا، باپ کے ساتھ بیٹھا بلانوشی کرتا تو باپ کا سینہ فخر سے پھول جاتا، اور بیٹی شادی سے پہلے ہی کسی کے ساتھ رہ رہی ہوتو احساس ہوتا کہ بیٹی جوان ہوگئی ہے۔ حد تو یہ کہ جب ارشد شراب پی کر بستر پر آتے تو اسے ان سے گھن سے آتی۔ وہ اپنی بلانکٹ میں اور سمٹ جاتی اور دونوں گھٹنے پیٹ میں سمیٹے گہری نیند سونے کا ناٹک کرتی حالاں کہ ایسا کرتے ہوئے وہ خود کو گنہگار محسوس کرتی، اس کے اعصاب پر

''تمہاری بیویاں تمہاری کھیتی ہیں'' کی قرأت مسلسل ہتھوڑے کی طرح ضرب لگاتی۔

شادی کے بعد جب رافعہ پہلی بار ارشد کی پہلی بیوی کے بچوں سے متعارف ہوئی تو اسے جھٹکا سا لگا تھا۔

اسی دن.....

اس کی سمجھ میں آ گیا تھا کہ زندگی اب صرف بہتی لہروں پر ڈولنے کا نام ہے۔ لہروں کی مخالف سفر کرنا اس کے بس کی بات نہیں تھی۔ پھر بھی کبھی کبھی اس کے منہ سے کچھ نہ کچھ نکل ہی جاتا تھا۔

ایسے ہی ایک دن.....

''ارشد! آپ نے تو ان گوروں کا کلچر خوب اپنا لیا، مگر کیا رتّی بھر بھی انہیں سکھا پائے۔ یہ ''لیونگ ریلیشن شپ'' ہماری تہذیب کا حصہ نہیں ہے۔ یہ گناہِ عظیم ہے۔ ماریہ کو روکئے۔ کیوں جہنم کے حصہ دار بنتے ہو!''

پھر کیا تھا۔ ایک قیامت ٹوٹی تھی۔ اسی دن پہلی بار رافعہ پر دل ک دورہ پڑا تھا۔

گاڑی ایک جھٹکے کے ساتھ رُک گئی۔

وہ منزل پر پہنچ چکی تھی۔ اس کا ہائی اپارٹمنٹ اس کی آنکھوں کے سامنے تھا۔

اس نے فون پر اپنے پہنچے کی اطلاع دی۔

''تھینکس ڈاک۔ تشریف رکھئے۔''

گھر پہنچی تو شونا حسب معمول اپنے بستر پر پڑی تھی۔ پاس ہی کرسی پر ارشد بیٹھے اس کی نگرانی کر رہے تھے۔ پچھلے سال ارشد پر فالج کا اثر ہوا تھا۔ وہ زیادہ چل پھر نہیں سکتے تھے۔ تب سے رافعہ ہی باہر کے کام سنبھالتی تھی۔ رافعہ کو قریب محسوس کر کے شونا کے جسم میں جنبش ہوئی۔ تب اسے احساس ہوا کہ یہ بے زبان کچھ معاملوں میں انسانوں سے کتنا آگے ہے!

وہ شونی کے بازو بیٹھی اس کے سر اور پیٹھ پر ہاتھ پھیرنے لگی۔

شونا نے آنکھیں کھولیں۔

اُف کیا آنکھیں تھیں.....!

جن میں بلا کا کرب تھا۔

ایک یاس تھی۔

فریاد تھی۔

اور شکایت بھی جیسے کہہ رہی ہو۔

''مالکن.....! میں نے چودہ برس آپ کی خدمت کی۔ آپ کے بچوں کو کھلایا، آپ کے گھر اور خاندان کی حفاظت کی، کسی کی کیا مجال تھی جو گیٹ کے قریب بھی پھٹکتا۔

مگر آج.....

جب کہ میں ضعفِ پیری سے بے بس ولا چار ہوں۔ میری گندگی اور غلاظت نے آپ کو مجبور کر دیا کہ کل کی موت مجھے آج ہی آ جائے۔ کیا یہ محض اس لیے کہ میں انسان نہیں، جانور ہوں.....؟''

''نہیں.....''

رافعہ کے منہ سے چیخ نکل گ ء۔ اس نے پلٹ کر ارشد کی طرف دیکھا۔

''ایسا مت کرو ارشد..... ہم ایک خون ناحق کے مرتکب ہو جائیں گے''

رافعہ کے دل میں درد کی ہوک اٹھی۔ دو سوال پہلے ہی اس کی اوپن ہارٹ سرجری ہوئی تھی۔ درد شدت اختیار کر رہا تھا۔ اس نے دونوں ہاتھوں سے اپنا سینہ دبا کر پکڑ لیا اور بے اختیار رونے لگی۔

''تو اب کیا ارشد صاحب.....؟'' ڈاکٹر بے چین ہوا اُٹھا۔

''ایک منٹ ڈاکٹر.....''

ارشد نے پلٹ کر ملازم کو آواز دی

''نرنجن! میڈم کو اندر لے چلو''

''میں ابھی آیا ڈاکٹر، پلیز..... ایک بار آپ اسے دیکھ تو لیں''

''کیا دیکھوں ارشد صاحب! خون میں لتھڑی ہوئی ہے۔ اس کی بڑی آنت سڑ گئی ہے۔ یہ جو فاسد خون باہر آ رہا ہے اس سے شدید قسم کا انفکشن پھیل سکتا ہے۔ میں اس کے بچپن سے اس کا معالج ہوں۔ دکھ تو مجھے بھی ہے۔ ویسے یہ لیبرے ڈور ہے۔ اس کی عمر زیادہ سے زیادہ چودہ سال ہو سکتی ہے۔ یہ اپنی طبعی عمر کو پہنچ چکی ہے۔ آج نہیں تو کل مر ہی جائے گی۔ اس کا سفر تمام ہوا۔''

''ایکسکیوزمی....... ابھی آیا''

رافعہ کی حالت نے خود ان پر رعشہ طاری کر دیا تھا۔

''یہ کیا بچکانی حرکت ہے رافعہ.....!''

وہ رافعہ کے سرہانے بیٹھے اسے سمجھانے لگے۔

''ارشد! بڑھاپا سب کا ایک جیسا ہوتا ہے خواہ وہ انسان ہو کہ حیوان۔اس کی آنکھوں کی بے بسی میں، میں نے خود کو دیکھا ہے۔کل کو میرا بھی یہی حشر ہونا ہے۔میری تو کوئی اولاد بھی نہیں ہے۔''

''ہوش کی باتیں کرو۔تم جانور سے اپنا مقابلہ کیسے کر سکتی ہو۔جانوروں کے لیے ''مرسی کلنگ'' (Murcy Killing) قانوناً جائز ہے۔اگر ہم ایسا نہیں کرتے تو ڈاکٹر کہہ رہا تھا کہ اس کی اینس (Anus) سے نکلا خون شدید انفکشن پھیلا سکتا ہے۔تم آرام کرو۔میں ابھی آتا ہوں۔''

وہ باہر آئے تو ڈاکٹر گیٹ کی طرف رخ کیے فون پر بات کر رہا تھا۔انہوں نے بات ختم ہونے کا انتظار کیا، پھر آواز دی۔

''آپ آگے بڑھئے ڈاکٹر''

''مگر..... میڈیم.....؟''

''انہیں میں سنبھال لوں گا وہ ایسی ہی ہیں۔کسی کا درد برداشت نہیں سک سکتی۔ل پھر اسے تو انہیں نے اولاد کی طرح پالا ہے''۔

''ام..... سو تو ہے۔'' آخر ڈاکٹر بھی انسان ہے.....!

''یو پروسیڈ پلیز.....''

ڈاکٹر نے پہلے تو شونا کی وین (Vein) ڈھونڈنے کی کوشش کی، پھر..... انجکشن اس کے دل میں گھونپ دیا۔شونی نے کوئی حرکت نہیں کی۔اس نے اپنی ضعف بھری آنکھیں کھول کر ایک نظر ترحم سے مالک کی طرف دیکھا پھر..... آہستہ آہستہ اس کی پلکیں گر گئیں۔

''مالک..... مالک..... میڈم..... میڈم''

اندر سے نرنجن بھاگتا ہوا آیا۔

''کیا ہوا میڈم کو.....؟''

وہ اپنا واکر اُٹھا کر تقریباً دوڑتے ہوئے اندر پہنچے رافعہ بستر پر بیہوش پڑی گہری گہری سانسیں لے رہی تھی۔سارا بدن پسینے سے شرابور تھا۔

''ہیلو..... ہیلو! ایمبولنس..... ہیلو..... ایمرجنسی..... ہارٹ اٹیک..... پلیز..... پلیز''

''یہ تم نے کیا کیا رافعہ..... میں نے تو اسے سختی سے نجات دلائی''

انہوں نے جھک کر رافعہ کی پیشانی کا بوسہ لیا اور دھم سے کرسی پر گر پڑے۔دل کی دھڑکن تیز ہوگئی اور خود ان کا دل متکلم ہو گیا تھا۔

فَاِنَّ مَعَ العُسرِ یُسراً ○ اِنَّ مَعَ العُسرِ یُسراً ○

سورۃ البقرہ، آیت: ۲۲۲

سورۃ الم نشرح، آیات: ۵۔۶

تلاش

افسانہ ______________________ جبیں

آج میں نے اسے دیکھا دس سال بعد!

میں وہ لمحہ کبھی نہیں بھول سکتی جس دن وہ میرے ساتھ تھی اور بھری بھری آنکھوں سے مجھ سے التجا کر رہی تھی کہ میں اسے واپس اس کے گھر نہ بھیجوں۔ اُس کی وہ تصویر ایک بے بس زندگی کی بھیک مانگتی ہوئی ایک زندگی سماجی رواجوں کی قید میں۔ مجھے مرتے دم تک یاد رہے گی۔ ایک زندہ لاش موت کی طرف بڑھتی ہوئی ایک بے بس زندگی اور پھر اسکی ایک اور تصویر قریب بیس سال پرانی اُس شوخ سی لڑکی جس نے ویمنس کالج کے ایک فیشن شو کو اپنی شوخی خوبصورتی اور اخلاق سے سنوار دیا تھا۔ اور پھر ایک شرمیلی سی مسکان لیے میرے قریب آنے کی کوشش کر رہی تھی۔

مگر آج جب کہ وہ بنجارہ ایک اسپتال میں مریضوں کے رشتہ داران کی قطاروں کو پار کرتی ہوئی میرے قریب آئی تو اس کی چال مختلف تھی ایک باوقار خاتون جس کی چال میں خود آگہی اور خود اعتمادی خامیاں تھی میری طرف بڑھتی آ رہی تھی اور اس سے پہلے کہ میں سنبھل پاتی اس نے مجھے سلام کہا اور پھر وہ میری بانہوں میں تھی۔ جب میں نے اُسے چہرہ کو دیکھنا چاہا تو دکھا کہ اس کی آنکھوں میں آنسو تھے اور میری آنکھیں بھی جھک اٹھیں تھیں۔ وہ آج بھی اتنی ہی خوبصورت لگی جیسے کہ وہ بیس سال پہلے تھی۔ فرق صرف اتنا تھا کہ وہ ہر طرح سے ممتا کے مقدس جذبے سے بھری نوجوان ماں Peronification of a Young Mother لگ رہی تھی۔ آنکھیں ایک حوصلہ مند زندگی کا اظہار کر رہی تھیں اس کا ڈر خوف جو اس کی آنکھوں میں بھرا تھا جس نے میری راتوں کی نیند برباد کر رکھی تھی اب وہاں سے رخصت ہو چکا تھا۔ اس خوف زدہ لڑکی کا اس حوصلہ مند خاتون میں بدلاؤ کیسے آیا یہ میں اس دن جان نہ سکی۔ جب ہمارے جذبات نے ہمیں بیٹھ کر بات کرنے کی اجازت دی تو میں نے جانا کہ اس کے والد نواب صاحب اسی اسپتال کے ICU میں شریک ہیں اور ان کے جسم کو کھوکھلا کرتی بیماریوں کے سامنے Banjara اسپتال کا سارا کیر دھرا کا دھرا رہ گیا تھا۔

نواب کا پہلا خاندان بھی وہاں موجود تھا۔ اور ان سب کے بیچ اک آٹھ نو سال کا لڑکا بھی تھا۔ چند لمحوں بعد وہ لڑکا اکیلے قریب آیا اور اس کے دوپٹہ کو پکڑ کر کہنے لگا اب چلیں مما سب لوگ آپ کا انتظار کر رہے ہیں۔

اس رنگین فیشن شو کے بعد میری ملاقات سائرہ سے پی جی کلاس میں ایک ریگولر طالبہ کی حیثیت سے ہوئی۔ اعلیٰ تعلیم کی خواہش اور کشش سائرہ کے برتاؤ میں صاف جھلکتی تھی۔ نصابی مصروفیات کے علاوہ سائرہ دوسری تقاریب میں بھی بڑھ چڑھ کر حصہ لیتی۔ اور وہ اس سال کی بسٹ آل راونڈر بھی قرار دی گئی تھی۔ وہ اکثر کلاس کے بعد میرے آفس میں آتی اور پھر اگر میں مصروف نہ ہوتی تو مجھ سے اپنے خوابوں اور اپنے خاندان کے بارے بات کرتیں۔

انھیں ملاقاتوں کے دوران میں نے جانا کہ اس کے والد ایک نواب ایک ڈھلتے نظام کی گزرتی نشانی ہیں میں نے سوچا وہ چاہتا ہو کہ اس کی لڑکی اعلیٰ تعلیم حاصل کرے تو اس سے اچھی اور کیا بات ہو سکتی؟

سائرہ کے ساتھ ہر دن ایک عمر رسیدہ خاتون ہوا کرتی تھی۔ جب سائرہ کلاس میں ہوتی تو یہ خاتون دھوپ میں بیٹھی کبھی نٹنگ کرتی نظر آتی یا پھر نماز

کے وقت تھا س پر یا برامدہ میں جانماز بچا کر نماز ادا کرتی نظر آتی کلاسس کے بعد وہ اور سائرہ تب تک گھر نہیں جاتیں جب تک کہ نواب کی Jeep آ کر انھیں گھر لے جاتی۔

ایک دن سائرہ نے مجھ سے کہا کہ اس کے والد نواب صاحب مجھ سے ملنا چاہتے ہیں۔ جب میں نے اس موقعہ پر اس سے کچھ اور تفصیلات جاننا چاہا تو پتہ چلا کی سائرہ نواب کی دوسری بیگم کی اولاد ہے۔اور وہ خاتون سائرہ کی ماں تھی اور ان کو دنیا کے سامنے سائرہ کی آیا کی طرح پیش کیا جاتا تھا۔

ویسے بھی میں غیر ضروری تعارفات سے ہمیشہ گریز کرتی رہی ہوں۔اور اس انکشاف کی کڑواہٹ کے بعد تو میرا نواب سے ملنے کا کوئی سوال ہی نہیں تھا۔ یہ حقیقت کڑوی تو تھی ہی پر پیدان اس معاملہ سے کوئی واسطہ نہ تھا۔

سائرہ نے ایم اے کا امتحان امتیازی نمبروں سے پاس کیا۔اس کے بعد وہ آگے پڑھنے اور ریسرچ کرنے کی خواہش مند تھی اس نے ریسرچ کے داخلی امتحان کو بھی امتیازی نمبروں سے پاس کیا۔ ساتھ ہی ساتھ اس کی شادی کے لیے ایک لائق لڑکے کی تلاش بھی شروع ہوگئی۔ سائرہ کو ریسرچ کے سلسلے میں تھے Assign کیا گیا تو وہ میرے بہت قریب آ گئی۔

جیسے جیسے اس کی ریسرچ کا کام آگے بڑھتا گیا اس کیشادی کا تیاریاں بھی شروع ہوگئیں۔نواب نے ایک تعلیم یافتہ نوجوان سے اس کا رشتہ پکا کر دیا۔اس کی منگنی کی تقریب بڑے اہتمام سے منائی گئی جس میں مجھے بھی مدعو کیا گیا تھا۔تقریب کے دوران ایک لمبی فہرست پڑھ کر سنائی گئی جس میں اس کے دیئے جانے والے زیورات،جہیز اور کپڑوں وغیرہ کا تفصیل سے ذکر تھا۔

پھر اس کے کچھ دن بعد سائرہ کی شادی کا سانحہ عمل میں آیا۔شادی کے دوسرے ہی دن لڑکے کے ماں باپ نے اس کے زیورات اکٹھے کیے ان کی قیمت معلوم کروائی اور انھیں حیدرآباد کے مقامی جوہریوں کے ہاتھ بیچ دیا۔

نہ صرف یہ بلکہ اس نئے شادی شدہ جوڑے کو کبھی وہ تنہائی میسر نہیں ہوئی جس میں وہ ایک دوسرے کو جانتے یا سمجھ پاتے۔سائرہ کچن کے فرش پر سوتی جب کہ اس کی ساس ان کے بیڈروم میں سو جاتی! گھر کا سارا کام سائرہ کے سپرد کر دیا گیا۔اور پھر سائرہ کو ہر روز یہ کہہ کر ستایا جاتا کہ نواب نے اس کی سسرال والوں سے اس کی پیدائشی حقیقت سے آگاہ نہیں کیا۔انھوں نے یہ کہہ کر اس کی بے عزتی کی کہ سائرہ نواب کی جائز اولاد نہیں بلکہ ایک ناجائز رشتہ کا نتیجہ ہے۔

ان سارے الزامات کے بیچ سائرہ کے شوہر نے کبھی بھی اپنی شریک حیات کی نہ تو حمایت کی نہ ہی اپنے ماں باپ کو روک پایا۔ چند دن بعد سائرہ کے شوہر کا تبادلہ بنگلور شہر ہوگیا اور سائرہ اپنے شوہر کے ساتھ بنگلور چلی گئی۔

بنگلور میں قیام کے یہ چند ماہ سائرہ کی شادی شدہ زندگی کی کل کائنات تھی جس میں سائرہ اور اس کے شوہر نے اپنی اور ازدواجی زندگی کی پہلی اور آخری مسرت کو محسوس کیا۔ چند مہینہ بعد سائرہ اپنی کوکھ میں اس نئی زندگی کی مسرت لیے حیدرآباد واپس آ گئی۔اس کے قیام کا انتظام اس کی سسرال میں ہی کیا گیا تھا۔ پھر شروع ہوا اس کی زندگی کا ایک بھیانک دور جس کا تصور بھی بے حد خوفناک تھا۔

اس کی سسرال میں اعلیٰ تعلیم کا کوتصور نہیں تھا ریسرچ کے سلسلے میں سائرہ کی مصروفیات انھیں ایک ڈھکوسلہ لگتی تھی اس کی پڑھائی اور امتحان کی تیاری پر ہمیشہ اعتراض ہوا کرتا اس کی صحت کی موجودہ ضروریات کو غیر ضروری سمجھا جاتا رہا۔ ریسرچ کے سلسلے میں اگر وہ لائبریری جانیکا

ادارہ کرتی تو اسے روک دیا جاتا۔ سائرہ کی ساس کو ہر دم یہی فکر لگی رہتی کہ کسی صورت بھی اس کو ماں بننے سے روک دیا جائے اور اس کے حمل کو برباد کر دیا جائے تاکہ جب بھی طلاق کا معاملہ عدالت میں پیش ہو تو اس کی اولاد کے لیے نان نفقہ دینے سے وہ سب بچ جائیں۔
اس دن سائرہ گھر میں اکیلی تھی اور اپنی پڑھائی میں مصروف تھی۔ اچانک اس کے کمرے میں آ کر اس کی ساس نے حکم دیا کہ وہ کپڑے بدلے اور اسپتال جانے کی تیاری کرے۔ پر اماں ابھی تو میرے اسپتال جانے میں کئی ہفتے باقی ہیں، سائرہ نے کہا اس سے ہمیں کوئی فرق نہیں پڑتا۔ تیار ہو جاؤ اس حمل کو ساقط کروانے کے لیے ہمیں نہ تم سے کوئی واسطہ چاہیے نہ ہی تمہاری اولاد سے۔ جتنی جلدی یہ حمل گرانا ہے اب ہم طلاق کی کروائی شروع کریں گے'' اس کو جواب ملا اور پھر وہ باہر چلی گئی ایک سواری کی تلاش میں۔
سائرہ کے لیے نہ صرف ایک ذاتی ٹریجڈی تھی بلکہ اس کے مستقبل کے لیے بھی ایک بیحد خطرناک اشارہ تھا۔ اس کی ساس ایک آٹو رکشا لے کر واپس آتی اور زبردستی کرتی ہوئی سائرہ کو گھسیٹ کر باہر لے آتی۔ سائرہ اپنی پوری طاقت سے آنے والے خطرہ کے خلاف ہڑبڑی، ساس بہو کی اس ہاتھ پائی کو دیکھ آٹو رکشا ڈرائیور بھاگ گیا۔ سائرہ کو اندر ڈھکیل کر اس کی ساس نے باہر کے دوازے پر تالا لگا دیا اور ایک دوسرے آٹو رکشا کی تلاش میں نکل پڑی۔

زندگی میں پہلی بار سائرہ نے اپنے اندر اپنے بچاو کے احساس کو محسوس کیا۔ وہ کون سی طاقت تھی جو اس کو اشارہ کر رہی تھی کہ اگر وہ اس جہنم سے اس وقت نہ نکل پائی تو نہ ہی وہ اور نہ ہی وہ زندگی جو اس کے جسم میں پل رہی تھی کبھی بچ سکے گی۔ اسے ایسا لگا کہ اس کا نامولود بچہ اس کی طاقت بن گیا ہو اور اپنی ماں کی حفاظت کے لیے سائرہ کو ہمت دے رہا ہو۔

سائرہ نے چند کتابیں اور چند کپڑے ایک بیاگ میں ٹھونسی اور پیچھے کے دروازہ سے سڑک پر نکل بھاگی اور اک خالی آٹو میں بیٹھ گئی۔ ڈرائیور کو اس نے میرے گھر کا پتہ بتادیا۔ ''میں کسی بھی گھر جانا نہیں چاہتی۔ نہ اپنے گھر اور نہ ہی اپنے سسرال'' وہ بے تحاشہ رو رہی تھی۔' آپ مجھے چند دن کی مہلت دیں اور اپنے پاس رہنے دیں مجھے میں کوئی نوکری ڈھونڈ لوں گی اور آپ پر بوجھ نہیں بنوں گی۔ آپ مجھے اپنی چھت کے نیچے رہنے دیں'' اس نے مجھ سے التجا ک'' پر میں کسی بھی صورت تمہیں اپنے ساتھ نہیں رکھ پاؤں گی۔ تمہارا سسرال اور نہ ہی تمہارا میکہ اس کی اجازت دے گا'' میں نے کہا

تو ان لوگوں نے سائرہ کے دوستوں کے گھروں کے فون نمبر بھیج دئے آخر کار نواب کے گھرانے کا ایک ملازم میرے گھر آ پہنچا۔

''انھیں کچھ دن میرے ساتھ ہی رہنے دیں میں نے اس سے کہا

''نہیں بی بی ان کی اس نازک حالت میں یہی بہتر ہو کہ یہ اپنے ماں باپ کے گھر ہی رہیں'' اس نے جواب دیا

''انھیں اس وقت اپنوں کی ضرورت ہے اور پھر آپ تو ان کی ماں کی طرح ہی ہیں۔

''یہ آپ سے ربط رکھیں گی''

اور غم اور غصہ سے تڑپتی سائرہ کو اس کے اپنے جہنم میں ڈھکیل دیا گیا۔ اور میں اس کے بھروسہ کو وفا کرنے میں ناکام رہی۔ اس دن جب کہ وہ میرے گھر آئی تھی اس امید کے ساتھ کہ میں اسے اپنے گھر میں جگہ دوں گی سائرہ نے اپنی زندگی بے حد کڑوی حقیقت کے بارے میں بتایا تھا۔ اس نے مجھے بتایا کہ اس کا استحصال اس کے اپنے باپ کے گھر سے ہی شروع ہو چکا تھا۔ لڑکپن سے ہی اس کا جذباتی استحصال ہوتا رہا تھا اسے اعلیٰ تعلیم

کے لیے اس لیے بھیجا گیا تھا کہ ایک بولتے سماج کی بولتی قدروں میں ایک تعلیم یافتہ جدید لڑکی کی زیادہ مانگ ہوتی ہے۔ایسی مانگ جو خاندانی رواجوں اور رشتوں کی قید سے آزاد ہوتی ہے اس حقیقت کو جیتے اور جانتے ہوئے بھی سائرہ نے حالات کا ساتھ دیا کیوں کہ تعلیم ہی اس کی آزادی کی چابی تھی چاہے وہ کسی بہانے بھی اسے میسر ہو جائے۔ جب اس کی شادی کی بات چلی تو سائرہ نے بنا کسی اعتراض کے اس دشند کو قبول کر لیا تا کہ اسے اپنے باپ کے گھر کی جہنم سے نجات مل سکے۔لیکن اس کی ازدواجی زندگی کے درد اور پریشانی کے جہنم اسے کوئی نجات نہیں مل پائی بلکہ جہنم کی آگ اور زیادہ ہوگئی اس کے سسرا والوں نے اسے صرف اس لیے قبول کیا تھا کیوں کہ وہ ایک امیر نواب کی بیٹی تھی اور بس!

اس دن کے واقعہ کے بعد نہ وہ مجھ سے مل پائی اور نہ ہی میں اس سے ملنے کے لیے وقت نکال سکی۔کبھی کبھی وہ مجھے فون کر کے اپنے ریسرچ کے کسی مسئلہ پر گفتگو کرتی گو میں اس کی صحت اور حفاظت کے لیے پریشان رہی اور وہ اپنے ریسرچ اور ہونے والی اولاد کے بارے میں فکر مند رہی۔

اسی دوران اس کی سسرال والوں نے طلاق کی کاروائی شروع کر دی۔سائرہ نے پہلے پہل طلاق کی نوٹس پر سائن کرنے سے انکار کر دیا۔پھر شروع ہوا وہ دور جس میں اس کی ازدواجی زندگی کی دھجیاں اجنبی لوگوں کے بیچ عدالت میں اُڑائی گئیں۔دونوں فریق ایک دوسرے پر کیچڑ اُچھالتے رہے اور سائرہ ایک ایسے گناہ کی سزا جھیلتی رہی جو اس نے نہیں کیا تھا اس کے سسرال والوں نے نواب پر الزام لگایا کہ انھوں نے دھوکے سے اپنی ناجائز اولاد کو جائز بتا کر شادی کروائی اور نواب کے وکیل نے فریقین پر مکاری اور لالچ کا الزام لگایا جو ایک زندگی کو پیدائش سے پہلے ہی برباد کرنا چاہتے تھے۔

یہ مقدمہ طول کھینچتا گیا اور اس دوران حاملہ ہونے کے باوجود بھی سائرہ کے آس پاس رحم کی کوئی کرن نہ تھی۔ مجھے یہ بھی پتہ چلا کہ نواب نے سائرہ کے حصہ کی جائیداد فروخت کر کے اس کے لیے ایک Flat خرید رکھا ہے پر سائرہ کو اس میں رہنے کی اجازت نہیں دی گئی ہے۔

پھر مجھے خبر ملی کہ سائرہ نے ایک لڑکے کو جنم دیا ہے۔اس خبر کو سننے کے بعد یہ میری دلی خواہش تھی کہ میں اس سے ملوں اور اس کے بچہ کو دیکھوں وٗاس کا حال معلوم کروں پر میں کسی بھی قیمت پر یہ نہیں چاہتی تھی کہ میرا سامنا اس نواب سے ہو۔

دن گذرتے گئے اور میں اپنی تعلیمی مصروفیات میں الجھ کر رہ گئی کیوں کہ مجھے ایک سال کے لیے امریکہ کی ایک فیلوشپ پر امریکہ روانہ ہونا تھا۔اسی دوران ایک دن مجھے شہر کے ایک Maternity Hospital میں ایک اور طالبہ کے نوزائدہ بچے کے لیے جانا پڑا۔اور میں نے وہاں سائرہ کو دیکھا! اسپتال کی سیڑھیوں پر کھڑی سائرہ اپنے بچہ کو بانہوں میں لیے اپنی ماں کا انتظار کرتی دکھائی دی اس کا سر ایک سفید ڈوپٹے سے ڈھکا تھا اور وہ اپنے بچہ کو سینے سے لگائے تقدس کی ایک ایسی مورتی لگ رہی تھی جیسے کہ مرہم! اس کے چہرے پر ایک روحانی خوشی کا احساس صاف چمک رہا تھا۔وہ نہ صرف خوش نظر آرہی تھی بلکہ بے حد خوش بھی تھی اور اپنے بچہ کے پہلے ٹیکہ کے سلسلے میں اسپتال آئی تھی'' آج کل کہاں رہ رہی ہو'' میں نے اس سے پوچھا۔

''وہی پرانا مکان، بابا کی حویلی'' اس نے جواب دیا

''پر اب تو تمہارا اپنا Flat بھی ہے نا''

''پر مجھے وہاں رہنے کی ابھی اجازت نہیں ہے'' اس کے لہجے میں بے بسی جھلک اٹھی۔

''پھر میرا Baby بھی ابھی بہت چھوٹا ہے وہ کہتے ہیں کہ میں اکیلی اسے سنبھال نہیں پاؤں گی۔

اور میں خاموش رہی

اس سال جنوری آخری ہفتہ میں مجھے امریکن یونیورسٹی میں رپورٹ کرنا تھا اور اس رات میں اپنے گھر میں سارے ضروری کاغذات اور دستاویز پھیلائے اپنی فائلیں تیار کر رہی تھی کہ سائرہ کا فون آیا۔

اس کی آواز آنسوؤں میں ڈوبی ہوئی پریشان سی تھی۔

''آپ کب جا رہی ہیں امریکہ؟ اس نے پوچھا

''کیوں اسی مہینہ آخری ہفتہ میں''

پلیز آپ مجھے بھی ساتھ لے چلیں...... میں اپنی ٹکٹ خود ہی خرید لوں گی اور آپ پر بوجھ نہیں بنوں گی اور میں کچھ بھی کام ڈھونڈ لوں گی'' اس نے کہا

''میں تمہیں اپنے ساتھ نہیں لے جا سکتی تم جانتی ہو' وہاں جانے کے لیے ایک طریقہ کار ہوتا ہے یونہی ویزا وغیرہ نہیں ملتا۔

وہ فون پر ہی سسک سسک کر رونے لگی۔

''مجھے بتاؤ آخر بات کیا ہے''

''گھر کے سارے لوگ نمائش گئے ہیں۔ آج یوم خواتین ہے نا''

''پھر تم کیوں نہیں گئیں ان سب کے ساتھ'' میں نے پوچھا

''نہیں Ma'm بابا نے کہا کہ میرا بچہ بہت چھوٹا ہے اور مجھے گھر ہی میں رہنا ہو اس کو Feed کرنے کے لیے۔

''وہ تو تم نمائش میں بھی کر سکتی ہو''

اب وہ پھوٹ پڑی

''نہیں Ma'm یہاں لوگ بے حد گندے ہیں وہ مجھے کہیں بھی اکیلا جانے نہیں دیتے..... اور بابا..... بابا بہت بُرے آدمی ہیں اس کی سسکیاں میرے لیے بے حد خوف ناک تھیں اس لمحہ میں اس کے دکھ کی گہرائی نہ جان پائی۔

''ہوش میں آؤ سائرہ وہ سب تمہارے اپنے لوگ ہیں وہ تو تمہارا بھلا ہی چاہئیں گے' میں نے کہا

''نہیں۔ وہ نہیں چاہتے میرا بھلا۔ مجھے ہر دن مرنا پڑتا ہے یہاں''

اب میں نے جانا کہ وہ کس قسم کی آگ میں جھلس رہی ہے!

میں اس کے بھروسے کو وفا کرنے میں پھر ایک بار ناکام رہی۔

ایک سال بعد جب میں واپس آئی تو کئی ایک چیزیں بدل چکی تھیں۔ میرے اپنے ادھورے کاموں سے مجھے الجھنا تھا۔ مجھے یہ بھی خبر ملی کہ سائرہ نے اپنے باپ کا گھر چھوڑ دیا ہے اور وہ شہر کی جدید آبادی میں ایک Flat میں رہ رہی ہے اور عورتوں اور کم عمر ستائی ہوئی لڑکیوں کے لیے ایک Consultancy کھول رکھی ہے۔ جس میں وہ انھیں ممکنہ مدد کرتی ہے اور اپنے لیے بھی ایک نوکری ڈھونڈ رکھی ہے۔

جب میں نے اسپتال میں اس کے اس کے بدلے ہوئے حالات کے بارے میں پوچھا تو وہ مسکرائی اور میرا کال نمبر اور ای میل کو

حاصل کیا تا کہ وہ مجھے اپنے سارے حالات سے تفصیل سے آگاہ کر سکے۔

چند دن بعد مجھے اس کی یہ ای میل ملی۔

''ایک دن یہ حادثہ تو ہونا ہی تھا Ma'm میں اپنی زندگی سے اور ماحول سے تنگ آ چکی تھی۔ میرے چاروں طرف نا امیدی تھی اور کسی بھی قسم کی کوئی مدد کی کرن میرے آس پاس نہ تھی۔ میرا استحصال اس حویلی میں اسی طرح جاری تھا جیسے کہ ہمیشہ سے تھا۔

لیکن اک دن ایک دن میرے صبر کا پیمانہ ٹوٹ گیا۔ وہ بھی ایسے کہ اس کے ساتھ اس خاندان سے سارے بندھن ٹوٹ گئے۔ اس دن میں اور میرا گھر میں اکیلے تھی سرا خاندان ایک شادی میں گیا ہوا تھا۔ جب بابا نے Attack کیا تو نہ جانے مجھ میں کہاں سے اتنی طاقت اتنی ہمت آ گئی کہ میں نے ان کے سر پر کچن میں پڑا ایک پرانا Pistle دے مارا۔ چوٹ ان کے سر پر پڑی اور وہ چکرا کر گر ڑے۔ مجھے معلوم نہ تھا کہ وہ زندہ بھی ہیں یا مر گئے اس لمحہ میں بے حد ڈری ہوئی بھی تھی اور اتنی ہی ہمت مجھ میں اُبل رہی تھی۔ میں نے اپنے والد کا قتل کر دیا تھا میری اپنی اولاد کو بچانے کے لیے۔ مجھے اس منحوس حویلی سے نکلنا تھا۔ میں نے اپنے سوئے ہوئے بچہ اور چند چیزیں اکٹھا کی اور حویلی سے نکل بھا گی۔ میری منزل Womens College کے ہاسٹل کی Warden تھیں۔ وہ مجھ سے کالج کے زمانے سے واقف تھیں اور میری زندگی کے بارے میں تھوڑا بہت جانتی بھی تھیں۔

وارڈن میڈم نے مجھے اور میرے بچہ کو آسرا دیا۔ قانونی مدد کا انتظام کیا اور مجھے اپنے Flat میں بسنے اور ایک نوکری ڈھونڈنے میں میری مدد کی کچھ دنوں بعد میں نے حویلی کی خبر ملی پتہ چلا کہ نواب صاحب صحت مند ہو چلے تھے پر انھوں نے میری ماں کو گھر سے نکال باہر کیا اب وہ میرے ساتھ رہتی ہیں جو باتیں آپ اپنے لکچرز میں ہمیں سمجھاتی رہی تھیں Madam میں نے آج تک یاد رکھی ہیں۔ آپ نے کہا تھا کہ سانحہ ایک نئی امید کو جگاتا ہے۔ ہر خاتمہ ایک نکتے آغاز کی نشانی ہے۔ ہر موت ایک نئی زندگی کی نشانی ہے ہر جلتی ہوئی چتا سے ایک نئی زندگی اُبھرتی ہے Phoenix کے روپ میں جیسے کہ میں نے اپنی آگ سے بغاوت کر زندگی کی ڈور پکڑ رکھی ہے۔ بے حد شکریہ میڈم! زندگی کے میرے سفر میں میری ہمت افضائی کرنے کا، میری بہاروں میں آپ کی ساجھے داری کا، میری سردیوں میں زندگی کی حرارت دینے کا، میری گرمیوں میں ٹھنڈک پہنچانے کا، جب کہ زندگی کے طوفان نے میرے وجود کو دھمکایا تھا۔ موت اور زندگی کے انتخاب میں میں نے زندگی کا پیچھا کیا اور زندگی نے میرے ساتھ وفا کی ہے''

OOO

نظر نہ آنے والے لوگ

افسانہ ____________________ جیلانی بانو

''روشن چراغ کو دیکھ کر کوئی نہیں سوچتا کہ اس کے نیچے تیل جل رہا ہے۔''

دسمبر کی ٹھنڈی اندھیری رات میں، ٹیبل لیمپ کے سامنے بیٹھے، آنند مکرجی ایک ایڈیٹر کے سوالوں کے جواب لکھ رہے تھے۔

''میں ایک لیکھک ہوں۔ ان سب اچھے لکھنے والوں کی تحریریں پڑھنا چاہتا ہوں جو اپنی آئیڈیالوجی سے جڑے رہے۔ ساری زندگی ایک مشن کی تکمیل میں لگے رہے۔''

آپ نے پوچھا ہے...... میں نے کیا کیا پڑھا ہے......؟

''مذہب، فلسفہ، موسیقی اور سماجی علوم پڑھنے کے بعد کہیں کا نہ رہا۔ ہر طرف دوڑنے لگا۔ مجھے اپنا قد بہت چھوٹا لگا۔ ان مہان ہستیوں کے آگے، جو حسین کی طرح جیے اور حسین کی طرح مرنے کا حوصلہ بھی رکھتے تھے۔

میرے مسلسل لکھتے رہنے کا ایک ہی مقصد ہے کہ میری لکھی ہوئی ایک سطر کسی کو سچ بولنے کی طاقت دے۔ چور کو مجرم کہنے کا حوصلہ ہو......''

اچانک سڑک پر کسی کار کے بریک کے ساتھ ایک چیخ سنائی دی۔

مکرجی نے ٹیبل لیمپ آف کر کے گرم لحاف میں لپٹی سونے والی نرملا پر ایک نظر ڈالی۔ اور شال اوڑھ کر زینے کی طرف بڑھے۔ سڑک پر کچھ ہو گیا تھا۔

اس کالونی میں انڈر ورلڈ میں کام کرنے والوں نے بنگلے بنا لیے ہیں۔ ان کے لڑکے ہر طرف کاریں دوڑاتے پھرتے ہیں۔

''کیا ہوا......؟''

کار میں بیٹھی ہوئی کومل دھکا کھا کر اکرم کی گود میں پھسل گئی۔ اکرم گھبرا گیا۔

''شاید کوئی کار کے نیچے آ گیا ہے......''

''ہائے رام......اسی لئے تو کہتی ہوں کہ کار چلاتے وقت مجھے پیار......''

''تو کیا کروں، وہ تمہارا پاگل پتی ہر طرف ہماری جاسوسی کے لیے کھڑا ہو جاتا ہے۔''

''کیا ہوا......'' سڑک پر کار کی چیخ سن کر سلطان حسین نے بلیو فلم کی آواز ریموٹ سے کم کر دی۔

''اونہہ......شاید کوئی ایکسیڈنٹ ہو گیا ہے......'' شیبا نے پھر ٹی وی آن کر دیا۔

''شیبا بیگم! اب تم کسی منسٹر کی بیگم نظر آنے لگی ہو......'' انہوں نے شیبا کو اپنی طرف کھینچ لیا۔

''منسٹر کا نام بتایئے۔'' وہ سلطان حسین کی گود میں لیٹ گئی۔

''وہ تو ٹی وی کی نیوز میں دیکھ لینا......سلطان حسین نے مگ میں بیئر ڈالی۔

''اب الیکشن کسی بھی وقت ہو سکتے ہیں۔کیسری بار بار فرنٹ کو دھمکیاں دے رہے ہیں۔اور جب سے پارٹی آفس میں یہ خبر پھیلی ہے کہ سلطان حسین نے چار مرڈر کروائے ہیں شرما جی تو مجھے دیکھ کر کھڑے ہو جاتے ہیں۔''(دونوں ہنس پڑے)

''اب مجھے الیکشن کا ٹکٹ دینے سے کون روک سکتا ہے۔''

سڑک پر شور بڑھنے لگا۔

''نیچے جا کر دیکھنا چاہیے۔کیا ہوا ہے......'' سلطان حسین کھڑے ہو گئے۔کالونی کے ہر جھگڑے کو فرقہ واری رنگ دینا اور پھر اُسے ٹھنڈا کرنا ان کے لیے ضروری تھا۔لیڈر بننے کا پہلا قدم یہیں سے اٹھتا ہے۔

بریک کی چیخ سن کر راشدہ نے نوالہ رکابی میں چھوڑ دیا۔مولانا زاہد ہاشمی بھی روٹی چھوڑ کر کھڑکی کی طرف دیکھنے لگے۔

''شاہد اور ماجد ٹیوشن پڑھ کر آئے ہوں گے۔اللہ خیر کرے۔'' راشدہ کھڑکی کی طرف بھاگی۔

''جب سے یہ سالے نو دولیتے ہندو کالونی میں آ بسے ہیں ان کے آوارہ لونڈے اندھا دھند کاریں دوڑاتے پھرتے ہیں۔اچھا ہے۔ایک آدھ کم ہو جائے۔''

''آپ نیچے جا کر دیکھیے نا۔کیا ہوا ہے۔'' راشدہ بہت پریشان تھی۔

مولانا زاہد ہاشمی نے گودے کی ہڈی چوس کر رکابی میں رکھی۔جلدی جلدی انگلیاں چاٹیں۔جھوٹے ہاتھ داڑھی سے پونچھے اور اللہ کا شکر ادا کر کے اٹھ کھڑے ہوئے......

''شاید کار کا کوئی ایکسیڈنٹ ہو گیا ہے۔'' سنیل نے بیئر اور گلاس ٹیبل پر رکھ کر کھڑکی سے باہر دیکھا۔

ابھی ناصر گرما گرم تندوری چکن اور اس سے بھی گرما گرم ایک چھوٹی سے گول مٹول لڑکی کو پکڑ لایا تھا۔مگر لڑکی کو مکر جی نے لفٹ میں ناصر کے ساتھ دیکھ لیا تھا۔اس لئے ناصر بے حد پریشان تھا۔

''سنیل! چلو ذرا نیچے ایک چکر لگا کر دیکھ آئیں کس کا ایکسیڈنٹ ہوا ہے۔''

''تو جا......اپن اب کہیں نہیں جانے والے۔چاہے کسی کا بھی ایکسیڈنٹ ہو جائے۔'' گرما گرم چکن کی خوشبو تھی یا لڑکی کے بدن سے اُٹھنے والی آنچ۔سنیل بے پیے ہی لڑکھڑا رہا تھا۔

مگر ناصر کا دل دھڑک رہا تھا۔اسی بلڈنگ کے تیسرے فلور پر اس کا فلیٹ تھا۔امی ابا بھی سڑک پر شور سن کر جاگ اُٹھے ہوں گے۔وہ تو یہی سمجھتے ہیں کہ ناصر سنیل کے فلیٹ میں اسٹڈی کرنے جاتا ہے۔کار کے بریک میں الجھی کسی کی چیخ بھی تھی۔

گہرے سیاہ پردوں سے گھرے کمرے کے اندر وہ چاروں بیٹھے نوٹ گن رہے تھے۔پارٹی میں کسی ممبر کو خریدنے کی بات پکی ہو جاتی تھی تو اسے دُکھی رام کے گھر بھیج دیا جاتا تھا۔دُکھی رام نے اس کالونی میں بڑا خوبصورت مکان بنوایا تھا۔بالکل مندر کا ماڈل۔اسے دیکھتے ہی خریدے

اور پیچھے جانے والے ہر ممبر کا سر جھک جاتا تھا۔ دُکھی رام سونے چاندی کے ایک چھوٹے سے بیوپاری تھے۔

مگر گھر کے اندر وہ دوسرا دھندا چلاتے تھے۔ ممبر چاہے کسی بھی پارٹی کا ہو۔ اسے توڑنے اور دوسری طرف چھوڑنے کا بزنس زوروں پر تھا۔ ان کا کسی بھی پارٹی سے کوئی تعلق نہیں تھا۔ اس لیے ہر پارٹی نے اپنا کروڑوں روپیہ ان کے ڈرائنگ روم کے نیچے دبا دیا تھا۔

ابھی کل ہی ایک پارٹی کے تین ممبروں نے دوسری پارٹی میں جانے کے لیے ایک ایک کروڑ روپیہ لیا تھا۔ مگر گھر جانے کے بعد انہیں احساس ہوا کہ بہت سستے بک گئے۔ صبح انہوں نے پریس کانفرنس میں اعلان کر دیا کہ وہ تو دونوں کے بیچ ایک سے فاصلے پر کھڑے ہیں۔ چنانچہ انہیں اپنی طرف سرکانے کے لیے پھر دُکھی رام کے گھر بھیج دیا گیا۔ اب وہ تینوں دو دو کروڑ گننے بیٹھ گئے۔

''لگتا ہے کوئی ایکسیڈنٹ ہو گیا ہے۔ میں ذرا نیچے جا کر دیکھ آؤں۔''

دُکھی رام ایسے وقت کسی نہ کسی بہانے نیچے اتر کر اِدھر اُدھر نظریں دوڑاتے رہتے تھے۔ انہیں سی بی آئی کا ڈر نہیں تھا۔ اپوزیشن پارٹی کے چغل خوروں کا خوف تھا۔ حالانکہ کالونی والے انہیں بڑا دیالو دھارمک انسان مانتے تھے کہ کالونی میں کسی سے لینا نہ دینا۔ بس دکان پر بیٹھے اور گھر میں گھس گئے۔

ایک چھوٹی سی ماروتی کار گھسٹتی ہوئی فٹ پاتھ سے جا ٹکرائی تھی۔

چیخ کی آواز سن کر لوگ دوڑے چلے آ رہے تھے۔

ہر فلیٹ کی ہر گھر کی کھڑکی کھل گئی تھی۔

وہاں سب سے پہلے پہنچنے والے سلطان حسین تھے۔ کیونکہ ہر لڑائی کو پھیلانا اور بھڑکانا ضروری تھا۔ اکرم نے جلدی سے کار اسٹارٹ کر کے فرار ہو جانے کی سوچی مگر لوگ اسے چاروں طرف سے گھیر چکے تھے۔ ''کیا ہوا......کیا ہوا......؟''

''میرا ڈینجر تھا۔ کتے کا بچہ۔ میں اسے ابھی یہاں چھوڑ کر اندر گیا تھا انکل۔''

سامنے والے گیٹ سے مائیکل دوڑتا ہوا آیا۔

''کتے کا بچہ...... ہائے ہائے...... چہ چہ...... افسوس...... ہائے رام...... کتنا بے رحم ہے سالا۔ نشے میں ہوگا حرامی...... پکڑ لو سالے کو......''

''ہمیں شما کر دیجیے۔ ان کی طبیعت ٹھیک نہیں ہے'' کومل نے کار سے باہر آ کر سب کے آگے ہاتھ جوڑ دیے (اتنی خوبصورت چھوکری کے ساتھ بیٹھا تھا سالا۔ اسی لیے......)

اب تو سب ہی کو غصہ آنے لگا۔

''ان کی طبیعت تو ابھی ٹھیک کیے دیتے ہیں ہم''۔ سلطان حسین سب کو ہٹا کر آگے بڑھے۔

''بل ڈاگ تھا ہمارا ڈینجر...... ہمارے گرینڈ فادر اس کے گرینڈ فادر کو لندن سے لائے تھے۔'' مائیکل سسکیاں لے رہا تھا۔

مائیکل کے ڈیڈی ایک مشہور مشنری اسکول کے پرنسپل تھے۔ وہاں ڈونیشن کے بغیر کسی بچے کو اڈمیشن نہیں ملتا تھا۔ اس بات پر کالونی کے لوگ ان سے خفا رہتے تھے۔

ہوسکتا ہے ڈینجر کو اسی لیے کار سے کچل دیا ہو کہ انتقام لیا جائے۔

سلطان حسین نے چنگاری کو ہوا دینے کی بات سوچ لی۔

''آئی ایم ویری سوری سر......''اکرم نے سب کے آگے ہاتھ جوڑے۔

''یہ بہت دُکھ کی بات ہوتی ہے۔'' مکر جی نے سر جھکا کر کہا۔'' آپ نوجوان لوگ ہر جگہ جلدی پہنچ جانا چاہتے ہیں۔ راستے کی ہر چیز مٹا کر۔ تباہ کر کے۔''

اکرم بے حد پریشان تھا۔ کہیں بات بڑھ گئی تو کومل کے پتی تک چلی جائے گی کہ دونوں آدھی رات کو......

''میری غلطی نہیں ہے سر۔ کتے کو ایک سائیکل والے نے ٹکر دی ہے۔ وہ سائیکل والا ایک بچّے کا پیچھا کر رہا تھا۔ بچہ اِدھر اُدھر بھاگ کر بچاؤ بچاؤ چلا رہا تھا۔ اور پھر وہ میری کار کے سامنے......''

''بس کرو یہ کہانیاں......'' مولانا زاہد ہاشمی نے چلا کر کہا۔

''ہماری کالونی میں آپ ایک جانور کی جان لیں گے تو ہم آپ کو چھوڑنے والے نہیں ہیں۔''

''پتہ نہیں آپ کو کون سی پارٹی والوں نے بھیجا ہے۔ آج مائیکل کے کتے کو مارا کل اس کے بھائی کی جان لے سکتے ہیں۔'' سلطان حسین نے اپنی تقریر کا آغاز کیا۔

''اجی، مسلمان لوگ تو کتے کے دشمن ہوتے ہیں۔'' دُکھی رام نے بڑے طنز کے ساتھ کہا۔

''ہم کتے کی قیمت دینے کو تیار ہیں انکل۔'' کومل نے سلطان حسین سے کہا۔

''اچھا......! بڑی دولت مند دیوی جی ہیں آپ......'' مکر جی نے نفرت بھرے انداز سے ادھر دیکھا۔

''ایک جانور کو کار سے کچل ڈالا۔ اور اس کی قیمت دے کر چلی جائیں گی......''

''روز کتنے دلوں کو روند ڈالتی ہیں آپ......'' ناصر نے بڑی دلچسپی سے کومل کو دیکھا۔

اکرم گھبرا کے دونوں ہاتھ ملنے لگا۔

''ہمیں معاف کر دیجیے۔ آپ جیسا کہیں وہی ہوگا......'' وہ سلطان حسین کی طرف بڑھا جو کھادی کا کرتا بڑی سی توند پر تانے کسی ٹی وی سیریل کے ویلن جیسے لگ رہے تھے۔

''آپ اپنا نام بتایئے''

''جی اکرم علی خان۔ انڈین ایئر لائن میں فلائٹ لیفٹینینٹ ہوں۔''

''اس لیے کار بھی پلین کی طرح چلاتے ہیں۔''

''ایک مسلمان ایک کرسچین کے کتے کو روند ڈالے تو کالونی کے ہندوؤں کو بے چارے کرسچین لڑکے ساتھ دینا چاہیے......'' دُکھی رام نے آہستہ سے سلطان حسین کے کان میں کہا تو انھوں نے گردن ہلا کر تائید کی۔

''لیکن آپ میری بات پر یقین کیجیے۔ غلطی سائیکل والے کی تھی۔ وہ سامنے والی گلی میں بھاگ گیا۔''

''غلطی کسی کی بھی ہو۔لیکن ایک جانور کا خون ہوا ہے۔اس کا فیصلہ اب پولیس کرے گی۔ہمیں اب پولیس اسٹیشن چلنا چاہیے''۔مکر جی نے اپنے مخصوص دھیمے دھیمے لہجے میں کہا تو سب نے تائید کی۔

کالونی میں چاہے کسی طرح کے لوگ رہتے ہوں۔لیکن اس بات کو سب مانتے تھے کہ مکر جی بہت اچھے' سچے اور بڑے اہم رائٹر ہیں کہ منسٹر تک انہیں دیکھ کر کھڑے ہو جاتے ہیں۔نوجوان ان کے پیر چھو کر آشیرواد لیتے ہیں۔

''تمہارا کیا نام ہے......'' سلطان حسین نے کومل کے پاس جا کر اسے بڑی دلچسپی سے دیکھا۔''

''جی......کومل اگروال ہوں۔میں ان کی ...... یہ میرے شوہر کے فرینڈ ہیں۔مجھے گھر چھوڑنے جا رہے تھے۔''

''ہاہاہا......'' مولانا ہاشمی اتنی زور سے ہنسے کے سب گھبرا کر انہیں دیکھنے لگے۔

''اب دیکھیے آپ کو کہاں چھوڑتے ہیں......'' سلطان حسین نے مسکرا کر کہا۔

پھر وہ اکرم کا ہاتھ پکڑ کے ایک کونے میں لے گئے۔کچھ دیر کے بعد بڑے فیصلہ کن انداز میں اعلان کیا۔

''مکر جی صاحب ٹھیک کہہ رہے ہیں ہمیں پولیس اسٹیشن جانا ہی پڑے گا۔''

''ہوسکتا ہے اس کتے کو مارنے کا ایک پلان ہو۔''

''اس سے پہلے بھی کسی نے اس کی ٹانگ توڑ دی تھی۔''

''ذرا سوچیے پوری کالونی میں صرف ایک کرسچین فیملی رہتی ہے اور اس کے ساتھ ایسا سلوک......''

''اب یہ ساری بحث کیا ضروری ہے؟'' مکر جی نے جماہی لے کر کہا۔

''ہاں ہاں......آیئے آیئے'' سلطان حسین نے اکرم کی کار کا دروازہ کھول کر سب کو بلایا۔

''میری بات سنیے پلیز......'' اکرم چاروں طرف گھبرا کر سب کو دیکھ رہا تھا۔

''آیئے مکر جی صاحب...... پہلے آپ بیٹھیے۔''

چھوٹی سی کار میں سلطان حسین' دُکھی رام' مولانا ہاشمی' سب گھس گئے۔ناصر چاہتا تھا وہ سامنے کومل کی گود میں سما سکے۔آخر مائیکل اور ناصر نے پولیس اسٹیشن تک پیدل جانے کا فیصلہ کیا۔اکرم نے کار اسٹارٹ کی تو مائیکل چلایا۔

''ارے......کار کے نیچے ڈینجر نہیں ہے۔یہ تو ایک بچّہ ہے۔''

''بچّہ......'' سب ایک ساتھ چلّائے۔''کیا مر گیا ہے......؟''

کومل چیخ مار کر اکرم سے لپٹ گئی اور زور زور سے رونے لگی۔

ہاشمی اور سلطان گھبرا نیچے اُترے۔

''اگر مکر جی صاحب پولیس اسٹیشن جانے پر اصرار نہ کرتے تو یہ دونوں فرار ہو جاتے۔''

''یہ معاملہ تو اب گڑبڑ ہو جائے گا۔'' دُکھی رام نے گھبرا کر کہا۔

''پتہ نہیں کس کا بچّہ تھا۔پولیس والے ہمارے پیچھے پڑ جائیں گے۔گواہی شہادتوں میں گھسیٹتے پھریں گے۔'' ہاشمی نے ناصر سے کہا۔

''میاں! اب یہاں سے کھسک جاؤ چپکے سے۔''

''اگر کسی ہندو کا بچہ ہے تو ہماری شامت۔''

''ہوسکتا ہے پیچھے جھگیوں میں رہنے والے کسی مسلمان کا بچہ ہو۔''

دُکھی رام نے گھر کی طرف تیزی سے جاتے ہوئے کہا۔

''مکر جی صاحب! اب میں پولیس اسٹیشن جاؤں گا تو پھر لمبی چوڑی انکوائری میں پھنسالیں گے مجھے۔'' سلطان حسین نے کہا۔''صبح مجھے وقار آباد الیکشن کی ایک میٹنگ میں جانا ہے۔''

''ہم لوگ اتنی دیر سے یہاں اکٹھے کھڑے ہیں۔ اگر کسی ہندو کا بچہ ہے تو اکرم میاں ہی نہیں ہم سب بھی مارے جائیں گے۔ کیا پتہ صبح تک دنگے شروع ہو جائیں۔''

مولانا ہاشمی جلدی جلدی گھر کی طرف بھاگے۔

مکر جی نے چاروں طرف دیکھا...... وہ اکیلے کار کی پچھلی سیٹ پر بیٹھے تھے۔ سب اپنے اپنے گھروں میں جا چھپے تھے۔

اب پولیس مجھے رات بھر حوالات میں بند رکھے گی۔ ممکن ہے اس بچّے کے قتل کی سازش میں شریک ہونے کا الزام لگا کر کورٹ تک جانا پڑے۔ برسوں مقدمہ چلے گا اتنے دنوں میں جانے کونسی پارٹی کی گورنمنٹ آ جائے گی۔ مجھے جیل میں ڈال دیں گے۔ نرملا اتنی ٹھنڈی رات میں اکیلی سو رہی ہے۔

آج میں نے اس ایڈیٹر کو لکھا ہے۔

''میرے لکھنے کا ایک مقصد یہ بھی ہے کہ میری لکھی ہوئی ایک سطر' ایک حرف کسی کو سچ بولنے کی طاقت دے۔ چور کو مجرم کہنے کا حوصلہ ہو۔''

مگر ایسے لوگ مجھے اپنے آس پاس نظر نہیں آتے......

کل نرملا کا میڈیکل چیک اپ کروانا ہے۔ ایک کہانی کب سے ادھوری پڑی ہے انہوں نے آہستہ سے کار کا دروازہ کھول کر باہر جاتے ہوئے سوچا......

''شاید اب میں بھی کسی کو نظر نہ آؤں۔''

جب مکر جی گہری نیند میں ڈوب گئے تو ایسا لگا جیسے کسی نے بیل بجائی ہے۔

''کون آیا ہے؟'' نرملا ڈر کے مارے ان سے لپٹ گئی۔

اُنہوں نے گھبرا کر دروازہ کھولا...... پولیس والے اسی بچّے کی لاش لے کر آئے تھے۔

''بتاؤ...... یہ کس کی لاش ہے......؟''

انہوں نے دروازہ بند کیا...... لائٹ آف کی بستر پر آ کر لیٹے تو نرملا نے کروٹ بدل کر پوچھا ''کس کی لاش تھی وہ......؟''

''میرے ضمیر کی......'' مکر جی نے لحاف میں منھ چھپالیا......

OOO

پھر صبح ہو گی

افسانہ ________________ لکشمی دیوی راج

شام ہو چکی تھی، دن ڈھل رہا تھا، سورج غروب ہو رہا تھا۔ برون ابھی تک گھر نہیں لوٹا تھا۔ اس کی بیوی سندھیا اس کے انتظار میں Sitting Room کی کھڑکی کے قریب ایک Couch پر بیٹھی تھی۔ کمرے میں اندھیرا چھا گیا تھا۔ سندھیا چپ چاپ بیٹھی رہی، چراغ روشن نہیں کیے، موٹر کی آواز سے چونک کر وہ اُٹھ کھڑی ہوئی، آگے چلنے لگی۔ سندھیا نے دیکھا برون گاڑی گیرج کے باہر چھوڑ کر گھر کی طرف آ رہا تھا۔ وہ اس طرح کار باہر چھوڑ کر نہیں آتا۔ سندھیا کے جسم میں کپکپی سی دوڑ گئی اس کا دردمند دل تڑپ گیا۔ برون کی چال سے اسے لگا کہ برون کو وہ Promotion جس کی اس کو قوی امید تھی نہیں ملا! وہ تیز تیز چل کر برون کے ہاتھوں کو اپنے ہاتھوں میں لے لیا، ایک ٹھنڈی آہ بھری، سندھیا کے ہاتھ چھوڑ دیئے۔ برون نے دھیمی آواز میں کہا ''سندھیا تم نے چراغ نہیں جلائے، اندھیرے میں بیٹھی ہو کب سے؟'' سندھیا نے کہا ''میں آپ کے انتظار میں بیٹھی رہی میرا دھیان.......''

برون چل کر سندھیا کے پاس Couch پر بیٹھ گیا۔ سندھیا نے ہمت کر پوچھا ''برون کس کو ملا Promotion؟'' ''فیض کو..... '' سندھیا چپ ہو گئی۔ میں تو اپنا نام سننے کے لیے بے قرار تھا کہ فیض کا نام سنایا گیا۔ مجھے یقین نہیں آ رہا تھا۔ سب لوگ فیض کے ارد گرد کھڑے اسے مبارکباد دے رہ تھے۔ میں نے کبھی نہیں سونچا تھا کہ اس طرح میرا حق مارا جائے گا۔'' سندھیا نے اٹھ کر برون کے کاندھے پر ہاتھ رکھا کہا ''اتنا ملال نہ کیجئے۔ God is Great کوئی نہ کوئی راستہ نکل آئے گا'' اس نے برون کے دونوں ہاتھ اپنے ہاتھوں میں لے لیے۔ برون نے اپنا ہاتھ نکال کر دھیرے سے سندھیا کے گال چھونے لگا۔ سندھیا نے بڑی نرمی سے برون کا ہاتھ چوم لیا۔ ''سندھیا مجھے بڑا صدمہ پہنچا۔ میں ہمیشہ اسی مغالطہ میں تھا کہ Promotion مجھے ہی ملے گا۔ ساتھ ہی میں نے بڑے سپنے سجائے رکھے تھے افسوس اسی بات کا ہے کہ میں تمھارا وہ خواب Kovilam Beach پر گھر...... پورا نہ کر سکا۔

''سندھیا نے کہا'' نشاءاللہ خدا نے چاہا تو ضرور کوئی اور اچھی بات ہو گی۔ ''نہیں سندھیا پتہ نہیں..... '' سندھیا نے فوراً کہا'' آپ بھگوان پر بھروسہ کیجئے۔ سب ٹھیک ہو جائے گا۔ برون کو ہمت دلانے کی کوشش کی خود کو بھی اذیت پہنچی تھی! وہ کوشش کر رہی تھی کہ برون کو حوصلہ دے سکے۔'' بھگوان نے چاہا تو آپ کو جلد ہی خوشیاں نصیب ہوں گی''۔ برون کچھ دیر چپ رہا، سندھیا چاہتی تھی کہ برون اپنے دل کا بوجھ کچھ ہلکا کرے۔ برون نے ڈوبتی ہوئی آواز میں کہا' سندھیا یہ صرف مایوسی ہی نہیں، مجھے افسوس اس بات کا ہے کہ مجھے نظرانداز کیا گیا ہے، میں بھی اتنا مستحق تھا جتنا کہ فیض۔ مجھے دھکا لگا ہے۔ میں سچائی کا سامنا کر نہیں سکتا ہوں۔ سندھیا برون کے اور قریب گئی اور کہا'' چلئے آپ تھک گئے ہیں، چل کر سو جائیں۔

سندھیا سوچنے لگی کہ کس طرح برون کا جی ہلکا کرے۔ اس کا من رو پڑا وہ اپنے بچوں کا دل کس آسانی سے بہلایا کرتی اور آج.....! وہ برون کے دل میں بے پناہ اعتماد پیدا کرنا چاہ رہی تھی۔ سندھیا نے دھیرے سے کہا'' برون چلئے کچھ کھا لیتے ہیں پھر آرام سے سو جائیں۔ دیکھئے رات کتنی گہری ہو گئی ہے، اور صبح طلوع آفتاب کے ساتھ ساتھ دنیا میں نور پھیلے گا، ہر شئے جگمگا اٹھے گی اور رنگت بدل جائے گی۔'' برون

وہاں سے اٹھا نہیں اور کہا ''سندھیا میں تم سے باتیں کرنا چاہتا ہوں۔ سنو گی نہ؟'' واہ یہ بھی خوب کہا۔ آپ جیسے جانتے نہیں کہ........ نہیں سندھیا ایسی بات نہیں دیکھو اب میں 35 سال کا ہو گیا ہوں۔ میں نے اس فرم میں گیارہ سال جم کے کام کیا محنت کی۔ میں ترقی کرنا چاہتا تھا۔ اور پھر'' سندھیا نے پھیکی مسکراہٹ سے بات کاٹتے ہوئے کہا'' پھر آپ مجھ سے ملے اور کیا ہوا۔ ہم دونوں کو ایک دوسرے سے محبت ہو گئی!''
''ہاں سندھیا، تمھیں یاد ہے ہم کیا کیا Plans بنایا کرتے تھے'' جی یاد ہے۔ ہمیں اس وقت کیا معلوم تھا کہ ہم اس طرح ہمیشہ کے لیے ایک دوسرے کے ساتھ ہوں گے''۔

اس عرصے میں کافی کچھ ہو گا۔ شادی ہو گی، دو بچے بھی ہو گئے بھگوان کی دَیا سے دونوں ماضی کی باتوں میں کھو گئے۔ سندھیا شرمیلی لڑکی، دل موہ لینے والی مسکان، چمکیلی آنکھیں، ہنس مکھ چہرہ۔ معصوم بچے کی طرح زندگی کے کنارے خیال ریت کے گھر بنا رہی تھی۔ اچانک زندگی میں بچپن غائب، شادی سے بیوی بنی اور دو بچوں کی ماں! اسی طرح برون نے محسوس کیا کہ وہ تنہا نہیں ہے، بلکہ اس کے ساتھ زندگی کی دوڑ میں سندھیا شریک تھی! برون نے کہا سندھیا تم میرے ساتھ تھیں۔ مجھے جو بھی خوشی ملی میں تمہارے ساتھ share کرنا چاہتا ہوں، ہمیشہ سوچتا کہ تمھاری گود خوشیوں سے بھر دوں۔ لگتا تھا کوئی بھی چیز میرے .... قدرت سے باہر نہیں! تم ملیں تو لگا میں کتنا خوش نصیب ہوں، تمھاری محبت ملی'' برون زندگی نہایت خوب صورت ہے۔ بھگوان کا دیا سب کچھ ہے، ہمیں کسی بھی بات کا ملال نہیں کرنا چاہیے۔ ہر مایوسی کا ڈٹ کر مقابلہ کرنا چاہیے، تو زندگی کامیاب بنتی رہے گی۔ برون میں جانتی ہوں کہ آج کی مایوسی نے آپ کو پریشان کیا۔ دیکھو نہ۔ یاد ہے ہم جب کالج میں تھے تو ہم دونوں کو قوی امید تھی کہ ڈراموں میں کام کرنے کا انعام ہم ہی کو ملے گا لیکن ایسا نہیں ہوا۔ سندھیا نے مسکرانے کی کوشش کی۔

برون نے پریشان نظروں سے سندھیا کو دیکھا، سندھیا کا مطلب بھانپ گیا۔'' او برون آج کی مایوسی کی نوعیت کچھ اور ہے، لیکن زندگی میں ایسے حادثے ہوتے رہتے ہیں ایسے نشیب و فراز آتے رہتے ہیں۔ انسان اگر اندر سے مضبوط نہ ہو تو وہ خود زندگی کے ہاتھوں مارا جاتا ہے۔ خدا پر بھروسہ رکھئے، آپ ابھی جوان ہیں..... ''برون نے سندھیا کے ہاتھوں کو نرمی سے دبایا اور متبنّی خیز مسکراہٹ سے گویا ہوا۔
''تمھیں یقین ہے؟''

سندھیا نے بات جاری رکھنے کی کوشش کی۔ برون نے سندھیا کے ہاتھ چھوڑ دیئے اور کہا'' تم اندھیرے میں کیوں بیٹھی ہو''۔ سندھیا نے کہا'' وہ میں آپ کے انتظار میں بیٹھی، Light لگانا بھول گئی۔ ویسے بھی اندھیرا غور و فکر کرنے کے لیے بہت موزوں ہوتا ہے۔ میں نے سوچا آپ جلد گھر لوٹ آئیں گے۔'' ہاں میرا بھی یہی خیال تھا، چلو ہم بیٹھ جاتے ہیں'' یہ کہہ کر وہ سندھیا کے پاس اسی صوفے پر بیٹھ گیا۔ سندھیا چاہتی تھی کہ اندھیرے میں بیٹھ کر دونوں باتیں کریں تا کہ برون اپنے دل کا حال سنانے میں سہولت محسوس کرے، کم از کم دونوں ایک دوسرے کے چہرے کا اُتار چڑھاؤ نہ دیکھ سکیں۔ سندھیا اسی طرح برون کی ہمت افزائی کرتی رہی۔ مایوسی کا ڈٹ کر مقابلہ کرنا چاہیے تا کہ ان کی زندگی کامیاب بنتی رہے۔ اسی طرح اس نے کہا'' برون آپ کو یاد ہے ہم جب کالج میں ڈراموں میں حصہ لیا کرتے تھے اور ہم کو قوی امید ہوتی کہ ہم کو انعام ملے گا، لیکن ایسا نہیں ہوتا'' سندھیا نے مسکرانے کی کوشش کی۔ خدا جو بھی کرتا ہے اس میں کچھ مصلحت ہوتی ہے جو بھی آج ہوا اسے بھولنے کی کوشش کیجئے خدا پر بھروسہ کیجئے، آپ کو انشاء اللہ اس سے بھی بڑھیا Promotion ملے گا۔ آپ کو اس طرح مایوس نہیں ہونا

چاہیے، آپ ابھی جوان ہیں۔ زندگی میں تو ایسے نشیب وفراز آتے رہیں گے۔ ہمت سے مقابلہ کرنا چاہیے۔ صبح آپ خود محسوس کریں گے کہ جو بھی میں نے کہا وہ حقیقت سے دور نہیں۔ میں آپ کو اچھی طرح سے جانتی ہوں''۔

برون اٹھ کر کھڑا ہو گیا، سندھیا کو سہارا دیا اور کہا'' آج کا دن بڑا طویل تھا، میں بالکل تھک گیا ہوں، چلو چل کر سو جائیں'' برون کی آواز کسی قدر ہلکی لگی۔ سندھیا نے مسکرا کر برون کا ہاتھ تھاما، دونوں اپنے کمرے کی طرف چل پڑے۔ چراغ جلانے سے اندھیرا دور ہوا، برون کے دل کا بوجھ ہلکا ہو رہا تھا۔ چلتے چلتے برون نے کہا'' سندھیا مجھے خود پر اتنا اعتماد نہیں جتنا کہ تم کو مجھ پر ہو رہا ہے، تم کہتی ہو تو مان لیتا ہوں، ہمت نہیں ہاروں گا''۔ سندھیا نے برون سے لپٹ کر کہا'' چلئے کل پھر صبح ہوگی''۔ جیسے ہی دونوں اپنے کمرے میں داخل ہوئے برون نے سائیڈ کی لائٹ آن کر دی۔ سندھیا حیران.... برون نے کہا سندھیا صبح ہوگئی۔ میرا Promotion ہو گیا ہے فیض کا بھی ہوا ہے، میں نے یوں ہی تم کو ستانے کہا تھا''۔'' آپ بھی نہ'' سندھیا نے کہا

او برون گلے میں بانہیں ڈال روئی۔

000

جھگڑنا

افسانہ ______________________ ڈاکٹر ممتاز مہدی

لڑائی، جھگڑا، مار پیٹ، دنگا فساد، خون خرابہ، عصر حاضر کے من پسند مشغلے ہیں۔ جھگڑنے والے نیک نیت ہوں تو بلا وجہ بھی بڑے سے بڑا جھگڑا شروع کر سکتے ہیں۔

مذہب کے نام پر جھگڑا فرقوں کا آپس میں جھگڑا علماء، شعراء، ادبا میں جھگڑا، کھیل کود میں جھگڑا، چوہا، بلی، سانپ، نیولا کتے طنز جانتے ہیں نہ مزاح مگر ان کے جھگڑے ہنگامہ خیز ہوتے ہیں۔ اقوام متحدہ ہو کہ دولت مشترکہ اسمبلی ہو کہ پارلیمنٹ ہر جگہ جھگڑا عام ہے۔ عین نکاح کے موقع پر مہر کے تعین کو لے کر جھگڑا۔ قاضی صاحبان ہوں یا ادارۂ پیامات شادی والے بلکہ سبھی کی ذمہ داری ہے کہ فہرست جہیز دیکھیں تو مہر کی رقم کتنی ہے دریافت کر کے تعین کر دیں ورنہ بنیادی خانے میں خوبصورت جھگڑے دیکھنے کے لیے تیار ہیں نئی نئی شیروانیاں پہلے نئے نئے سمدھیاں زباں کی لذت بانٹتے ہوئے آستینیں چڑھالیں نئے نئے سمدھیاں زبان کی لذت بانٹتے ہوئے آستینیں چڑھالیں، جان ہے، جھگڑا ہے، مر گئے تو وراثت کے بٹوارے کے لیے وارثین میں جھگڑا عدالت کی سیڑھیاں چڑھ جائیں تو بیس پچیس سال تک عدالت میں جھگڑا ہی جھگڑا۔ بہر حال ہر لمحہ ہر لحظہ سب کے سر پر جھگڑے کی ننگی تلوار لٹکتی رہتی ہے۔ ادبی ادارے، صحافتی ادارے دانش گاہیں تو جھگڑوں کے مراکز ہوتے ہیں۔

ہمارے مکان کی بالکونی سے دیکھیں تو روبرو والے مکان کا پورا نقشہ نظر آتا ہے۔ اس مکان میں دو بہنوں میں ہر روز بہت ہی دلفریب جھگڑا ہوتا ہے۔ بلا ناغہ رات آٹھ بجتے ہی محلے بھر کی عورتیں بچے ہماری بالکونی میں جمع ہو جاتے ہیں۔ جیسے کوئی بڑا شو ہونے والا ہے۔ جن کے ڈنر میں دیر ہو جاتی وہ اپنے ساتھ نوشے شطرنجیاں، پانی کی صراحی، گلاس لاتے بڑی بوڑھیاں، پاندان، اگالدان بھی ساتھ لاتیں اپنی پوتیوں نواسیوں کو ڈانٹتے رہتیں ''دیکھو لڑائی کیسے لڑی جاتی ہے، جھگڑا کسے کہتے ہیں'' انہیں ہدایت دیتیں کہ ''سونہ جانا جب تک لڑائی چلتی رہے ہوشیار رہنا ورنہ گھر واپس جانے میں تکلیف ہوگی'' بچیاں ہوم ورک کا بہانہ کرتیں تو کہا جاتا ''پڑھ لکھ کر کیا کرو گے، جھگڑے کے طور طریقہ ذہن نشین کر لو یہی آئندہ زندگی میں کام آنے والا ہے'' گویا جھگڑوں پہ موقوف ہے دنیا کی رونق۔

ویسے تو ہم جھگڑالو نہیں ہیں مگر جھگڑا ہم پر مسلط کر دیا جائے تو ذہن ماؤف ہو جاتا ہے۔ جسم میں تھرتھری ارتعاش کرنے لگتی ہے (شاید ماں کا دودھ نہیں پیا ہے) لیکن جب دوسرے لڑتے ہیں تو پورے انہماک سے جھگڑوں کا لطف لیتے ہیں۔ بچپن کی بات ہے اکثر بھیگی بھیگی کالی کالی بھیانک راتوں میں جب بلیاں لڑنے لگتی تھیں تو ہمارا دل خوشی سے بلیوں اچھلنے لگتا تھا۔ جب لوگ ہوش ہاش کر کے بلیوں کو خاموش کر دیتے تو ہم ایسے بے ذوق ناسمجھوں کو دل ہی دل میں بددعا دینے لگتے تھے۔ زمانہ بیتا ہمارے کان بلیوں کے جھگڑے سننے کے لیے ترس گئے اب جاکے اللہ میاں نے ہم پر رحم کیا اور ایک اچھا موقع ٹی وی پر سیاسی جماعتوں کے ''پراوکتاوون دوارے جھگڑوں کی ویسی ہی چہل پہل پیدا کر دی ہے۔ جس طرح لوگ بلیوں کو بھگا دیتے تھے۔ عصر حاضر کے ہمارے کرم فرما یہ چیخ و پکار کو سننے سے منع کرتے ہیں ہندو، مسلمان، ہندو مسلمان خواہ مخواہ دماغ خراب۔ انہیں کیسے سمجھائیں کہ اللہ میاں نے ہمارے لیے بچپن کی بند کلی کھلنے کا موقع عطا فرمایا ہے۔

جھگڑوں سے بھری اس دنیا میں جہاں پیار محبت کی خوب صورت نشانی ''تاج محل'' وہیں جب بادل گرجتے ہیں، مور بے ساختہ ناچتا

ہے ۔ ناچتے ناچتے اپنے پاؤں دیکھتا ہے جو انتہائی ڈوانے ہیں (اور اس کے گھنگھرو قتیلشفائی نے توڑ دیئے ہیں) مور رونے لگتا ہے۔ مورنی کی سہیلی اطلاع دیتی ہے ''تمہارے میاں ناچ رہے ہیں، مورنی دوڑتی ہوئی مور کے پاس آتی ہے اور روتے ہوئے مور کے آنسو پی جاتی ہے۔ جس کے نتیجے میں مورنی حاملہ ہو جاتی ہے۔ مور مورنی دکھتے ہی دیکھتے ماں باپ بن جاتے ہیں۔ نہ ناچ تانا، نہ عصمت ریزی نہ حلالہ نہ نکاح نہ طلاق نہ سات پھیرے، نہ سہاگ رات نہ Living in relationship نہ براتیوں کا دھڑ کی دھڑ ادھڑ پر بے ہنگم اچھل کود، نہ لاکھوں کا ڈنر (ٹیبل کرسی پر، جوتیوں سمیت) رات کے بارہ بجے، نہ شادی خانے کے اخراجات۔ جب کہ ہمارا حال یہ ہے کہ نہ خیال فجر وعشاء نہ دولھا اور میز بانوں سے ملنے کی فرصت مبارک کہنے کے لیے گویا بلد یہ آیا کھایا اور چل دیا۔ یہ سب قدرت کی طرف سے شادی کے تحائف ہیں (بطور سزاء)

دبئی سے خبر آئی ہے کہ لڑکی نے شوہر کے خلاف مقدمہ دائر کیا کہ ان کا شوہر موصوفہ سے جھگڑا ہی نہیں کرتا۔ موصوفہ نے جج سے بکھان کیا کہ ''میرا شوہر شادی ہو کے ایک سال ہو گیا لیکن اس نے آج تک ایک بھی جھگڑا نہیں کیا۔ کم ظرف اتنی محبت کرتا ہے اتنی محبت کرنے والا شوہر میں نے آج تک نہیں دیکھا۔ نہ سنا۔ جاجا کے میں ہی اس کی تقدیر میں لکھی تھی، میری سیوا کرتا ہے، سر دباتا ہے، پاؤں دباتا ہے، کھانا پکاتا ہے، کھانا پروستا ہے، سارے برتن، کپڑے دھو دیتا ہے۔ حد ہو گئی جج صاحب میں نے اتنے فتنے فساد کیے لیکن اس بدتمیز نے جواباً کبھی جھگڑنا تو دور کبھی جھڑکا تک نہیں، الٹا تحفے، تحائف کی انبار لگا دیتا ہے۔ میں نے شادی سے پہلے کیا کیا سوچتا تھا۔ جج صاحب! کیا کیا منصوبے تھے۔ کیسے کیسے ارمان تھے۔ صورت حال یہ ہے کہ دل کے ارماں آنسو بن کے بہہ گئے۔ میں نے سوچا تھا، جب میری شادی ہوگی تو میں اس طرح جھگڑوں گی اس طرح جھگڑوں گی ہر جھگڑا جیت جاوں گی۔ یہ گالی دے گا تو میں جواب میں وہ گالی دوں گی۔ چپل سے مارے گا تو میں بیلن سے ماروں گی۔ یہاں تو الٹی گنگا بہہ رہی ہے کم سے کم دن میں ایک جھگڑا تو ہو۔ بچپن سے میاں بیوی کے جھگڑے سنتے آئے اور ہماری قسمت دیکھئے، آپ ہی کہیے یہ بھی کوئی زندگی ہے۔ دم گھٹتا ہے، ایسے ماحول میں تو میں نے تصفیہ کر لیا ہے مجھے اب اور اسی وقت طلاق چاہیے۔ (منہ کو دستی لگائے) جج صاحب ہنسی کو چھپاتے ہوئے شوہر نامدار سے پوچھا

''ہم ان کی طلاق کی عرضی قبول کر لیں تو؟''

ششوہر نے کہا

''نہیں نہیں جج صاحب ایسا ہوا تو میں خودکشی کر لوں گا''

جج صاحب نے فیصلہ سنایا

''یہ عدالت آپ کو تین مہینے کا وقت دیتی ہے آپ جھگڑے کی ٹریننگ لیں پھر روزانہ کم سے کم جھگڑے کا تحفہ اپنی بیوی کو دیں۔'' ایسا کرنے میں ناکام رہیں تو از خود طلاق ہو جائے گی۔ تین ماہ بعد افتتاحی جھگڑے کی تقریب شاندار پیمانے پر منعقد کی گئی۔ اس تقریب میں جج صاحب نے بھی شرکت کی!!

000

آنسو! محبت کی آنکھ سے ٹپکا ہوا

افسانہ ________________ **خیر النساء علیم**

شفا ملک بابا کے خالہ زاد بھائی احسان ملک کی بیٹی تھی۔خوبصورت اسمارٹ تعلیم یافتہ باشعور سمجھدار اس کے چہرے کا سب سے خوبصورت حصہ اس کی بھوری آنکھیں تھیں۔جس پر دراز پلکیں سایہ فگن رہتیں اس کے بعد اس کے ہاتھوں کی مخروطی انگلیاں کسی سنگ تراش کا شاہکار اجنتائی آرٹ کا خوبصورت نمونہ......وہ ایک خوش مزاج لڑکی تھی۔مگر قسمت کی ستم ظریفی کہ شادی کے چند ماہ بعد ہی بیوگی کی چادر اوڑھے ماں باپ کے گھر آ گئی تھی۔اس کا شوہر ایک بہترین پائیلٹ تھا۔کچھ دن پہلے ہی ہوائی کرتب کا مظاہرہ کرتے ہوئے اس کا ہیلی کاپٹر حادثے کا شکار ہو گیا تھا۔شفا کئی دن تک اپنے حواس میں نہ آ سکی تھی۔کتنی عجیب بات ہے کہ ایک لڑکی جب بیوہ ہوتی ہے تو منحوس و سبز قدم ہو جاتی ہے۔معلوم نہیں لوگ اتنے توہمات میں کیوں پڑ جاتے ہیں۔دل کے ایوانوں میں حزن و ملال کے پتے بکھرنے لگے۔بھری بہار میں خزاں اس کے گرد تھی......

حماد ہاشمی جب ایم بی اے کی ڈگری لے کر لندن سے واپس لوٹا تو ماں باپ کی خوشی کا کوئی ٹھکانہ نہ تھا۔اسی خوشی میں جواد ہاشمی نے اپنے فارم ہاؤس پر بہت بڑی پارٹی کا انتظام کیا۔سارے دوست احباب اور قریبی رشتہ دار شریک تھے۔لان میں کھانے کا انتظام کیا گیا تھا۔حماد جب اپنے دوستوں کے ساتھ کھانا لینے پہنچا تو دیکھا کہ شفا ایک نسبتاً تاریک گوشے میں اپنے بابا کے ساتھ پلیٹ لئے کھڑی ہے۔حماد از راہ میزبانی اس کو کچھ لینے کی آفر کرنے لگا......

''آپ کی پلیٹ میں تو بس اتنا سا کھانا ہے جو کسی چڑیا کے لئے بھی ناکافی ہوگا''......

''جی شکریہ! میں کھا چکی ہوں''......

ابھی تعارف کا سلسلہ شروع ہی ہوا تھا کہ جواد صاحب آ گئے......

''ارے بھئی احسان! تم اس طرف اکیلے کیا کر رہے ہیں؟ شفا بیٹی آپ نے کچھ کھایا حماد ان سے ملو یہ میرے خالہ زاد احسان ملک ہیں۔اور یہ ان کی اکلوتی بیٹی شفا ملک ہے۔جس نے پھر سے اپنی تعلیم شروع کر دی ہے۔''......

یوں حماد کا تعارف کروا کر جواد صاحب دوسرے مہمانوں کی طرف چلے گئے۔تب ہی مسز جواد وہاں آ گئیں۔

''احسان بھائی! بڑے دنوں بعد ملاقات ہو رہی ہے آپ نے کوئی رشتہ دیکھا ہے آپ نے شفا کے لئے بھابی کے حیات نہ ہونے کی وجہ سے آپ کو ہی ماں اور باپ کے فرائض ادا کرنے ہوں گے''......

''ہو جائے گا رشتہ بھی جب خدا کو منظور ہوگا''......انہوں نے محبت بھری نظر سے شفا کو دیکھتے ہوئے کہا اور حماد بڑی دلچسپی سے ان کی باتیں سن رہا تھا......

''اور ینگ مین آپ کیا کر رہے ہیں آج کل''......احسان ملک حماد سے مخاطب تھے۔اور اس کے دل اور دماغ پر شفا کا حسن اس کی معصومیت چھائی ہوئی تھی بس اب میں گھر جاتے ہی ممی پاپا کو شفا کے گھر بھیجوں گا''......

''کیا''؟انہیں نہ صرف حیرت کا جھٹکا لگا تھا بلکہ وہ بالکل سکتے کے عالم میں بیٹے کو دیکھ رہی تھیں۔

''نہیں ! نہیں!''انہوں نے بے یقینی سے انکار میں سر ہلایا۔

''مگر کیوں؟''لمحہ بھر بھی حماد نے ماں کے احساسات و کیفیت و حالت پر غور نہیں کیا......

''ماما!! آپ اس سے ملیں تو!!''

''کیا میں اس سے کبھی نہیں ملی''......

''پھر ! کیا وہ خاندانی نہیں ہے؟''حماد ماں کے روبرو تھا......

''ہاں ہے، سب کچھ ہے، شریف و عزت دار ہے......مگر!انہوں نے جملہ ادھورا چھوڑ دیا۔

''کیا پڑھی لکھی نہیں ہے؟''

''حماد''۔وہ کھڑی ہوگئیں......''یہ کوئی مذاق نہیں ہے میں بے حد سنجیدگی سے کہہ رہی ہوں' بے شک پڑھی لکھی خاندانی شریف لڑکی ہے......مگر مت بھولو کہ وہ ایک بیوہ بھی ہے''......وہ آخری نگاہ اس پر ڈال کر باہر نکل گئیں۔

سب سے پہلے اس نے باپ کو اس راز میں شامل کیا اور وہ چونک کر اسے دیکھنے لگے......

''ہاں بیٹا ! میرے بھائی کی بیٹی ہے وہ' بہت سمجھدار ذہین بچی ہے تمہارے ساتھ بہت خوش رہے گی مگر تمہاری مما کو اس کے بیوہ ہونے پر بڑا شدید قسم کا اعتراض ہے''......

آج کل وہ لڑکیوں کی تصویریں حماد کو دکھا رہی تھیں' اور وہ بہت خوبصورتی سے انکار کرتا جا رہا تھا......آخر کب تک۔ایک روز اس نے ماں کے پرزور اصرار پر شفا کا نام لے لیا۔اور دل میں دعا مانگی......اے خدا! میں ایک نیک اور خلوص و محبت کا کام کرنے جا رہا ہوں میری مدد فرما' میری مما جذباتی نہ ہو مجھے اتنی ہمت اور حوصلہ عطا کر کہ تمام دلائل سے اپنا کیس جیت لوں''......

برائی دراصل ہماری سوچ و فکر میں ہوگئی ہے۔ہم لوگ رضا الٰہی کے لئے کوئی کام نہیں کرتے بلکہ یہ دیکھتے ہیں کہ لوگ کیا کہیں گے......اور فی الحال میں کوئی قدم ایسا اٹھانا نہیں چاہتا......

''سن لیا آپ نے اپنے بیٹے کا کارنامہ......وہ نہایت غصہ کے عالم میں شوہر سے مخاطب تھیں۔

''کیا؟''جواد ہاشمی نے چونکنے کی اداکاری کی۔

''ڈال دیا ہے شفا نے اپنی اداؤں کا جال میرے بیٹے پر......کہہ رہا ہے میں صرف شفا سے ہی شادی کروں گا ورنہ کسی سے نہیں''......

''ہاں تو ٹھیک ہے نا بیگم......خوشی سے اجازت دے کر ہم بھی ثواب دارین حاصل کرلیں گے''......

''نہیں !ہرگز نہیں' شادی کے چند مہینوں میں ہی اپنے شوہر کے لئے منحوس ثابت ہوئی......اب کہیں میرے بیٹے کے لئے بھی''......ان پر رقت طاری ہوگئی......

''مگر اس کے شوہر کا تو ہیلی کاپٹر کریش ہوا تھا' اس حادثے میں بے چاری شفا کا کیا قصور''......

''جو کچھ بھی ہو میں اپنے بیٹے کو داؤ پر نہیں لگا سکتی' سنا آپ نے...... وہ شفا کے علاوہ کسی بھی لڑکی سے کہے میں خوشی سے تیار

ہو جاؤں گی''......

دونوں ہاتھ جیبوں میں ڈالے حماد لان میں ٹہل رہا تھا۔ جہاں اطراف میں چاندنی بکھری ہوئی تھی اور اس کے ساتھ پھیلے سکوت اور بے سکونی نے اس کے خیالوں میں بے چینیاں بھر دی تھیں۔ ''ماں کی محبت آزمائش کیوں بن جاتی ہے...... یا اللہ''......اس نے گہری سانس لے کر آسمان کی جانب دیکھا آسمان پر تارے جگمگا رہے تھے......

''کسی کو بیوہ بنا دیا...... کسی کو سہاگن......اس زمین پر سب تیری ہی آزمائشیں ہیں پھر بھی...... یہ انسان کیوں نہیں سمجھتے''......

اپنے کمرے کی کھڑکی میں کھڑی مسز جواد ہاشمی اپنے بیٹے کو بغور دیکھ رہی تھیں۔ اس کی بے چینی ان سے چھپی نہ رہ سکی...... پلٹ کر وہ شوہر کے پاس پہنچیں وہ سونے کی تیاری کر رہے تھے......

''نیچے لان میں چلیں...... مجھے ایک فیصلہ کرنا ہے'' انہیں ہاتھ پکڑ کر اٹھانے لگیں......

''اچھا! مجھے بتاؤ۔ اتنی سردی میں لان میں جا کر تم کیا فیصلہ کرنے والی ہو؟''

نیچے لان میں پہنچنے پر دیکھا کہ حماد بالکل دیوانوں کی طرح آسمان میں کچھ تلاش کر رہا ہے۔ آنکھیں غمگین پانی سے بھری ہیں' لب پر تھرتھراہٹ ہے بے قابو ہو کر بیگم جواد آگے بڑھیں......آئی لو یو بیٹا انہوں نے تڑپ کر اسے اپنے سینے میں بھینچ لیا۔ کتنے دنوں بعد انہوں نے اسے پیار سے گلے لگایا تھا۔ یوں خوش ہو رہی تھیں جیسے بہت بڑا معرکہ سر کر لیا ہو۔ حماد ہونقوں کی طرح ماں کے سینے سے لگا کھڑا تھا۔ مارے حیرت کے اسے کچھ بھی سجھائی ہی نہ دے رہا تھا۔ جواد ہاشمی الگ حیران نظروں سے ماں اور بیٹے کو دیکھ رہے تھے۔

''چلیں جواد! صبح ہوتے ہی ہم شفا کے گھر چلتے ہیں اپنے بیٹے کا رشتہ لے کر''......

''نہیں یہ نہیں ہو سکتا...... بقول تمہارے ایک بیوہ سے ہمارے بیٹے کی شادی کیسے ہو سکتی ہے کہیں ہمارے بیٹے کے ساتھ بھی!!''

''اب آپ شرمندہ نہ کریں۔ میں جان گئی ہوں اس میں اس معصوم کا کیا قصور تھا...... میں اپنے بیٹے کو اس طرح سوگوار حالت میں نہیں دیکھ سکتی۔ بہت کوشش کی میں نے......مگر حماد کے جذبوں کی سچائی پر میں نے اپنے آپ کو بدل ڈالا ہے۔ اور یہ جان گئی ہوں کہ اللہ کے فیصلوں کے آگے کوئی بھی دم نہیں مار سکتا۔

OOO

داتوُن والی بُڑھیا

افسانہ ____________________ امتیاز غدر

روزانہ بازار جانا میری مشغولیت میں شامل تھا۔ بڑے نما تھیلے میں ایکا دھ ہری سبزی خرید کر رکھتا۔ دو چار ہم عمر لوگوں سے اگر اتفاقاً ملاقات ہو جاتی تو ان سے دُنیا جہان میں پیش آرہے روزمرہ کے واقعات پر مختصر تبصرہ کرتا، پھر ایک ادھ کپ شوگر فری چائے پی کر گھر واپس لوٹ آتا تھا۔ ہاں اس کے ساتھ ہی دیہات سے آئی ہوئی سبزیاں بیچنے والی عورتوں کے درمیان نیم، ہسکھوا داتوُن بیچتی ایک پُل پُل سی قبائیلی بوُڑھی عورت سے نہ چاہتے ہوئے بھی ایک موُٹھا داتوُن جس میں ہفتہ کے سات دنوں کے حساب سے سات داتون ہوتے تھے۔خریدنا نہ بھولتا تھا۔ مجھے داتونوں کی ضرورت نہیں رہتی تھی کیونکہ میں اپنے نقلی دانت برش سے ہی صاف کرتا تھا۔اس کے ساتھ ہی نہ ہی میں کوئی عظیم شخصیت بننے کی خواہش اپنے دل میں رکھتا تھا۔لیکن نہ جانے کیوں مجھے چارپائی کی رسیوں کی طرح جُھریوں میں لپٹی اس بوڑھی عورت سے ایک نامعلوم سی اُنسیت ہوگئی تھی۔ دو روپئے کا ایک سکہ اس کی جانب اُچھال کر ایکموُٹھا داتون لے کر میں اس سے روزانہ کچھ نہ کچھ ایسی اپنائیت والی بات کرتا کہ اس کے سیاہ رُخساروں میں کچھ لمحوں کے لیے ایک عجیب طرح کی چمک پیدا ہو جاتی تھی۔

دو دو روپئے میں داتونوں کو بیچنے والی اُس نحیف جسم والی عورت سے شاید مجھے زندگی جینے کا حوصلہ ملتا تھا۔تمام طرح کی سہولتوں کے رہنے کے باوجود ہمیں زندگی بے رنگ لگتی۔اور وہ بنیادی سہولتوں سے محروم رہ کر بھی زندگی جینے کا فن جانتی تھی۔ایسا مجھے اُس سے مل کر محسوس ہوتا تھا۔

آج کے اس مضبوط اور خوشحال اقتصادی دور میں بھی، جہاں دو چار روپئے کی کوئی قیمت نہیں رہ گئی تھی۔ وہاں کچھ لوگ آج بھی دو روپئے کا داتون خریدتے وقت اُس بُڑھیا سے مول بھاؤ کرنے میں ذرا بھی نہیں ہچکتے تھے۔ میں نے ایک دن دیکھا کہ کس طرح وہ اپنے گاہکوں سے نپٹتی ہے—

''اے بُڑھیا، داتون کیسے ہے؟ ''

''دو روپئے موٹھا....''

''پانچ کا تین دے گی ؟''

''نہیں ....''

''ارے، پتلا پتلا تو ہے۔ ''

''کہاں پتلا ہے.....جو ملتا ہے، سو ہے۔ ''

''نیم کا اور سکھُوا کا ایک ہی دام ہے؟''

''ہاں، سب دو روپئے کا موٹھا۔ ''

'' دیکھتے ہیں بڑا بابو، لگتا ہے خرید کر لاتی ہے۔ ''

''مت پوچھیے بھائی، یہی سب کا تو راج ہے۔''

''اے بُڑھیا لگاؤ نہ پانچ کا تین، ہم بھی لیں گے۔''

''نہیں ہوگا بابو......''

''مُفت کا تو لاتی ہے۔ اور کہتی ہے کہ نہیں ہوگا......دو !''

''نا......!''

(2)

''ارے بھائی یہ سب جو بول دے گی وہ پتھر کی لکیر ہے۔ لے لیجئے۔''

''لاؤ، تین موٹھا دو۔ ذرا موٹا، موٹا والا دینا۔''

''سب موٹا ہی ہے.....''

''یہ لو چھ روپئے۔ ایک ایک کا چھ سکّہ ہے۔''

''اور ہم دو موٹھا لیے۔ یہ لو ایک دو کا سکّہ اور دو ایک ایک کا۔ کُل چار روپئے ہوئے۔ ٹھیک ہے نا''

''ہاں......!''

دونوں گاہک وہاں سے بڑبڑاتے ہوئے کوچ کرتے ہیں کہ تیسرے گاہک کی شکل میں ایک موٹی سی عورت آتی ہے۔

''اے، کرونج کا داتون ہے؟''

''نہ....نیم اور سکھوا کا ہے۔''

''سب تو ٹیڑھا سیڑھا لگتا ہے.....سیدھا سیدھا کاہے نہ لاتی ہے؟''

''ایکدم سیدھا کہاں ملے گا.....یہ لو! یہ سیدھا ہے۔''

''دو مُوٹھا دو! تین روپے دیں گے۔''

''نہ چار روپے لگے گا۔''

''کون سا گھر کا ہے !......تین روپے سے زیادہ نہیں دیں گے۔''

''نہ......ہوگا۔''

''ارے ہو جائے گا دادی۔ لو تین روپے۔''

''ایک روپیہ اور دو !''

''اچھا دوسری بار آئیں گے، تب لے لینا۔''

''کہاں تلاش کریں گے ایک روپیہ کے لیے۔''

''دادی ہم آتے ہی رہتے ہیں۔''

''کیا دادی.....دادی کرتی ہے.....دادی ہیں تو دو روپے زیادہ دے دو!''

''اچھا دوسری بار ضرور دے دیں گے۔''

وہ عورت کھسکتی ہے کہ تین چار چھوری ٹائپ کے نوجوان لڑکے اپنے اپنے ہاتھوں میں چندے کی رسید لیے آتے ہیں۔

''اے بُڑھیا.....بہت مال بٹور لی۔ لا نکال چندہ......!''

''کس کا چندہ......!''

''کلب کا......!''

''یہ کون سا تہوار ہے؟''

''یہ تہوار نہیں ہے۔''

''تو......؟''

''ارے دیتی ہے کہ خالی کھچ کھچ کرے گی.....لو بیس روپے کی رسید!''

''ارے.....بتاؤ گے نہ! کون سا تہوار ہے.....سرسوتی پوجا، ہولی، دیوالی، محرم....؟''

(3)

''اے بُڑھیا آرام سے یہاں بیچنے دیتے ہیں تو پٹر پٹر کرتی ہے بیس روپے دینے میں....روز روز مانگتے ہیں کیا؟''

''ابھی اُٹھا پوٹھا کر لے جائیں گے، تب سمجھے گی۔''

''لے جاؤ.....! کیا لے جاؤ گے؟ میرا نصیب؟''

''لو دو روپے!''

''ارے کم سے کم دس روپے دو! دو روپے میں کیا ملتا ہے آج کل؟''

''دو روپے لینا ہے تو لو......!''

''یہ تو اب بھیکاری بھی نہیں لیتا.....!

جاتے جاتے ان لڑکوں نے بُڑھیا کا دو موٹھا داتون اُٹھا کر لیتے گئے۔ وہ چلاتی رہی۔

مجھے اُسی سے معلوم ہوا تھا کہ وہ اپنے گاؤں سے تقریباً پانچ چھ کلومیٹر کی دوری پیدل طے کر کے اس چھوٹے سے قصبے کی ڈیلی مارکیٹ میں پہنچتی تھی۔ کولیری علاقہ تھا۔ اس وجہ سے روزانہ یہاں گاہکوں کی بھیڑ لگی رہتی تھی۔ لیکن وہ روز نہ آ کر کے، بلکہ ایک دن کے بعد ہی یہاں آتی تھی۔ جس روز یہاں نہیں آتی، اس روز اپنے بوڑھے کے ساتھ جنگل داتون توڑنے کے لیے چلی جاتی تھی۔ داتون بھی اب جنگلوں میں آسانی سے دستیاب کہاں تھا۔ اچھے داتونوں کو تلاش کرنے میں کافی محنت کرنی پڑتی تھی۔ روایتی جنگل اُجڑ رہے تھے۔ اور جو نئے درخت لگ رہے تھے ان پر سخت نگرانی لگی رہتی تھی۔ اس وجہ سے بڑی محنت و مشقت کے بعد بھی ٹیڑھے میڑھے داتون ہی مل پاتے تھے۔ داتون توڑنے میں دونوں بوڑھا بوڑھی کا دن بھر وقت برباد ہوتا تھا۔ بوڑھا اپنی بوڑھی کے ساتھ بازار آنے سے قاصر تھا۔ اب اُس میں وہ پہلی سی قوت باقی نہیں رہ گئی تھی۔

ہاں کسی طرح گاؤں سے منسلک جنگل میں وہ بُڑھیا کے ہمراہ داتون توڑنے چلا جایا کرتا تھا۔ دوسری جانب بُڑھیا گاؤں کی دوسری عورتوں کے ہمراہ جو موسمی سبزیاں فروخت کرنے کے غرض سے بازار آتی تھی ہو لیتی تھی۔

اُس روز بھی وہ دوسری عورتوں کے ہمراہ صبح صبح ہی پہنچ گئی تھی یہاں۔ ایکدم بھوکے پیٹ۔ دس بجے تک داتون بیچنے کی مشغولیت میں اُسے بھوک کا احساس ہی نہیں ہوا تھا۔ ہاں، کچھ لمحہ پہلے ساتھ آئی عورتوں نے اُسے دو لوپ موڑھی ضرور دی تھی۔ جسے وہ اپنی میلی سی آنچل میں باندھ کر رکھی ہوئی تھی۔ اب جب لوگوں کا آمد و رفت کچھ کم ہو گیا تھا۔ اور اُس کے پاس داتونوں کے کچھ ہی مُوٹھا باقی رہ گئے تھے، تب اُسے بھوک ستانے لگی تھی۔

اُس نے اپنے بازو میں بھنڈی بیچ رہی عورت سے ''داتونوں کو دیکھنا'' کہہ کر نزدیک کے ہی ایک جھونپڑی نما دوکان میں داخل ہوئی۔ جہاں گرما گرم آلو چاپ چھن رہا تھا۔ اُس نے وہاں پانچ روپے میں ایک آلو چاپ خریدی اور پھر واپس آکر آنچل میں بندھی موڑھی کو کھول کر اس میں آلو چاپ کو مسل کر ملانے لگی۔ کچھ دیر تک آلو چاپ اور موڑھی کو آپس میں ملانے کے بعد اُس نے پہلے اپنے آزو بازو میں بیٹھی عورتوں کو بھی آلو چاپ موڑھی کھانے کی آفر دی۔ جسے اُن عورتوں نے محبت سے لینے سے انکار کر دیا۔

پھر بازار میں اکا دُکا ٹہل رہے لوگوں کو پُر امید بھری نظروں سے دیکھتے ہوئے وہ آلو چاپ موڑھی چبانے لگی۔

دن کے گیارہ بجتے بجتے سبزی بیچنے والی عورتیں اپنی بچی کھچی سبزیوں کو اونے پونے قیمت میں بیچنے لگ گئی تھی۔ انھیں دو پہر تک گھر واپس لوٹنے کی بھی فکر تھی۔

اس کے پاس بھی موٹھوں سے کھل چکے ٹیڈھے میڈھے داتون ہی بچے تھے۔ وہ آج چالیس موٹھا داتون لے کر آئی تھی۔ دو روپے کے حساب سے اسیّ روپے ہونا تھا۔ لیکن جب اُس نے سارے سکوں کو ایک ایک کر کے گنا، تب کُل جمع پینسٹھ روپے ہی ہوا۔ اس پر پانچ روپے کا ایک آلو چاپ لے کر وہ پہلے ہی کھا چکی تھی۔ اب اس کے پاس کُل جمع ساٹھ روپے ہی بچا تھا۔

بازار چھوڑنے سے قبل اس نے سامنے کی اُسی جھوپڑی نما دوکان سے اپنے بوڑھے کے لیے دو آلو چاپ خریدنا نہیں بھولی۔ کئی دنوں کے بخار سے اس کا مُنھ بے ذائقہ ہو چکا تھا۔ وہ کچھ تیکھا کھانے کو کل سے مانگ رہا تھا۔ ساتھ ہی ایک پاٹ شراب لانے کے لیے بھی وہ اس کے نزدیک رات کو گھگھیا رہا تھا۔ اس لیے راستے میں اس نے ایک گومٹی نما دوکان سے دس دس روپے میں شراب کا دو پاؤچ بھی خرید لی۔

(4)

دوسری عورتوں کے ہمراہ چلتے ہوئے اسے بھی اب گھر پہنچنے کی جلدی پڑی ہوئی تھی۔ بوڑھا اب تک کُچھ کھایا پیا ہو گا یا نہیں۔ یہ فکر اُسے لاحق ہو رہی تھی۔ رات کا بچا باسی بھات میں پانی ڈال کر اس کے لیے چھوڑ آئی تھی۔ دو پہر ڈھلنے کو ہو آیا تھا۔ اس لیے اب اسے بھی بھوک ستانے لگی تھی۔ وہ جلدی سے گھر پہنچ کر اپنے اور بوڑھے کے لیے ساگ بھات بنانے کی سوچ رہی تھی۔ ساتھ میں آئی ایک عورت نے فروخت نہ ہونے کی وجہ سے دو موٹھا گندھاری ساگ دیا تھا۔ جسے وہ اپنی گٹھر میں باندھ کر لیے جا رہی تھی۔ بوڑھا کو بھی گندھاری ساگ پسند تھا۔

وہ تھکے ہارے جب گھر پہنچی، تب اپنے گھر کا دروازہ نصف کُھلا دیکھ کر اپنے آپ میں بڑبڑاتی ہوئی اندر داخل ہوئی۔ بوڑھا اپنی چارپائی

پر نہیں تھا۔اس نے سوچا کے وہ رفع حاجت کے لیے کہیں نکلا ہوگا۔ بات بھی درست تھی۔ وہ ابھی آگے کُچھ سوچتی کہ اس سے قبل ہی بوڑھا ''کے ہئی'' کے ہانک لگاتے ہوئے اندر داخل ہوا۔

''اوہ بدھنی مائی۔ککھن ایلیی ؟'' (اوہ بدھنی ماں، کب آئی) اس نے اندر بڑھیا کو پا کر چار پائی پر بیٹھتے ہوئے پوچھنے لگا۔ بوڑھا اُسے بُدھنی مائی کہتا اور وہ بوڑھے کو بُدھنی باپ کہہ کر ہی مخاطب کرتی تھی۔ دونوں کی ایک ہی تو بیٹی تھی۔ جس کا نام بروز بُدھ کو پیدا ہونے کی وجہ سے بُدھنی رکھ دیا گیا تھا۔ آج سے کئی سال پہلے اپنے عہد شباب کے شروعاتی دور میں ہی وہ گاؤں کی دوسری لڑکیوں کے ہمراہ دوسرے شہر کو ذریعۂ معاش کی تلاش میں چلی گئی تھی۔ جو آج تک پھر گھر واپس لوٹ کر نہیں آئی۔ گاؤں سے گئی دس بارہ لڑکیوں میں سے دو تین ہی واپس لوٹ کر آئی تھی۔ باقی کا اب تک کُچھ اتا پتا نہیں چلا تھا۔ واپس آئی لڑکیوں نے بھی باقی کا احوال بتانے میں خود کو معذور بتائی تھی۔ لوگوں نے ان کے متعلق قیاس آرائیاں کچھ اس طرح لگائی کہ شاید شہر پہنچتے ہی سب کے سب الگ الگ کام دھندوں میں لگ جانے کی وجہ سے ایک دوسرے سے ملنا جلنا نہیں رہا ہوگا۔ سچائی بھی یہی تھی۔ سب کے سب مختلف کاموں میں لگ گئیں تھی۔ پھر کس کے ساتھ کیا ہوا کسی کو پتا نہیں۔ دو تین جو قرب وجوار میں تھی۔ تو کسی طرح مل کر گھر واپس لوٹ پائی۔ مگر ان خوش نصیبوں میں بدُھنی نہیں تھی۔ ان کے بزرگ والدین آج بھی اس کے واپس لوٹنے کا انتظار کر رہے تھے۔

''ایکھنی تو آوئتی ہیئے۔تو ہیں کہاں چپئل گیلا ہلا!'' (ابھی تو آئی، آپ کہاں چلے گئے تھے!)

بُڑھیا گُٹھر کو کھولتے ہوئے بولی۔

''سار ہین دو گو کُو کُور آئی کونے دُوریا تار کائیں کائیں کیئر کونے لڑا ہلھتن، اکھنیک رگد لیئے۔'' (سالے دو کُتّے آ کر دروازے پر کائیں کائیں کر کے لڈ رہے تھے۔ اُنھیں سب کو بھگایا۔)

بوڑھا دونوں پاؤں کو چار پائی پر رکھتے ہوئے بولا۔ وہ بخار کی کمزوری سے ذرا ذرا ہانپ بھی رہا تھا۔

''زرٹا پھیئر ایلو نے کی؟'' (بخار دوبارہ آیا کیا!)

بُڑھیا گُٹھر سے گندھاری ساگ کو الگ کر کے ایک طرف رکھتے ہوئے پوچھنے لگی۔

''نائی، بہان لے تنی بیس لاگو ہو۔ دے کچھ آنل ہیں بزار باٹ لے!'' (صبح سے ذرا اچھا لگ رہا ہے۔ دو، کُچھ لائی ہو کیا بازار سے!)

بوڑھا سامنے گُٹھر کھول کر بیٹھی بُڑھیا کی جانب امید بھری نظروں سے دیکھتے ہوئے مانگنے لگا۔

''بھتوا کھیلہک !'' (بھات کھائے!)

بُڑھیا اس کی جانب سوالیہ نظروں سے دیکھتی ہوئی بولی۔

''چیکا بھئی گیل ہلو۔ آدھا کھئیلو آر آدھا ہیئے ہو۔ ایکھن بڑی زور کے بھوک لاگل ہئی۔'' (کھٹا ہو گیا تھا۔ آدھا کھائیں اور آدھا رکھا ہوا ہے۔ ابھی بہت زوروں کی بھوک لگی ہے۔)

بوڑھا اپنے معدے کی آنتوں کو اپنے ہاتھوں سے دباتے ہوئے بولا۔

''لیہہ .....!''(لیجئے۔!)

بُڑھیا نے اس کے نزدیک آلو چاپ کا ٹھونگا رکھ دیا۔اب تک آلو چاپ ٹھنڈا ہو چکا تھا۔

(5)

''آر اُٹا.....!''(اور وہ۔!)

بوڑھا ٹھونگے کو لپکتے ہوئے شراب کے پاؤچ کی جانب اشارہ کرتے ہوئے بولا۔

''مانے مورتے مورتے پارہوں بھی پیک ٹا ضروری ہئی ....لے دھکل!''(مطلب، مرتے مرتے بھی پینا ضروری ہے۔لو، دھکیلو!)

بُڑھیا اس کی جانب شراب کا ایک پاؤچ تقریباً پھینکتے ہوئے بولی۔

''توئیں اپنو لیل آنل ہیں نائی!''(تم اپنے لئے لائی ہونہ!)

بوڑھا اس کی طرف دیکھتے ہوئے زیرلب مسکراتے ہوئے کہنے لگا۔

''ہاں تو، نائی آن ہئی نے کی۔کھالی تو ہرے جیوا سوکھل ہونے کی !''(ہاں تو، لائیں گے نہیں کیا۔صرف آپ ہی کی زبان سُوکھی ہوئی ہے!)

بُڑھیا نے اپنے پاس کے شراب کے پاؤچ کو نکالتے ہوئے بولی۔

''اے، جنی ذائت کے بیسی نائی پیپک چاہی۔اوکر سے آدھا آردے ہمرا''(اے،عورت ذات کو زیادہ نہیں پینی چاہیے۔اُس سے آدھا اور مُجھ کو دو!)

بوڑھا خوشامد پر اُتر آیا۔

''کا ہے، سوکھ بھوگیک ادھیکار خالی مرد ذائت کے ہی ہئی نے کی؟ ''(کیوں، عیش کرنے کا حق صرف مردوں کو ہی ہے کیا!)

بُڑھیا بحث پر اُتر آئی۔

''ڈھیر پلا سے بہیک جیبیں !''(زیادہ پینے سے بہک جاؤ گی!)

بوڑھا نرم پڑ گیا۔

''جے بھئی جائے، آئج ہم برابر پی بو !''(جو ہوجائے، آج میں بھی برابر پیونگی!)

بُڑھیا یہ کہتے ہوئے اپنی جگہ سے اُٹھی اور پینے کا برتن ڈھونڈ ھنے لگی۔

اس روز دونوں نے ساتھ ساتھ پیا۔پھر نشے کی حالت میں دونوں کُچھ دیر یونہی پڑے رہے۔رات کو بوڑھیا نے ساگ بھات بنائی ۔جسے بوڑھے نے بڑی چاؤ سے کھایا۔اب اس کی طبیعت پہلے کے مقابلے بہتر ہو چکی تھی۔

دوسرے دن صبح سویرے ہی دونوں جنگل کی جانب جانے والے اپنے جانے پہچانے راہ پر تھے۔اس روز بُڑھیا کے کہنے پر بوڑھے نے بھی سیدھا سیدھا داتون تلاش کرنے کے لیے جنگل کے اندرونی حصے میں جانے کا ارادہ بنالیا تھا۔

میں اپنے معمول کے مطابق بازار آ رہا تھا۔لیکن کئی دنوں سے میں دیکھ رہا تھا کہ وہ بُڑھیا اپنی جگہ سے غائب ہے۔ پہلے مجھے لگا کہ شاید اس نے بیٹھنے کی اپنی جگہ تبدیل کرلیا ہو۔میرا تجسس جب بڑھ گیا تب میں نے ایک دن اس کے آزو بازو بیٹھ کر سبزیاں بیچنے والی عورتوں سے اُس کے متعلق پوچھ ہی لیا۔

''اب وہ کبھی نہیں آئے گی!''

ایک ساتھ بیٹھی دوعورتوں نے تقریباً ایک ساتھ جواب دیا۔میرے اس کے متعلق آگے پوچھنے سے قبل ان میں سے ایک عورت نے بتانا شروع کیا۔

''ایک دن دونوں بوڑھا، بوڑھی داتون توڑنے کے لیے جنگل گئے اور جیسا کہ گاؤں کے دوسرے لوگ بتاتے ہیں کہ سیدھا اور اچھا داتون توڑنے کے لیے دونوں جنگل کی اس جانب نکل گئے ہوں گے۔جس طرف شیر، بھالو کے رہنے کا خوف زیادہ رہتا ہے۔ دو دنوں تک جب دونوں گاؤں واپس نہیں آئے تب گاؤں کے جو لوگ جنگل جایا کرتے تھے ان لوگوں نے جنگل میں انھیں تلاش کرنا شروع کیا۔تب جا کر بڑی مشکل سے ایک پتھروں کے غار کے نزدیک دونوں بوڑھا بوڑھی کی لاش ملی۔
لاش کیا، لوگ کہتے ہیں کہ صرف ہڈیاں بچی ہوئی تھی۔ جانوروں نے بڑی بے رحمی سے دونوں کے جسم کو نوچ ڈالا تھا۔اوہ، بیچاری بدھنی ماں!''

''بوڑھا۔بوڑھی کی قسمت میں کبھی سکھ نہیں لکھا تھا۔'' ایک دوسری عورت نے افسوس سے کہا۔

(6)

پھر دونوں عورتیں اس بُڑھیا کے متعلق طرح طرح کی گفتگو کرنے لگی۔میرا وہاں اور کھڑا رہنا ناقابل برداشت ہونے لگا۔میں بھاری قدموں سے اپنے گھر کی جانب چل پڑا۔ایک نامعلوم غم کا بوجھ سر پر لیے۔

OOO

سماج سُدھارکی

افسانہ ______________ ڈاکٹر مشتاق احمد وانی

چمکیلی بیگم کو کبھی کبھی یوں محسوس ہوتا تھا کہ وہ اُس منحوس لمحے کا دُکھ تادمِ حیات نہیں بھول پائے گی کہ جب وہ علم نفسیات میں پی ایچ ڈی کررہی تھی تو شعبے سے باہر آتے ہوئے اُس نے پہلی بار فخر اُلفت کو دیکھا تھا۔فخر اُلفت انگریزی میں پی ایچ ڈی کررہا تھا۔وہ انتہائی خوب صورت تھا۔خوب صورت سُوٹ بُوٹ میں وہ کسی فلمی ہیرو سے کم نظر نہیں آتا تھا۔اُس کے چمکیلے سیاہ بال،دمکتے رُخسار،میانہ قد،سفید موتیوں کی طرح دانت،سیاہ آنکھیں،گندمی رنگ اور اُس کا چاک وچوبند ساوجود دیکھ کر چمکیلی بیگم لمحہ بھرتک اُسے دیکھتی رہ گئی تھی۔دوسری جانب چمکیلی بیگم بھی سراپا غزلیہ وجود لیے اُس کے سامنے کھڑی رہ گئی تھی۔وہ بھی خوب صورتی میں کسی سے کم نہیں تھی۔دونوں کی آنکھیں چار ہوئی تھیں،ہونٹوں پہ مسکان نے دستک دی تھی،دونوں کے دلوں میں جوانی،چاہت اور محبت کی اُمنگ وترنگ کی شہنائی بج اُٹھی تھی،دونوں کو ایک دوسرے کے وجود سے پرفیوم کی خوشبو آرہی تھی۔چمکیلی بیگم نے ہی پہل کی تھی،اُس نے فخر الفت سے پوچھا تھا

''جی آپ کون اور کیا ہیں؟''

فخر اُلفت نے تبسّم آمیز لہجے میں جواب دیا تھا

''جی ہاں!مجھے فخر اُلفت کہتے ہیں۔میں شعبہء انگریزی میں پی ایچ ڈی کررہا ہوں''

''اچھا آپ پی ایچ ڈی کررہے ہیں''چمکیلی بیگم نے کسی حد تک مسرت محسوس کرتے ہوئے اُسے سرتا پا دیکھا تھا۔

فخر اُلفت نے کہا تھا

''جی ہاں!میں پی ایچ ڈی کررہا ہوں''پھر اُس نے چمکیلی بیگم سے پوچھا تھا

''آپ کا تعارف؟''

''میرا نام چمکیلی ہے۔میں علم نفسیات میں پی ایچ ڈی کررہی ہوں''

اس پہلی ملاقات میں ہی اُن دونوں نے ایک دوسرے کو اپنے اپنے موبائل نمبر لکھوائے تھے۔موبائل فون نے اُن دونوں کے درمیان قربتیں پیدا کردی تھیں۔اب اُن کی ملاقاتیں کبھی کنٹین میں اور کبھی کسی پارک میں ہونے لگیں۔ہاتھوں میں ہاتھ ڈالے وہ دونوں یوں لگتے تھے کہ جیسے وہ آپس میں میاں بیوی ہوں۔اُن میں جذبہء عشق دھیرے دھیرے بڑھتا چلا گیا تھا۔فون پہ اُن کی پیار محبت کی باتیں ہونے لگی تھیں۔کوئی چھ ماہ کا زمانہ جب پیار ومحبت کی تپش میں گزر گیا تو ایک دن فخر اُلفت نے تنہا ایک پارک میں بیٹھے بیٹھے چمکیلی بیگم کو کہا

''کیوں نہ ہم اپنے اس پیار کو شادی کا رُوپ دے دیں۔تمھاری کیا رائے ہے؟''

چمکیلی بیگم لمحہ بھرتک خاموش رہی تھی پھر کہنے لگی

''میں بھی یہی چاہتی ہوں کہ اس چاہت کے سلسلے کو شادی میں بدل دیں۔یوں بھی ہم دونوں کی پی ایچ ڈی بہت جلد مکمل ہونے جارہی ہے۔لیکن شادی اور پیار دو الگ الگ جذبے ہیں۔شادی ازدواجی رشتے کو احساس ذمہ داری کے ساتھ نبھانے کا نام ہے جبکہ پیار دونوجوان جنس مخالف

کے دلوں اور دماغوں میں اضطرابی کیفیت پیدا ہونے کا نام ہے۔ہاں یہ بات بھی آپ کو کہہ دینا چاہتی ہوں کہ میں نے پیار میں ہوئی شادیوں کا بدترین انجام دیکھا ہے''

فخر اُلفت نے چمکیلی بیگم کو یقین دلاتے ہوئے کہا

'' سُنو ! چمکیلی ! میں اُن عاشقوں میں سے نہیں ہوں جو بے وفائی کرتے ہیں ۔میں تمھیں دل و جان سے چاہتا ہوں اور چاہتا رہوں گا۔تمھارے لیے، تمھیں خوش رکھنے کے لیے میں اپنی تمام خواہشیں قربان کرلوں گا۔اس لیے ہزار باتیں کہے زمانہ سے میری وفا پہ یقین رکھنا۔تم میری زندگی میں میری بیوی بن کر آ ؤ گی تو مجھے یوں محسوس ہوگا کہ میری زندگی میں بہار آ گئی اور اگر خدانخواستہ تم میری رفیقہء حیات نہ بنی تو میں سنیاس لے لوں گا۔تمھاری یاد میں دشت وصحرا میں گھومتے گھومتے دم توڑ دوں گا''

چمکیلی بیگم نے فخر اُلفت کی مجنونانہ باتیں سُنی تو حیرت سے پوچھنے لگی

''اچھا............!تو گویا آپ مجھے اس حدتک چاہتے ہو''

''ہاں......چمکیلی! شاید تم کو میری چاہت کا اندازہ نہیں ہے۔یقین جانو جب تم میری نظروں کے سامنے آتی ہو تو مجھے، میرے دل کو چین آتا ہے ۔میں خوشی کے مارے پھولے نہیں سماتا ہوں''

چمکیلی بیگم، فخر اُلفت کی باتیں سُن کر ہنس پڑی تھی، پھر اُس سے کہنے لگی

''غور سے سُن لیجیے! کسی شاعر نے عشق کے بارے میں صحیح کہا ہے کہ

یہ عشق نہیں آساں اتنا ہی سمجھ لیجیے
اک آگ کا دریا ہے اور ڈوب کے جانا ہے

اب آپ مجھے بتائیے کہ کیا آپ آگ کے دریا میں ڈوبنے کے لیے تیار ہیں؟''

فخر اُلفت نے جھٹ سے چمکیلی بیگم کا دایاں ہاتھ دونوں ہاتھوں سے پکڑ کر اپنے دل کے قریب لے جا کر کہا تھا

''چمکیلی ! مجھے تم میں ڈوبنا ہے۔تمھاری ہر ادا، تمھارے ناز وانداز مجھے چین سے رہنے نہیں دیتے''

چمکیلی نے پوچھا تھا

''کیا آپ کے والدین اس بات پر راضی ہو جائیں گے کہ میں تمھاری شریک حیات بنوں؟''

''ہاں وہ میری مرضی کے مطابق میری شادی کرنے پر آمادہ ہو جائیں گے۔تم اس بات کی فکر نہ کرو''

فخر اُلفت نے بھی چمکیلی بیگم سے پوچھا

''کیا تمھارے والدین اس بات پر راضی ہو جائیں گے کہ تم اپنی مرضی سے شادی کرو؟''

''ابّا مان جائیں گے لیکن امّی میرا رشتہ میرے ماموں زاد لڑکے طفیل سے کروانا چاہتی ہیں ۔طفیل انجینئر ہے لیکن میں طفیل سے شادی کرنا نہیں چاہتی ہوں''

فخر الفت یہ سُن کے کسی حدتک تشویش میں پڑ گیا تھا، پھر اُس نے چمکیلی بیگم کو کہا

''چمکیلی! شادی زور زبردستی کا نام نہیں ہے۔ یہ دو دلوں کے ملاپ کا نام ہے۔اس لیے تم اپنی مرضی سے شادی کرنا۔سو جب دل ہی نہ مانے تو بہانے ہزار ہیں''

پھر ایک دن ایسا بھی آیا تھا جب فخر اُلفت اور چمکیلی بیگم کی شادی ہوگئی۔شادی بڑی دُھوم دھام سے ہوئی تھی۔چمکیلی بیگم دُلہن رُوپ میں اور زیادہ چمک اُٹھی تھی۔اُس کی سہیلیوں نے اُس کی مہندی کی رات میں دیر تک گیت گائے تھے۔ہنسی مذاق میں اُسے شادی کا مفہوم سمجھایا تھا۔دوسرے دن اُس کے ارمانوں کا حسین شہزادہ فخر الفت پھولوں سے سجی ایک خوب صورت گاڑی میں دُلہا بن کر چمکیلی بیگم کے گھر پر آیا تھا۔براتیوں میں بلا لحاظ مذہب وملت اُس کے دوست واحباب شامل تھے۔سب سے پہلے نکاح ہوا تھا۔نکاح کے دوران ویڈیو بنانے والوں اور فوٹو گرافروں نے ہر زاویے سے اس پورے شادی کے ماحول کو اپنی ویڈیوز اور کیمروں میں قید کر دیا تھا۔دیکھتے دیکھتے چمکیلی بیگم اپنے والدین ،بھائیوں،بہنوں اور خاندان والوں سے رُخصت ہوگئی تھی۔

شادی کے بعد چھ ماہ تک فخر الفت اور چمکیلی بیگم پُر شباب جسم وجان کے ساتھ رنگ ونور میں سجی زندگی کا لطف اُٹھاتے رہے۔اُس کے بعد چمکیلی بیگم کے پاؤں بھاری ہونے لگے۔اُس کے گل بدن میں تخلیقی عمل شروع ہو چکا تھا۔ایک سال کے بعد اُس نے ایک پھول جیسے بچّے کو جنم دیا۔اِدھر فخر الفت کی قسمت کا ستارہ بھی چمک اُٹھا۔وہ کالج میں انگریزی کا پروفیسر تعینات کیا گیا۔گھر میں خوشیوں کی برات آ گئی۔کوئی تین سال کے بعد چمکیلی بیگم نے ایک اور بیٹے کو جنم دیا۔اب فخر اُلفت دو بیٹوں کا باپ بن گیا تھا۔دونوں میاں بیوی ایک پُر سکون زندگی گزار رہے تھے۔اُن کی شادی ہوئے اب سات سال ہوگئے تھے لیکن اُس کے بعد اُن کو نہ جانے کس کی نظر بد لگ گئی کہ ایک روز چمکیلی بیگم کو یہ بُری خبر سُننے کو ملی کہ اُس کے سچّے عاشق اور شوہر محترم فخر الفت نے اپنے کالج کی ایک لڑکی کو اغوا کر کے کورٹ میریج کر لی ہے!۔کچھ ہی دنوں کے بعد اُس نے چمکیلی بیگم کو بغیر کسی جواز کے طلاق بھی دے دی۔یہ خبر چمکیلی بیگم کے لیے ایک بہت بڑے دُکھ،حیرت اور الیے کا باعث تو بنی لیکن اُس نے کسی بھی طرح کا کوئی احتجاجی رویّہ اختیار نہیں کیا بلکہ اُس نے ایک بلند ہمت اور بے باک خاتون کی طرح اس صدمے کو برداشت کر لیا۔اُس کے دل میں مرد ذات کے لیے سخت نفرت پیدا ہوگئی۔اُس نے یہ مصمم ارادہ کیا کہ وہ کسی بھی مرد کو اپنی زندگی میں بطورِ شوہر نہیں آنے دے گی۔اس کے بدلے وہ ایک سماج سُدھارک کے طور پر کام کرے گی۔اس کے لیے اُس نے ایک اشتہار بھی فیس بک پہ اپ لوڈ کر دیا جس میں اُس نے یہ تحریر کیا تھا کہ وہ والدین جن کی لڑکیاں اُن کی مرضی کے خلاف شادی کرنا چاہتی ہیں وہ میرے موبائل نمبر پر مجھ سے رابطہ قائم کریں تاکہ میں اُن لڑکیوں سے ملاقات کر کے اُنھیں پیار ومحبت کے جذبے سے سرشار شادی کے بدترین انجام کے بارے میں آگاہ کرسکوں۔اس طرح سے چمکیلی بیگم نے بہت سی لڑکیوں سے ملاقات کر کے اس بات پر راضی کر لیا کہ وہ اپنے والدین کی مرضی کے مطابق شادی کریں۔اتنا ہی نہیں بلکہ چمکیلی بیگم نے پولیس،سی آئی ڈی اور دوسری سرکاری ایجنسیوں کے عہدے داروں کی مدد کے لیے بھی اپنے آپ کو پیش کیا تاکہ سماج میں پھیلے غنڈے،بدمعاش،رشوت خور،لچے،لفنگے اور چور قسم کے لوگوں پر نکیل کس کے اُنھیں راہِ راست پر لایا جائے۔ایک روز اُسے ایک حیا سوز ترکیب سوجھی۔اُس نے نہا دھو کے خوب صورت لباس زیب تن کیا۔کریم،پوڈر اپنے چہرے پر مَلا۔سر کے بالوں میں پھولوں کا گجرا باندھا۔ہونٹوں پہ لپ سٹک اور آنکھوں میں کاجل لگانے کے بعد جب اُس نے قدِ آدم آئینے میں اپنا سراپا دیکھا تو اُسے خوشی کے ساتھ ہنسی کی ترنگ سی محسوس ہوئی۔تب اُس نے اپنے قیمتی موبائل سیٹ سے اپنے آپ کا فوٹو کھینچا اور اُسے اپنی فیس بک وال پہ لکھ کے اپ لوڈ کر دیا کہ عشق وعاشقی کے خواہش مند حضرات مجھ سے اس

موبائل نمبر پر رابطہ قائم کریں۔کوئی دو گھنٹے کے بعد چمکیلی بیگم کو عیاش، آوارہ اور بدمعاش قسم کے لوگوں کے فون آنا شروع ہوئے۔اُس نے سب کو باری باری بڑے پیار و محبت سے اتوار کو پورے چار بجے سات رنگی پارک میں ایک مخصوص جگہ پہ آنے کی دعوت دی۔اتوار کو جب وہ پورے چار بجے سات رنگی پارک میں ایک مخصوص جگہ پر پہنچی تو وہاں چمکیلی بیگم کے درجنوں عاشق جمع ہو چکے تھے جن میں زیادہ تر شادی شدہ تھے۔ ہر عاشق دوسرے کو دیکھ کر حیران تھا۔چمکیلی بیگم ہنستی مسکراتی ہوئی خوش آمدید کہہ رہی تھی۔ پھر اُس نے اُن سے الگ ہو کر پولیس آفیسر کو فون کر کے سات رنگی پارک میں چند سپاہیوں کو ساتھ لے کر آنے کو کہا۔کچھ ہی وقت میں پولیس آفیسر اپنے سپاہیوں کے ساتھ پارک میں پہنچا اور آتے ہی اُن تمام بدمعاشوں کو حراست میں لیا۔اُن سب کو پولیس کی گاڑی میں بٹھا کے تھانے لایا گیا جہاں ساری رات پولیس والے اُنھیں اُلٹے کان پکڑوا کے پیچھے سے لاتیں مارتے رہے اور کبھی ڈنڈے سے اُن کی پیٹھ کی دُھلائی کرتے۔ اِدھر چمکیلی بیگم کو اس بات کی خوشی ہو رہی تھی کہ وہ مختلف حربے استعمال کر کے سماج کو سدھارنے میں کامیاب ہو رہی ہے۔

OOO

لاڈلی

افسانہ ______________ عبدالرزاق

صبح ہوتے ہی سورج کی چمک دمک، چڑیوں کی چہچہاہٹ میں ایک طرف لوگ چائے کی چسکیاں لے رہے تھے وہاں دوسری طرف عبدالرشید کے گھر ماتم چھایا ہوا تھا۔رضیہ مسلسل سلمہ کو آوازیں دے رہی تھی۔

''دیکھو سلمہ دو دن سے آپ نے کچھ کھایا نہیں

کچھ کھالو بیٹا! صحت خراب ہو جائے گی''

دانتوں کو کٹکٹاتی ہوئی سخت لہجہ کی مالک سلمہ اپنی ماں سے مخاطب ہوئی۔

مجھے نہیں کھانا!

رضیہ:''ضد نہ کرو بیٹا کھالو'

سلمہ: ''نہیں کھاوں گی۔۔۔۔اوکے۔''

رضیہ بار بار اپنے دوپٹے سے سلمہ کے ٹپکتے آنسوں پوچھ رہی تھی اور سلمہ لگا تار۔۔۔ٹاٹن پلیٹ زمین پر مار رہی تھی۔

رضیہ:''دیکھو بیٹا۔۔۔تمہارے ابا جان اس کی اجازت نہیں دیں گے۔ہمارے معاشرے میں اس کی کوئی اہمیت نہیں ہے۔اس کے علاوہ جو بھی مانگوگی۔۔مل جائے گا۔''

سلمہ:''ہاں ہاں مجھے ہی پابندی ہے نا۔۔باقی سب کو آزادی ہے۔۔سب کچھ کرنے کی''

رضیہ:''بیٹا زمانہ بہت خراب ہے۔بے حیائی سر پر پھن پھیلائے کھڑی ہے۔کیا پتہ کب ڈسے گی؟۔۔۔ہمیں شیطان سے اگر بچنا ہے تو ان چیزوں سے گریز کرنا ہوگا۔''

سلمہ: ہاں۔۔ہاں۔۔صرف میرے لیے ہی ساری پابندیاں ہے نا!۔۔۔میری تمام سہلیاں تو عیش کی زندگی جی رہی ہیں۔۔ہر ایک کے پاس اچھے سے اچھا سمارٹ فون۔۔نئے سے نیا ڈریس اور سکوٹیاں ہیں۔ان کے ماں باپ ان کو نہیں روکتے!۔۔اور آپ ہمیشہ مجھے معاشرے کی جکڑ بندیاں اور پابندیاں کی رٹ لگا کر میری اُمیدوں پر پانی پھیر دیتی ہو۔۔۔۔اس گھر میں کیا میرا کوئی ویلیو نہیں ہے؟۔۔کیا مجھے حق نہیں ہے زندگی جینے کا؟۔۔''

رضیہ:''ہاں ہاں بیٹا۔۔۔کیوں نہیں۔۔۔تم جیو اپنی زندگی!۔۔پر وہ زندگی جیو جس میں حیا تمہاری پہچان ہو۔۔۔کوئی بھی ماں باپ یہ نہیں چاہتے کہ ان کی بیٹیاں لوگوں کا تماشا بنیں اور ان کے طعنے ان کے لیے شرمندگی کا سبب بنیں۔''

سلمہ:''کچھ نہیں ہوتا ماں۔۔۔۔یہ سب کہنے کی باتیں ہیں۔۔۔لوگ تو کہتے رہتے ہیں اور ان کے کہنے سے مجھے کوئی فرق نہیں پڑتا!۔''

رضیہ:''تجھے تو نہیں پڑھتا پر ہمیں پڑھتا ہے۔۔۔بیٹا!''

سلمہ:''ماں آپ لوگ سنتالیس کی زندگی جی رہے ہیں۔اس دور میں کوئی کچھ نہیں کہتا۔۔۔سب کو اپنی اپنی پڑی ہے۔۔اور میں کوئی نادان تھوڑی

ہوں ۔نا۔ جو یہ سب کچھ کروں گی۔آپ پلیز ابا جان کو منائیں۔۔۔پلیز ماں۔''

رضیہ: تمارے ابا جان کو منانا بہت مشکل ہے۔ایک بار نہ کردی تو۔۔کسی کی بھی نہیں سنتے وہ!۔ پھر بھی میں کوشش کروں گی تم کھانا تو کھالو بیٹا!۔''

سلمہ:''نہیں ماں۔۔ جب تک میری ڈیمانڈ پوری نہیں ہوگی میں نہیں کھاوں گی۔''

رشید کے گھر آتے ہی تھرتھراتی ہوئی رضیہ نرم لہجہ میں بولی:

''دو دن سے سلمہ نے کھانا نہیں کھایا!۔۔اپنی ضد پر اڑی ہے۔اسکوٹی کی مانگ کر رہی ہے۔رو۔۔رو۔۔کر بُرا حال کرلیا ہے۔میں نے بہت سمجھانے کی کوشش کی لیکن کچھ نہیں سنتی۔اب آپ ہی سمجھائیں۔''

اندر آتے ہی اپنی لاڈلی کے آنسوں پونچھتا ہوا رشید سلمہ سے ہم کلام ہوا۔

''سلمہ یہ کیا حالت بنا رکھی ہے۔کیوں نہیں کھانا کھا رہی ہو؟ کیوں ماں کو پریشان کر رہی ہو؟''

سلمہ:''ابا جان میں نہیں کھاوں گی جب تک آپ مجھے اسکوٹی نہیں لا کر دیں گے۔''

رشید:''دیکھیے سلمہ آپ کی ضد جائز نہیں ہے!۔۔میں دن رات ایک کر کے آپ کے لیے ہی کماتا ہوں۔آپ میری اکلوتی اولاد ہو۔۔۔میری لختِ جگر ہو۔میں نے دیکھا ہے بازار کا تماشا۔۔جب لڑکیاں اسکوٹی پر سوار ہوکر بازار کا رُخ کرتی ہیں تو آوارہ لڑکوں کا جھنڈ ان کا گھر تک پیچھا کرتا ہے۔جب آس پاس کے لوگ یہ منظر دیکھتے ہیں تو ان کی زبان کو کون روک سکتا ہے۔طرح طرح کے طعنے سننے پڑتے ہیں۔بہت سی لڑکیوں کی جانیں اسکوٹی چلانے سے چلی گئی ہیں۔اس کے طرح طرح کے نقصانات ہیں۔۔۔مہربانی کر کے اس طرح کی ضد نہ کرو سلمہ!۔۔کل اگر تم کو کچھ ہو گیا تو پھر؟۔''

سلمہ:''آو۔۔۔ابا جان یہ کیسی باتیں کر رہے ہو۔۔۔کچھ نہیں ہوگا مجھے۔۔۔آپ پلیز لا کر دیجیے نا!۔۔میں کبھی بھی دور نہیں جاوٗں گی۔۔۔یہیں گھر کے آس پاس چلاوٗں گی۔۔کبھی بھی آپ کو شکایت کا موقع نہیں دوں گی۔۔پلیز ابا جان مان جائیں نا!۔''

اپنی لاڈلی کے آگے رشید اور رضیہ کی ایک بھی نہ چل سکی۔آخر کار بیٹی کی ضد کے آگے ہتھیار ڈالنے پڑے۔۔دوسرے دن ہی نئی نویلی دلہن کی طرح چہچہاتی ہوئی لال رنگ کی اسکوٹی کو خوش آمدید کہا۔لوگ طرح طرح سے مخاطب ہو رہے تھے۔کچھ گھر آ کر مبارکباد پیش کر رہے تھے اور کچھ سلمہ کو اسکوٹی چلاتے ہوئے دیکھ کر اندر ہی اندر زہر پال رہے تھے:

''واہ بھئی واہ کیا اس گھر میں کمی تھی بے حیائی کی اس سے بہتر تھا کہ رشید اس کو زہر دے کر مار دیتا۔یہ خود تو برباد ہوگی لیکن ساتھ میں ہماری بیٹیوں کو بھی برباد کر دے گی۔''

ایک طرف لوگوں کے طعنے اور دوسری طرف سلمہ کا خوش ہونا دو رنگ تھے۔رشید روز جاتے وقت سلمہ کو نصیحت کرتا تھا کہ گھر سے دور نہیں جانا۔اُسے ہمیشہ سلمہ کی فکر رہتی تھی۔وہ سوچتے رہتے تھے کہ بازار کا تماشائی ان کا گھر نہ بن جائے۔

وقت گزرتا گیا اور سلمہ دھیرے دھیرے گھر سے دوری کا مزہ چکھنے لگی۔رشید کے جانے کے بعد روز اپنی سہلیوں کے ساتھ سج دھج کر۔۔بازار کی رونق بنتی گئی۔۔روز دیر سے گھر واپس آتی اور رضیہ سے بے تکلف ہم کلام ہوتی۔ماں تو آخر ماں ہوتی ہے۔اپنی اولاد سے کہاں خفا ہوتی ہے۔اپنی لاڈلی کی ضد کے آگے ہار جانا رضیہ کی عادت بن چکی تھی۔

آج صبح اُٹھتے ہی سلمہ پاک وصاف ہوکر گرم چائے کی چسکیاں لیتی ہوئی اپنی سہلیوں کوفون لگا کر سیر وتفریح کے لیے آمادہ کر رہی تھی۔ چند ہی گھنٹوں بعد ہائی وے پر بکھری زلفوں کی چھاؤں تلے ،موٹی عینک کی چمک دھمک اور کانوں میں ائیرفون کا کیڑ اسلمہ کو بار بار تیز چلنے پر مجبور کر رہا تھا۔ اچانک ہی آوارہ لڑکوں کا جھنڈ سلمہ کا پیچھا کرنے لگا۔

''ہائے ہائے ہمیں بھی دے دو نا لفٹ''

سلمہ تھرتھرانے لگی اسکوٹی کو کبھی اس طرف کبھی اس طرف موڑنے لگی۔۔۔اتنے میں ایک ٹرک سے جا کر ٹکرائی۔۔۔ٹرک سکوٹی کو ریزہ ریزہ کر کے سلمہ کو ہسپتال کے حوالے کر گیا۔

ادھر سورج غروب ہوجانے کو تھا ،شام سر پر منڈلا رہی تھی ،مسجدوں میں آذان ہو رہی تھی ،۔۔۔چڑیاں گھونسلوں میں لوٹ رہیں تھیں۔رشید اور رضیہ سلمہ کی راہ دیکھ رہے تھے۔

ایک گھنٹہ گزرنے کے بعد موبائل فون کی گھنٹی بجی۔۔رشید نے تھرتھراتے ہوئے ہاتھوں سے موبائل فون پر انگلی رکھ کر کہا ہیلو۔۔۔کون؟

''ہاسپٹل سے ڈاکٹر خورشید بات کر رہا ہوں۔۔۔آپ کی بیٹی کا اکسیڈنٹ ہوا ہے۔۔آپ پلیز فوراً ہاسپٹل آجائیں۔''

رشید کے پیروں تلے زمین ہل رہی تھی۔۔۔اُسے جس کا ڈر تھا آج وہی بات ہوئی۔۔۔ادھر رضیہ بار بار غش کھا کر گر رہی تھی۔ڈگمگاتے قدموں کے ساتھ ہسپتال پہنچتے ہی دونوں ماں باپ اپنی لاڈلی کو خون میں رنگی ٹانگوں سے لبریز دیکھ کر ہاتھوں کو چھاتی پر مار مار کر۔۔۔۔ہائے۔۔۔اللہ ۔۔ہائے۔اللہ۔۔کہہ رہے تھے۔بار بار ایک ہی سوال کر رہے تھے۔

''یہ کیسے ہوا بیٹا؟ تم کو کہا تھا۔۔نا۔۔۔گھر سے دور نہیں جانا''

دونوں ٹانگیں کٹوانے کے بعد سسکیاں لیتی ہوئی سلمہ کہ پاس ان سوالوں کا کوئی جواب نہ تھا!۔

OOO

اوتار

افسانہ ______________________ نورالحسنین

طویل خاموشی کے بعد جیسے ہی پرکاش نروائی نے منہ کھولا ، پوری پنچات پر ایک سناٹا چھا گیا۔ یہ تو ایک دن ہونا ہی تھا۔ سابقہ سرپنچ کے چھوکرے نے گاؤں کے گلی کوچوں میں، ہوٹل اور چوراہوں پر بس ایک ہی سوال پوچھنا شروع کر دیا تھا۔ گاؤں کے لوگ بھی چاہتے تھے کہ سر پنچ اپنی صفائی میں کچھ کہے، لیکن وہ تو جیسے مون برتھ رکھ چکے تھے۔ اُدھر پرکاش نرواہی کا سارا بیوپار چوپٹ ہو رہا تھا اور آخر آج اُس نے اپنا منہ کھول دیا تھا، منہ کیا کھولا تھا گویا سبھا پر بجلی گرا دی تھی اور بستی کے لوگ سوچنے پر مجبور ہو گئے تھے کہ جسے ہم اس صدی میں رام کا اوتار سمجھ رہے تھے وہ ایسا پاکھنڈی بھی ہو سکتا ہے؟ دیگر پنچ اور اُن کے سامنے بیٹھے ہوئے لوگ حیرت زدہ تھے۔ سرپنچ سبھا سے واک آوٹ کر گیا تھا۔ اُس نے جاتے جاتے نروانی کی طرف ایسی نظروں سے دیکھا تھا گویا پوچھ رہا ہو، نرلج۔۔۔ معمولی تیل کا گھانا چلانے والے دوکوڑی کے انسان۔۔۔ میں نے تیری اوقات بدل دی تھی اور تو نے سبھا میں منہ کھول کر وہ کہہ دیا؟ جو میں نے کبھی سوچا بھی نہیں تھا۔ پھر وہ تیزی سے باہر نکل گیا اور اُس کے پیچھے ہی نروانی بھی نکل گیا۔

سب لوگ دم سادھے ایک دوسرے کو دیکھتے رہ گئے ۔

'' ہیرالال سیٹھ۔۔۔ تمہارا کیا بچار ہے اس بابت۔'' گنپت راؤ نے بیڑی کا ایک لمبا کش لیا اور دھواں اُگلتے ہوئے ہیرالال کی طرف دیکھا اور سب بیڑی میں جلتی ہوئی آگ کو نظر بھر کر دیکھتے رہ گئے۔

'' بچار تو اوہی ہے جو تم سب کے من میں ہے، کنتو اُس کو پوچھنے کی ساہس نہیں ہے کسی میں۔'' ہیرالال نے سب کی جانب طنزیہ مسکراہٹ کے ساتھ دیکھا،'' باپ دادا کے جمانے سے ہم کاروبار کر رہے ہیں۔ پھر بھی بستی کے سب سے بڑے دھنوان نہیں۔۔۔ اور نروانی بھی ایسے کونسے کُل کی اولاد ہے جس کے گھر ہُن برستا تھا۔۔۔'' ہیرالال نے بیڑی سُلگائی،'' ساری بستی جانتی ہے ہمارے سرپنچ مہاراج بھی کبھی اسکول کے سامنے گولی بسکوٹ اور اکھبار بیچتے رہے ہیں۔۔۔ اور آج بہت ہی بڑھیا، چمچماتی موٹر یا میں پوں پوں کرتے ہیں۔'' اُس نے باقی پنچوں کی طرف دیکھا،'' ہمرے پاس جو کل تک تھا آج بھی وہی ہے اور اُن کے پاس جو کبھی نہیں تھا وہ آج آیا کدھر سے؟ کیا دھن کی ورشا ہوتی ہے۔۔۔؟'' اُس کے چہرے پر حیرت کی ہنسی پھوٹ پڑی تھی۔

''بھائی صاحب اِسی کو کہتے ہیں اللہ مہربان تو۔۔۔'' باقی الفاظ سید صاحب کے حلق ہی میں پھنسے رہ گئے۔ سب نے ایک ساتھ قہقہہ لگایا۔

''تمہارے اللہ نے بھی ایسی کر پا بہت سوں کے ساتھ کی ہے۔'' وِٹھل بابا کے آنکھیں غصے سے اُبل پڑیں۔

'' بے شک۔۔۔'' سید صاحب نے اطمینان سے کہا،'' اسی لیے عروج و زوال کا شکار بھی ہوئے ہیں۔''

''تو تمہارے کہنے کا ارتھ۔۔۔''

''اُن کے کہنے کا ارتھ سیدھا سادہ ہے۔'' گنپت راؤ نے وٹھل بابا کی بات کو پوری نہیں ہونے دیا،'' ارے جب سرپنچ ہی سبھا میں نہیں

ہے تو ہم یہاں کیوں بیٹھے ہیں۔۔۔؟''

'' سبھی کو معلوم ہے سرپنچ بنانے میں اُن کی مدد کس نے کی ہے۔۔۔؟ ''

'' ہم بتائیں گے تو وِٹھل بابا کو بہت بُرا لگے گا۔''

'' ارے وِٹھل بابا کیا اُس چھوکرے بلرام کے بھاشن نہیں سنتے ہیں؟'' کئی آوازیں ایک ساتھ اُٹھیں اور وِٹھل بابا نے اپنے گلے میں پڑی ہوئی مالا کو دیکھتے ہوئے کہا'' اب تم مجھ پر بھی سوال اُٹھاؤ گے کہ مجھے ہی کیوں نئے ہنومان مندر کا بڑا مہنت بنایا گیا ہے؟''

''ہاں۔۔۔۔ برو بر۔۔۔'' گنپت راؤ نے پھر ایک بار بیڑی کا کش لیا'' جبکہ تم رام جی کے ونش سے بھی نہیں ہو۔۔۔؟''

وِٹھل بابا کے چہرہ غصے سے بھبھک رہا تھا۔ وہ جینو کے دھاگے کو کان پر رکھتے ہوئے دھاڑے،'' ہم اونچی جات کے برہمن ہیں، اسی کارن یہ سو بھاگیہ ہمیں سونپا گیا۔۔۔تم مسلمانوں کی شریعت ہم پر مت تھوپو۔۔۔ ''

'' اُن کی شریعت کی بات کون کر رہا ہے۔ اور پھر اُن کے پاس چھوٹی بڑی جات کا سوال ہی نہیں ہے۔ وہ تو کرموں سے انسان کو چھوٹا بڑا سمجھتے ہیں۔'' ہیرالال سیٹھ نے قریب بیٹھے ہوئے بھیکن سے کہا،'' لا بھیا ایک بیڑی نکال۔۔۔ ان بے کار کی باتوں میں کیا رکھا ہے، بہت دیر ہوگئی ہے۔ چلو رے بابا اُٹھو اب یہاں سے ، اور بھی سمسیائیں ہماری راہ دیکھ رہی ہیں۔

اور ایک ہی لمحے میں پنچایت گھر خالی ہو گیا اور لوگ ٹولیوں کی صورت اپنی اپنی راہ پر لگ گئے۔

☆

رات زیادہ نہیں ہوئی تھی پھر بھی سڑک سنسان تھی۔ بس گھوڑے کے ٹاپوں کی آواز میں کسی وجود کا احساس دلا رہی تھیں ۔ کریم الدین جو جرمن کے نام سے مشہور تھا اُس کے تانگے کے دونوں طرف لگے ہوئے قندیل اندھیرے کا مقابلہ، اپنی بساط بھر کر رہے تھے۔ بلرام نے جرمن کی طرف دیکھا جو گھوڑے کی چال سے مطمئن قندیلوں کی روشنی میں سڑک کو دیکھ رہا تھا۔ ٹھنڈی ٹھنڈی ہوائیں چل رہی تھیں،'' جرمن تم تو اس قصبے کی طرف ہمیشہ ہی آتے جاتے رہے ہو نگے۔؟''

'' پہلے تو جب بھی سواری ملتی بے خوف تیار ہو جاتے تھے۔'' جرمن نے پلٹ کر بلرام کی طرف دیکھا'' لیکن جب سے سرپنچ جی نے ہندو مسلمان کی راج نیتی شروع کی ہے۔ اب مجبوری ہی میں اِدھر آتے ہیں۔'' اُس نے ایک سرد آہ بھری، سڑک کے دونوں طرف برگد کے اونچے اونچے گھنے پیڑ تھے جن کی پار بیاں لٹک رہی تھیں اور ماحول قدرے ڈراؤنا ہو گیا تھا۔ اُس نے آہستہ سے کہا، ''اب سواری بھی ذات دیکھ کر بیٹھتی ہے۔''

'' مجھے جانتے ہو۔۔۔؟'' بلرام نے ہیبت ناک ماحول کا جائزہ لیتے ہوئے آہستہ سے پوچھا۔

'' آپ کو کون نہیں جانتا بلرام بھیا۔۔۔ آپ کے پتا جی، دادا جی ہمارے گاؤں کے سرپنچ رہے ہیں۔'' اُس نے چابک سے گھوڑے کو اشارہ کیا اور گھوڑا پرانی چال پر آ گیا'' تب بستی میں ہندو مسلمان نہیں۔۔۔ انسان بستے تھے۔ مسجدوں میں اذانیں بھی گونجتی تھیں اور مندروں میں آرتی بھی اُترتی تھی۔ دِل صاف تھے اس لیے دنگے فساد نہیں ہوتے تھے۔ بلرام بھیا۔''

'' ہاں۔۔۔!'' بلرام نے گھوڑے کی چال پر نظر کی جس کی رفتار بہت کم ہو گئی تھی،'' اُس نے آسمان کی طرف دیکھا، جہاں سے اندھیرا زمین پر گر رہا تھا،'' جرمن اندھیرا ہمیشہ نہیں رہتا، دِن نکلتے ہی اندھیرا بھاگ جاتا ہے۔''

جرمن نے پلٹ کر دیکھا ،'' بلرام بھیا ۔۔۔ دن اور رات اوپر والے کا کھیل ہے ۔لیکن فصل پر اگر زہریلی ہوا گر جائے تو اُس کا اوپائے کسان ہی کو کرنا پڑتا ہے ۔'' اُس نے چابک کو ہوا میں لہرایا اور گھوڑا پھر ایک بار منزل کی طرف دوڑنے لگا تھا ،'' پن اس بار زہر جڑوں تک اُتر گیا ہے ۔ یہ بات تو ساری دنیا کہہ رہی ہے ۔کیا کچھ بدل گیا ہے بھیا ۔۔۔'' اُس نے اندھیرے میں دور تک جھانکنے کی کوشش کی ،'' آپ تو جانتے ہی ہیں ۔۔۔ مسجدیں صرف اذانوں ہی سے خاموش نہیں ہوئی بلکہ اب تو اُنھیں توڑنے اور اُن کے بھگوا کرن کی بھی باتیں ہونے لگی ہیں ۔مسلمان چھوکروں کو گھیر کر اُن کو لاٹھیوں اور چاقو کی نوک پر جئے شری رام کہنے کو کہا جاتا ہے ۔نہ بولیں تو جان سے مار دیا جاتا ہے ۔ایسی وارداتوں پر سرپنچ جی نے آج تک کچھ نہیں بولا ہے ۔'' اُس نے گھوڑے کو لگام سے اشارہ کیا اور وہ پھر ایک بار سرپٹ دوڑنے لگا تھا ،'' بھیا ۔۔۔ سرپنچ جی کے بولنے نہ بولنے سے بھی کیا ہوگا ؟ فیصلہ تو اُس کو کرنا ہے جسے جینا ہے ۔ جو گھوڑا دولتی مارنے کی ہمت کھو دیتا ہے اُس پر تو اناڑی بھی سوار ہو جاتے ہیں ۔''

'' واہ جرمن اِس وقت تو تم پڑھے لکھے انسانوں جیسی باتیں کر رہے ہو ۔؟''

'' بھیا جی ۔۔۔ دانائی کے لیے پڑھائی بھی ضروری نہیں ۔۔۔ '' معنی خیز ہنسی اُس کے لبوں پر اور چمک اُس کی آنکھوں میں روشن ہوگئی ،'' ہاں ۔۔۔ اُس کا دماغ جاگتا ہوا ہونا چاہیے کہ کس وقت کیا فیصلہ کرنا چاہیے ۔''

بلرام نے اُس کی طرف حیرت سے دیکھا ،'' تم تو اپنے تانگے میں سواریوں کو لیے گاؤں گاؤں جاتے ہو ،کبھی کسی ایسی گھٹنا کے شکار بھی ہوئے ؟''

'' جب تک زندگی ہے ۔چھوٹے بڑے حادثے آتے ہی رہتے ہیں ۔ بھیا جی ایک بار میں فتحیہ باد سے سواریاں پہنچا کر واپس آ رہا تھا ۔بچوں کے لیے میں نے کیلے خریدے تھے ۔رات کا وقت تھا ۔آسمان میں چاند روشن تھا اور سڑک سنسان تھی ۔ میں اپنی دھن میں گنگناتے ہوئے تانگہ ہانک رہا تھا ۔جیسے ہی پھاٹے سے تانگے نے موڑ کاٹا میں نے کچھ فاصلے پر نوجوان چھوکروں کو لاٹھیاں اور بھگوے جھنڈوں کو لہراتے ہوئے نعرے لگاتے ہوئے دیکھا ، میں ڈرا نہیں بلکہ اُسی رفتار سے اُن کی طرف بڑھنے لگا ۔چھوکروں نے سڑک پر ڈنڈے بجا کر مجھے رُکنے اور زور زور سے جئے شری رام کہنے کی مانگ کی ، میں نے اُن سے کچھ قدم پیچھے تانگے کو روک دیا ، وہ تیزی سے میری طرف آنے لگے تو میں نے ایک کیلے کو دستی میں لپیٹا اور پستول کی طرح اُن کی طرف رُخ کر کے زور سے دھاڑا ، میرے ہاتھ میں یہ دیسی پستول ہے اور اس کے چیمبر میں چھ گولیاں ہیں ۔ میرے راستے سے ہٹ جاؤ ۔۔۔ ورنہ چھ لاشیں تو زمین پر گریں گی ۔ میں نے جیسے ہی ہاتھ کو اُن کی طرف بڑھایا ، بھیا جی وہ سب گرتے پڑتے اِدھر اُدھر بھاگنے لگے ۔اور میں نے اپنے گھوڑے کو ایڑ لگائی اور وہاں سے آگے بڑھ گیا ۔''

بلرام بے ساختہ ہنسنے لگا تھا ۔اُس کی ہنسی میں جرمن بھی شامل ہوگیا اور گھوڑا دوڑتا رہا ۔دور گاؤں کے گھروں میں روشن بلب دکھائی دینے لگے تھے ۔اور جرمن کی آواز سنائی دے رہی تھی ،'' معاف کرنا بھیا جی ۔۔۔ اِن بھگوا دھاریوں میں مرنے کا حوصلہ نہیں رہتا یہ بس بھیڑ کے بھروسے سامنے آتے ہیں ۔جس دن بھی سامنے والے موت کا جگرا لے کر سامنے آجائیں گے یہ تنکوں کی طرح اُڑ جائیں گے ۔''

آخر تانگہ قصبے میں داخل ہوگیا اور بھیم راؤ سرکٹے کے باڑے کے سامنے رک گیا ۔بلرم نے حسب وعدہ کرایا ادا کیا اور باڑے میں داخل ہوگیا ۔سامنے ہی نیم کے درخت کے نیچے کھاٹ پر سادھنا بیٹھی ہوئی تھی ۔اُس سے قریب ہی پانی کا کنواں تھا جس کے تین طرف منڈیر تھی اور ایک طرف لوہے کے اسٹینڈ پر پانی نکالنے کی چرخی تھی ۔صحن میں لٹکے بلب کی روشنی میں اُس نے بلرام کو پہچان لیا تھا ، وہ اپنی جگہ سے اُٹھ کر کھڑی

ہوگئی اور ہاتھ جوڑتے ہوئے اُس نے کہا،'' بلرام دادا، ابھاری ہوں آپ کی کہ آپ ایک نِردھن کے گھر پدھارے۔''

اُس نے بھی ہاتھ جوڑے اور کھاٹ پر بیٹھتے ہوئے بولا'' نردھن کے گھر نہیں ایک وِدوان کنیا سے ملنے آیا ہوں۔'' دونوں کے چہروں پر خلوص بھری مسکراہٹ کھیل رہی تھی۔

'' کیا لاؤں آپ کے لیے۔۔۔چائے؟ یا آپ کھانا کھائیں گے؟''

بلرام نے محبت بھری نظروں سے اُسے دیکھا، سانولی رنگت اور تیکھے نقوش والی لڑکی کی آنکھیں جھک گئی تھیں اور چہرے سے حیا ٹپکنے لگی تھی،'' سادھنا فی الحال میں کچھ نہیں لوں گا، ہاں جانے سے پہلے چائے ضرور پیوں گا۔'' وہ اُس کی طرف اُسی طرح دیکھ رہا تھا، آسمانی ساڑی میں ملبوس چھریرے بدن کی سادھنا نے بھی اُس کی طرف دیکھا،'' آج میں تم سے ایک بہت ہی اہم موضوع پر گفتگو کرنے آیا ہوں۔'' اُس نے ایک نگاہ نیم کے درخت کی اونچی سی شاخ پر ڈالی،'' تم ایک بہت ہی سلجھی ہوئی لڑکی ہو اور ڈاکٹر بابا صاحب امبیڈکر کے سم ویدھان پر پی۔ایچ ڈی کر رہی ہو، تم نے اُس کا بہت ہی باریکی سے جائزہ لیا ہوگا۔'' اُس نے پھر ایک بار اُس کی طرف دیکھا، وہ نہایت دلچسپی سے اُس کی باتیں سن رہی تھی۔ایک سوال اُس کے لبوں سے نکلا،'' آج ہماری بستی میں کیا وہ سم ویدھان دکھائی دیتا ہے ؟''

'' کاش ایسا ہوتا۔۔۔'' وہ کچھ لمحوں کے لیے خاموش رہ گئی اور بلرام کی طرف ٹکٹکی باندھے دیکھتی رہی اور پھر اُس کی زبان سے نکلا،'' جات پات کی بنیادوں پر نفرت، پولیس کی ایک طرفہ کاروائی ، یہ تو سم یدھان میں کہیں بھی نہیں لکھا ہے۔دلت بستیوں پر ظلم ڈھانا، مسجدوں کو توڑنا، دنگے فساد برپا کرنا، کوئی دلت نوجوان اپنی شادی کی برات میں گھوڑی پر سوار جا رہا ہو تو اُسے مارنا، پیٹنا، دلت عورتوں کو ننگا کر کے بستی میں گھمانا، ۔۔۔ بلرام بھیا۔۔۔اُسے پڑھنا تو بہت دور کی بات ہے، شاید ہماری بستی میں اُسے کسی نے دیکھا بھی نہیں۔''

'' بہت درست کہا ہے تم نے۔'' بلرام نے اپنے سامنے اندھیرے میں ڈوبی ہوئی بستی کی طرف دیکھا جس کا لائٹ پول بلب سے خالی تھا۔اُس نے سادھنا کی طرف اپنا رُخ پھیرا،'' میں اپنی اس بستی کو اندھیرے سے باہر نکالنا چاہتا ہوں، میں یہ بھی جانتا ہوں کہ میرے جیسا ایک معمولی عام انسان پہاڑ کو ہتھیلی پر نہیں اُٹھا سکتا۔'' بے بسی اور لاچاری کے باعث وہ اپنے ہاتھوں کو مسلنے لگا تھا،'' سادھنا میرے پاس نہ روپیہ ہے اور نا ہی وسائل، لیکن پھر بھی ہمیں ہمت نہیں ہارنا چاہیے ۔''

'' پھر بھی آپ کیا کریں گے۔۔۔؟''

'' میں۔۔۔''

سادھنا نے اُس کی طرف دیکھا۔

'' میں اِس بار اپنا پینل بنا کر الیکشن لڑنا چاہتا ہوں۔''

سادھنا کو محسوس ہوا جیسے وہاں بلرام نہیں بلکہ کوئی جنگجو یودھا جنگ کے لیے تیار ہو رہا ہے۔اُس کا قد آسمانوں میں بلند ہو رہا ہے اور اُسے جنگی ہتھیاروں سے سجایا جا رہا ہے۔پھر اُس کی آواز بہت دور سے آتی ہوئی سنائی دے رہی ہے،'' میرے سامنے ایک طرف کروکشیتر کا وشال میدان دکھائی دے رہا ہے جہاں میرے مقابل ستہ کے لوبھی سونے اور بھرشٹہ چار کے رتھوں میں سوار وہ راکھشش نظر آ رہے ہیں۔جن کے منہ سے تو رام سنائی دے رہا ہے لیکن اُن کے بغل میں نفرت کے ہتھیار چھپے ہوئے ہیں، جن کے رتھوں میں بے روزگاری سے نڈھال اور مہنگائی کے کوڑوں سے پٹتے ہوئے وہ مریل جیو نظر آ رہے ہیں بے بسی ہی جن کا نصیب بن چکا ہے اور دوسری طرف وہ لنکا دکھائی دے رہی ہے

جہاں بہت ساری کنیائیں معصوم صورت، بڑھتی عمر کی عورتیں اپنی آبرو کی حفاظت کے لیے مجھے آوازیں دے رہی ہیں۔ میں اس چکرویو میں کودنا چاہتا ہوں، سادھنا اس چکرویو کو توڑنے کے لیے اب مجھے دیوی دیوتاؤں کے آشرواد کی ضرورت نہیں۔۔۔ آپ جیسی ساتھیوں کی ضرورت ہے۔ جو سم ویدھان کو اپنا ہتھیار بنائے ہوئے ہے۔''

سادھنا نے اُس کے دونوں ہاتھوں کو اپنے ہاتھوں میں تھام لیا'' بلرام دادا میں تمہارے ساتھ ہوں اور میری طرح کی وہ تمام ابلائیں جو خود کو غیر محفوظ سمجھتی ہیں تمہارے ساتھ ہیں۔''

سادھنا کی یہ آواز، آوازِ جرس بن گئی۔۔۔ بلرام دادا میں تمہارے ساتھ ہوں۔۔۔ میں تمہارے ساتھ ہوں۔۔۔ ساتھ ہوں۔۔۔ ساتھ ہوں۔۔۔۔۔

بلرام کے چہرے پر اوتاروں کی مانند چمک پیدا ہوگئی تھی، اُس کی آنکھوں میں وہ جوت دکھائی دے رہی تھی جو اندھیارے کو مٹا سکتی تھی۔ اب اُس نے سادھنا کے ہاتھوں کو مضبوطی سے پکڑ لیا تھا اور اُس کے منہ سے نکلا، اس مہایدھ میں میرے ساتھ سید میاں، ہیرا لال سیٹھ اور گنپت راؤ جیسے بہت سارے انسان شامل ہوگئے ہیں۔

دونوں کے چہروں پر کل ملنے والی کامیابی کی مسرت مسکراہٹ بن کر کھل رہی تھی۔

☆

بلرام نے ابھی اعلان نہیں کیا تھا کہ اس بار اُس کا پینل بھی میدان میں اُترے گا لیکن اندر ہی اندر وہ بستی کے عوام میں کسی خواب کی صورت احتجاج کا سُر پھونک رہا تھا۔ دوسری طرف سرپنچ کو اپنے منتر پر پورا بھروسہ تھا کہ وہ جب بھی چاہے گا مذہب کے نام پر جذبات کو بھڑکا کر یا لوگوں کی غربت کو خرید کر ستہ پر اُسی طرح قائم رہ سکتا ہے۔ وہ اپنی تقریروں میں ہر دم ایسے خوش آئیند جھوٹے وعدے کرتا جن کی تکمیل کبھی بھی ممکن نہیں تھی اور اقتدار پر قابض ہوتے ہی وہ ایسے شوشے چھوڑتا کہ عوام کا ذہن اُس کے وعدوں کو بھول کر ایک دوسری ہی خوش فہمی کا شکار ہو جاتے۔ بلرام اسی مکڑ جال سے لوگوں کو باہر نکالنے میں لگا ہوا تھا۔ وہ جس جگہ بھی جاتا مہنگائی اور روزگار کے خاتمے پر سوال اُٹھاتا، وہ سوال اُٹھاتا کہ سرپنچ سارے ہی ٹھیکے پرکاش زروانی ہی کو کیوں دیتے ہیں۔ وہ سوال پوچھتا کہ وٹھل بابا ہی کیوں ہر دم سرپنچ کے گن گان کرتے ہیں، اقلیتوں پر ہونے والے ظلم کے خلاف سرپنچ منہ کیوں نہیں کھولتے، وہ بار بار سوال کرتا کہ آخر زروانی اور سرپنچ میں کیا رشتہ ہے؟ دیکھتے ہی دیکھتے زروانی بستی کا سب سے دولت مند انسان کیسے بن گیا؟ غریب اور غریب کیوں ہو رہا ہے؟ اِن ہی سوالوں سے گھبرا کر ایک دن بھری پنچایت میں زروانی نے بتایا تھا کہ سرپنچ میرے ساجھی دار ہیں، میری جس مہنگی ترین موٹر میں وہ سفر کرتے ہیں وہ میری ہے ہی نہیں۔ وہ تو خود سرپنچ کی اپنی ذاتی کار ہے۔ بلرام کے ان سوالوں نے پہلے لوگوں کو سوچنے پر مجبور کیا اور پھر یہی سوال اُن کے اپنے بننے لگے تھے، اور وہ ایک دوسرے سے ان سوالوں پر بحث کرنے لگے تھے۔

'' اسی وجہ سے سرپنچ نے تم پر پابندی لگادی ہے کہ اب تم کبھی پنچایت گھر میں نہ آسکو!'' سید صاحب نے بلرام کو بتایا

''لیکن سید صاحب۔۔۔ وہ میری زبان پر تو تالا نہیں لگا سکتے۔'' اُس کی آواز میں ایک اعتماد تھا'' یہی باتیں میں بازار ہاٹ گلی کوچوں میں تو کہہ سکتا ہوں۔''

'' میرے بچے۔۔۔ تم سیاست کی گندی ذہنیت کو نہیں جانتے۔۔۔ یہ۔۔۔ اقتدار کی وہ لالچی ڈگر ہے جو مخالف کی زبان پر تالا بھی

لگا سکتی ہے اور ضرورت محسوس ہو تو جان بھی لے سکتی ہے۔۔۔'' سید صاحب نے اپنے سامنے دور تک دیکھا'' بازار ہاٹ گلی کوچوں میں کہی جانے والی باتیں خبروں کا حصہ نہیں بنتیں۔'' سید صاحب نے محبت سے بلرام کی پیٹھ پر ہاتھ رکھا '' ہر بات کا ایک وزن اور وقار ہوتا ہے۔ بات وہی عام ہوتی ہے جو سیاست کے ایوانوں میں کہی جا سکتی ہے۔۔۔''

''تب میں اپنی بات کیسے لوگوں تک پہنچا سکتا ہوں؟ ''

''عوامی جلسوں میں جہاں بھیڑ ہوتی ہے۔۔۔ تم کو اِس کا اہتمام کرنا ہوگا۔''

'' آپ کا مطلب ہے الیکشن کے دوران۔۔۔؟''

سید صاحب نے آنکھیں جھپکا کر گردن کو جنبش دی۔

'' اگر چہ الیکشن اب زیادہ دور نہیں ہیں لیکن، پھر بھی ماحول بنانے اور ذہن سازی کے لیے یہ بھی تو ضروری ہیں۔''

''بے شک۔۔۔'' سید صاحب نے کرسی کی پشت پر اپنی پیٹھ ٹکاتے ہوئے بلرام کی طرف دیکھا'' میرے عزیز۔۔۔ اس کے لیے صرف اپنا گاؤں ہی نہیں تم اپنے گاؤں کے ایک ایک قصبے کا دورہ کرو، ذہن سازی اُن کی ضروری ہے۔ میرا خیال ہے اُس سے تمہارے پینل کو فائدہ پہنچے گا۔''

''تو کیا اس سفر پر مجھے اکیلا ہی نکلنا چاہیے۔۔۔؟''

'' تم آغاز تو کرو۔۔۔ پھر تم اکیلے نہیں ہوں گے۔ پورا ایک کارواں تمہارے پیچھے ہوگا۔''

بلرام اپنے اندر ایک عجب سی توانائی محسوس کرنے لگا تھا۔ سید صاحب کی باتوں میں اور نصیحتوں میں اُسے اقتدار ہچکولے کھاتا ہوا محسوس ہوا اُس نے اُن کا شکریہ ادا کیا اور اجازت لے کر وہاں سے نکل گیا، اُس کے دماغ میں ایک مکمل لائحہ عمل کی کڑیاں ترتیب پانے لگی تھیں ۔

☆

رات کی تاریکی کو پار کر کے جب دھرتی نے سورج کی اُجلی کرنوں سے اپنا منہ دھویا تو چاروں طرف اُمید اور حوصلے کی ٹھنڈی ٹھنڈی ہواؤں نے مبارکبادی کے نغمے گانا شروع کر دیا، بلرام نہا دھو کر تیار ہو چکا تھا۔ اُسے یاد آیا۔۔۔ موسیٰ نے فرعون کے خلاف دنیا کی پہلی کرانتی لائی تھی اُس وقت اُن کے ہاتھ میں صرف ایک لاٹھی تھی، بھگوان کرشن کے پاس سدرشن چکر تھا جس سے وہ دُشٹ کرمیوں کا وناش کرتے تھے۔ ارسطو، چانکیہ اور مہاتما گاندھی جی جیسے جتنے بھی مہاپرش تھے اُن کے ہاتھ میں ایک لاٹھی تھیں جس کے ذریعے اُنھوں نے سماج میں ایک بڑا پریورتن لایا تھا۔ اُس نے بھی اپنے سر سے اونچی ایک لاٹھی کو ہاتھ میں لیا اور جیسے ہی اپنے گھر 'اوم شانتی بھون' کے بڑے دروازے سے باہر نکلا، اُس کے کچھ دوست اُس کی راہ دیکھ رہے تھے۔ اُنھوں نے بھارت ماتا کی جئے کے نعرے لگائے اور عوامی بیداری کی یاترا شروع ہوئی۔ آگے آگے بلرام اپنی لاٹھی اُٹھائے چل رہا تھا، ساتھی بھارت ماتا کی جئے کے نعرے لگا رہے تھے جیسے جیسے یاترا آگے بڑھتی جا رہی تھی لوگ اُس میں شامل ہوتے جا رہے تھے بلرام کے قدم ہنومان مندر کے سامنے پھیلے ہوئے بہت بڑے سے میدان کی طرف اُٹھ رہے تھے۔ میدان کے نیچے سیونا ندی پورے زور وشور کے ساتھ بہہ رہی تھی۔ اُس کے دوسرے کنارے پر سندولی کے اونچے اونچے درخت،، لمبی لمبی گھانس، کسوندی، کانمیاں اور کروندے کی جھاڑیاں تھیں اور شمال کی جانب ندی پر ایک بہت بڑا پُرانا پُل تھا جس پر اکا دُکی گاڑیاں، اسکوٹر، موٹر سائکل، جانور اور پیدل افراد آتے جاتے دکھائی دے رہے تھے۔

ہنو مان مندر کے سامنے عورتوں مردوں اور بچوں کی ایک بھیڑ تھی، بلرام مندر کے چبوترے پر کھڑا ہوگیا۔ اُس نے اپنا ڈنڈے والا ہاتھ بلند کر کے لوگوں کو خاموش رہنے کا اشارہ کیا اور پھر کہنا شروع کر دیا،'' میری ماؤ !، بہنو ! اور بھائیو ! میری باتیں غور سے سنو ! آج میں اور میرے اِن ساتھیوں نے اِس یاترا پر نکلنا کیوں ضروری سمجھا ہے۔ میں سمجھتا ہوں کہ روز روز کی نفرتوں سے اب ہم اور تم پوری طرح تھک گئے ہیں، ذات پات کی بنیادوں پر ہم کب تک ایک دوسرے کو مارتے پیٹتے رہیں گے۔ ہم سب انسان ہیں تو ہمارا دھرم بھی انسانیت، مانوتا ہونا چاہیے۔ آپسی بھائی چارہ، ست بھاؤنا اور مل جل کر رہنا، یہی پہچان ہے ساری دنیا میں ہمارے دیش کی۔ ہندو، مسلم، سکھ ، عیسائی ، بودھ اور وہ تمام جاتی دھرم کے لوگ جو یہاں پیدا ہوئے ہیں وہ سب ہمارے بھائی یعنی بھارتی ہیں ۔ جب ہم ایک دوسرے کے بھائی بھائی ہیں تو ہم لڑتے کیوں ہیں۔۔۔؟ میرے بھائیوں ہم لڑتے نہیں بلکہ ہمیں ستہ کے کچھ لوبھی لوگ لڑواتے ہیں۔۔۔ کب تک ہم اپنے بیٹوں کی بلی اور اپنے گھروں کو جلاتے رہیں گے۔۔۔؟ اگر آپ لوگ اس بات کو سمجھ گئے ہیں تو پرتگیہ کریں کہ اب آپ یہ سب نہیں ہونے دیں گے۔۔۔'' بھیڑ کی زبان سے ایک ساتھ آواز گونجی۔۔۔ بھارت ماتا کی جئے۔۔۔ بھارت ماتا کی جئے۔۔۔ بھارت ماتا کی جئے۔۔۔ اُن کے ہاتھ پوری طاقت کے ساتھ آسمان کی سمت لہرا رہے تھے۔

بلرام نے اپنے دونوں ہاتھ اُٹھا کر اُنھیں شانت کیا،'' بھائیو! اب ہمیں راستہ دو۔ یہی باتیں سمجھانے اب ہم گوتم نگر جا رہے ہیں۔'' وہ مندر کے چبوترے سے نیچے اُتر گیا اور جیسے وہ اور اُس کے ساتھی گوتم نگر کی طرف قدم اُٹھانے لگے۔ لوگوں نے اُن کے لیے راستہ بنانا شروع کر دیا وہ اب بھی بھارت ماتا کی جئے کے نعرے لگا رہے تھے۔ اور کارواں قدم بڑھا رہا تھا۔

ابھی کارواں ندی کے پُل پر ہی تھا کہ ڈھل بابا سرپنچ کے پاس پہنچ چکے تھے۔ سرپنچ نے اطمینان کے ساتھ اُن کی طرف دیکھا،'' ڈھل بابا ۔۔۔ آسمان پر بادلوں کے جمع ہونے کا ارتھ یہ نہیں ہوتا کہ بارش ہوگی ہی۔'' دانے میں بڑی شکتی ہوتی ہے جو پنچھی کو شکاری کے جال سے بے خوف کر دیتی ہے۔'' اُس کے چہرے پر ایک سفاک مسکراہٹ کھیلنے لگی،'' اِس بار دانے کی بارش زیادہ کرنا پڑے گی۔۔۔ آپ کوئی چنتا نہ کریں ۔۔۔ بس زروانی تک یہ سندیش بھجوادیں کہ میں اُسے یاد کر رہا ہوں۔''

بلرام کی یاترا تمام قصبوں میں نہایت کامیاب رہی۔ ہر جگہ عوام نے اُس کا پُر جوش استقبال کیا، گوتم نگر ہی سے سادھنا اُس کے دیگر ساتھیوں کے ساتھ برابر شریک رہی، اگر بلرام اور اُس کے ساتھیوں نے مذہب کی بنیادی پر نفرت کے خلاف تقریریں کیں تو سادھنا نے دلت افراد اور پست اقوام کو سم ویدھان میں ملنے والے برابری کے حقوق کو سمجھایا۔ تقریباً تمام لوگوں نے بلرام کو اپنا نیتا تسلیم کر لیا تھا۔

یہ خبریں جب سرپنچ تک پہنچیں تو اُس کے چہرے پر طنزیہ مسکراہٹ نمودار ہوئی اور اُس نے اپنے ساتھیوں کے گھبرائے ہوئے چہروں کی طرف دیکھا، اور پھر نہایت اطمینان سے کہنا شروع کیا،'' دوستو! بے موسم برسات کی ٹھنڈک کی وجہ سے اکثر لوگوں کو یہ بھاس ہوتا ہے کہ موسم بدل رہا ہے لیکن کچھ ہی سمئے میں معلوم پڑ جاتا ہے کہ یہ سب ایک دھوکا تھا اور میں دھوکا نہیں ایک اٹل سچائی ہوں۔ کون کس بھاؤ میں بکتا ہے وہ میں جانتا ہوں۔ تم کو اس کی چنتا کرنے کی ضرورت نہیں۔ بس الیکشن کو آنے دو۔''

اور آخر الیکشن آ گیا۔ ساری بستی میں ایک عجیب سی چہل پہل شروع ہوگئی۔ چناؤ میں لڑنے والے اُمیدواروں کے اشتہارات سے دیواریں رنگی جانے لگیں، رکشوں کے ذریعے گلی گلی اُمیدواروں کی تعریفیں سنائی دینے لگیں، لوگ ہوٹلوں میں چوراہوں میں نتائج کی پیشن گوئیاں کرنے لگے ہر رات کسی نہ کسی نکڑ پر بھاشن کا انتظام کیا جاتا۔ آج سرپنچ کے لیے سبھا آرمبھ ہوئی تھی اور اسکول کے ریٹائرڈ ہیڈ ماسٹر کشوری لال کا

بھاشن تھا۔ مردوں اور عورتوں سے گلی بھری ہوئی تھی۔ کشوری لال نے مائیک سنبھالا، اور نہایت گمبھیر آواز میں کہنا شروع کیا، ماؤ، بہنو اور سجنو! ۔۔۔آپ جانتے ہیں اس بار ہمارے بہت ہی پریہ نیتاجی، ہمارے سرپنچ جی کی پارٹی کے مقابل کل کے چھوکرے بلرام بھیا نے اپنا پینل کھڑا کیا ہے۔ اُن کو نہ چناؤ کا انوبھاؤ ہے اور نا ہی وہ سرپنچی کے کاریہ کا کوئی وشیش گیان رکھتے ہیں۔ کیا ایسے اناڑی نیتا پر آپ بھروسہ کر سکتے ہیں۔ ہمارے نیتاجی ہر روز بیس بیس گھنٹے کام کرتے ہیں۔ پھر بھی گاؤں کی گلیوں میں کچرا پڑا رہتا ہے۔ اس کے ذمہ دار وہ نہیں، گاؤں والے ہیں۔ ہمارے نیتاجی بہت دیالو ہیں۔ اب دیا کسی کو نظر نہیں آتی تو یہ اُن کا دوش نہیں ہے لوگوں کی آنکھوں کا ہے۔ وہ چیخ چیخ کر پرگتی کے مارگ دکھاتے ہیں اب لوگوں کو سنائی نہیں دیتا تو اِس کے دوشی کون ہو سکتے ہیں۔۔۔؟'

''گاؤں والے'' ایک ساتھ سب کی آواز گونجی۔'

''شاباش۔۔۔صحیح جواب۔۔۔'' کشوری لال جی نے سب کو شاباشی دی۔ کچھ لوگ زور زور سے ہنس رہے تھے۔ اُنھوں نے اِدھر اُدھر دیکھا اور پھر کہنا شروع کیا'' مترو۔۔۔ میں یہی بات سمجھانے تمہارے پاس آیا تھا، اپنے گاؤں کا بھلا چاہتے ہو تو اپنے سرپنچ جی کے گلاب کے پھول پر مہر لگا کر اُنھیں ہی اپنا سرپنچ بناؤ۔ دھنیاباد''

سبھا ختم ہوگئی اور لوگ بھاشن پر تبصرہ کرتے ہوئے اپنے اپنے گھروں کی طرف جانے لگے تھے۔

چناؤ کیا آ گیا تھا گاؤں کے ہر قصبے میں سبھا ہونے لگی تھی۔ جہاں بھی سبھا رکھی جاتی اُس قصبے کی گلی میں چھوٹا سا اسٹیج تیار ہو جاتا۔ بجلی کے بلب روشن ہو جاتے اور مغرب کے بعد ہی سے لاؤڈ اسپیکر پر گانے بجنا شروع ہو جاتے تاکہ لوگ جمع ہونا شروع ہو جائیں۔ آس پاس کے قصبے کے لوگ بھی پہنچ جاتے۔ فتحیہ باد کی فضائیں بھی گانوں کے شور سے گونج رہی تھی۔ یہ بلرام کے پینل کی سبھا تھی۔ بلرام، سادھنا اور پینل کے کچھ لوگ اسٹیج پر براجمان ہو چکے تھے بلرام کا گلا پھولوں کے ہاروں سے بھرا ہوا تھا، وہ مائک پر آیا اور اُس نے کہنا شروع کیا'' دیویوں اور سجنو! کیا آپ کو یہ پتہ ہے؟ الیکشن کیوں رکھے جاتے ہیں؟ ایسی ستہ جس نے وکاس کا کاریہ نہ کیا ہو؟ جنھوں نے جن وعدوں پر آپ کے ووٹ لیے تھے اور وہ اپنے وعدوں کو نبھا نہ سکیں ہوں تو ایسی ستہ کو آپ بدل سکیں۔ آج اسی بات پر غور کرنے ہم لوگ جمع ہوئے ہیں۔ اِس سبھا میں سادھنا دیوی اپنے وچار آپ کے سامنے رکھیں گی۔ آئیے سادھنا جی، اور آپ تمام سے بنتی ہے کہ تالیوں کی گونج میں اُن کا سواگت کریں۔ تالیوں کا شور بلند ہوا اور سادھنا نے اپنے دونوں ہاتھ جوڑ کر گردن جھکا کر تالیوں کا جواب دیا اور مائیک کو اپنے دونوں ہاتھوں میں پکڑا۔'' میری ماؤں بہنو اور بھائیو! دلیش کے سم ویدھان کے انوسار ستہ اُتر دائی ہوتی ہے نوجوانوں کو روزگار دینے کی، گاؤں میں روزگار کیسے ملتا ہے۔۔۔؟ گاؤں میں روزگار ملتا ہے، سبزی منڈیوں سے، ندی کے کنارے تربوز، خربوز جیسے پھلوں کی کاشت سے، یا پھر گائے بھینسوں کو پال کر اُن کے دودھ سے، گھروں میں مُرغی پالن سے، کیا یہ ساری سوودھائیں اب ہیں؟ اگر ہیں تو آپ بے روزگار کیوں ہیں؟ میں بتاتی ہوں۔۔۔ ہمارے سرپنچ جی نے ان چھوٹے چھوٹے کاروبار ہی کی کمر توڑ دی ہے۔ یہ سارے ٹھیکے اُنھوں نے اپنے متر نروانی کے حوالے کر دیئے۔ اب دودھ بھی ڈیری پر باہر سے آتا ہے، کھیتوں میں پیدا ہونے والے اناج چھوٹے موٹے بیوپاری نہیں بلکہ نروانی کے گودام ہی میں بیچے جا سکتے ہیں اور وہی اُن کی قیمت طئے کرتے ہیں۔ اس سے مہنگائی بڑھنا شروع ہوگئی، گاؤں کی بھاجی سبزی گاؤں والوں کو ملنے کے بجائے نروانی کے ایجنٹ ہی بڑے شہروں میں لے جا کر اونچے بھاؤ سے بیچتے ہیں۔ ہماری بستی کے آم اب بستی والوں کو کھانے کے لیے نہیں ملتے کیونکہ ساری امرائیاں نروانی ہی خرید لیتے ہیں اور اُن کی فروخت زیادہ بھاؤ میں بستی سے باہر ہوتی ہے۔۔۔؟ اگر اس بار ہمارے پینل کو آپ نے ووٹ دیا تو ہم وعدہ کرتے

ہیں گاؤں کے نوجوانوں کو روزگار بھی ملے گا اور مہنگائی بھی کم ہوگی۔ بتاؤ کیا آپ لوگ ہمارے ساتھ ہیں۔'' لوگوں نے اپنے ہاتھ اوپر کر کے اعلان کیا۔ اور یقین دلایا کہ وہ اُن کے ساتھ ہیں۔

ایک ایک دن کیا گزرتا الیکشن کی تاریخ بھی نزدیک آتی جا رہی تھی۔ غریب بستیوں میں پانچ کلو اناج کی تھیلیاں، کپڑے اور نقد رقم بھی تقسیم ہوتی جا رہی تھی۔ آخر تشہیر کا آخری دن آ گیا، ہنومان مندر کے سامنے پھیلے ہوئے میدان میں تمام قصبوں سے لوگوں کو بلایا گیا تھا، پورا پنڈال بقعۂ نور بنا ہوا تھا۔ گانے بجائے جا رہے تھے، انتظار ہو رہا تھا سرپنچ اور اُن کے ساتھیوں کا، کچھ لوگ ہنسی مذاق میں لگے ہوئے تھے، کچھ سرپنچ کے گن گا رہے تھے اور کچھ بے چینی سی محسوس کر رہے تھے کہ ٹھیک اُسی وقت بینڈ باجے کے شور میں ناچنے والوں کے پیچھے سرپنچ، وِٹھل بابا اور پارٹی کے سرکردہ لوگوں نے اسٹیج کے قریب قدم رکھا، باجے زور زور سے بجنے لگے، ناچنے والوں میں ایک دم جوش بھر گیا، والنٹیر، کھڑے ہوئے لوگوں کو بٹھانے میں لگے ہوئے تھے جب ماحول کچھ شانت ہوا تو تو تالیوں کی آواز میں سرپنچ اور اُن کے ساتھی اسٹیج میں داخل ہوئے اُنھوں نے مجموعے پر نگاہیں ڈالیں اور کرسیوں پر بیٹھ گئے۔ سرپنچ کا گلا پھولوں سے بھرا ہوا تھا۔

سب سے پہلے ہنومان مندر کے مہامہنت وِٹھل بابا مائک پر آئے اور سرپنچ کی استوتی کرنے لگے،'' بستی والوں یہ تمہارا بھاگیہ ہی ہے کہ تم میں ایک ایسا آدرش وادی، مہاپُرش موجود ہے جو تمہارے بھلے کی خاطر دن کو دن اور رات کو رات نہیں سمجھتا، چوبیس گھنٹے تمہارا بھلا ہی چاہتا ہے۔ میں تو اُنھیں اس یگ میں اوتار ہی سمجھتا ہوں۔ یہ تم سے ووٹ مانگنے نہیں بلکہ اپنا ادھیکار جتانے آئے ہیں۔'' مہامہنت جی نے پلٹ کر سرپنچ جی کی طرف دیکھا،'' میں بڑے سمان کے ساتھ اُنھیں آمنترت کرتا ہوں کہ وہ سبھا کو سمبودھت کریں۔''

سرپنچ جی واقعی کسی مہاپُرش کی طرح مائک پر آئے لوگوں نے تالیوں کی گونج میں اُن کا سواگت کیا، جب تک تالیاں بجتی رہیں وہ شانت سے کھڑے رہے۔ جب آواز ختم ہوگئی تو اُنھوں نے اپنا بھاشن شروع کیا،'' دیویوں اور سجنو! مہامہنت وِٹھل بابا نے میرے بارے میں کچھ جیادہ ہی کہہ دیا ہے۔ مترو۔۔۔ میں کوئی مہاپُرش نہیں ہوں، اور نا ہی کوئی اوتار، میں کیول تمہاری طرح ہی کا ایک انسان ہوں۔۔۔ مجھ میں کوئی وِشیشتا ہے تو بس اتنی کہ میں اپنا کاریہ اور اپنے کرتویہ کو اچھی طرح جانتا ہوں اِس چناؤ کے بھاشنوں میں بوا بلرام اور اُس کی ٹولی نے جو من میں آیا کہہ دیا، مجھے اُن کی باتیں سن کر غُصہ نہیں آیا، اپنی ندی میں دھوبی بھی کپڑے دھوتا ہے تو کیا ندی گندی ہو جاتی ہے؟ اُس کو پتہ نہیں۔۔۔ میں نے کیا کچھ کیا ہے پن آپ لوگ جانتے ہیں۔ ہجار برسوں سے ایک سمودھائے کے سامنے اِس بستی میں سر اُٹھا کر چلنے کی شکتی نہیں تھی، آج یہ شکتی کس کے کارن پیدا ہوئی۔۔۔ بولیے۔۔۔''

سب یک ساتھ چلائے۔۔۔ سرپنچ۔۔۔ سرپنچ۔۔۔ سرپنچ۔۔۔

'' جس پراچین مندر کے سامنے تم بیٹھے ہو اُس کے بھون کو اتنا وِشال کس نے بنایا۔۔۔؟ ''

وِٹھل بابا نے ہاتھ سے اشارہ کیا اور بھیڑ کی زبان سے نکلا۔۔۔ سرپنچ۔۔۔ سرپنچ۔۔۔ سرپنچ۔۔۔

گاؤں کو شہر کو جانے کے لیے کیول ایک کچا راستہ تھا، اُسے پکیش سڑک کا نیا روپ کس نے دیا۔۔۔''

بھیڑ پھر چلائی۔۔۔ سرپنچ۔۔۔ سرپنچ۔۔۔ سرپنچ۔۔۔''

'' آج ہمارے گاؤں کے آم، موسمبی، سبزی ترکاری اور کپاس بڑے بڑے شہروں میں پہنچ رہی ہے۔ بولو کس کے کارن۔۔۔؟''

سرپنچ۔۔۔ سرپنچ۔۔۔ سرپنچ۔۔۔ سب کی زبان سے نکلا۔

''اِسکول کے چھوٹے سے ڈھانچے کو اتنی بھویہ وشال بلڈنگ میں کس نے بدلا۔۔۔''

سب ایک ساتھ چیخے۔۔۔سرپنچ۔۔۔سرپنچ۔۔۔سرپنچ۔۔۔۔''

''میں اپنے منہ سے کیا کیا بتاؤں۔۔۔اس گاؤں کا بھوشیہ اگر کوئی بدل سکتا ہے تو۔۔۔۔''

لیکن سرپنچ کے کہنے سے پہلے ہی سب کی زبان سے ایک ساتھ نکلا۔۔۔سرپنچ۔۔۔سرپنچ۔۔۔سرپنچ۔۔۔۔'''

''تو پھر اپنا ووٹ کس کو دوگے۔۔۔؟''

آسمان گونج اُٹھا۔۔۔سرپنچ۔۔۔سرپنچ۔۔۔سرپنچ۔۔۔

سرپنچ نے ہاتھ جوڑے اور اسٹیج سے اُتر گیا۔اُس کے اُترتے ہی اُس کے سارے متر بھی اُتر گئے اور سبھا ختم ہوگئی۔ لیکن دوسری سبھا اوپر ال بیس پر زور و شور سے جاری تھی۔اِس سبھا سے لوگ اُس سبھا کی طرف جا رہے تھے اور بلرام کی آواز سنائی دے رہی تھی،'' اتہاس اپنا کام کر چکا ہے۔اُس میں کانٹ چھانٹ یا اُسے بدلنے سے وہ کال واپس نہیں آتا،ہمیں اپنے اتیت سے اچھے باتوں کی پریرنا لینا چاہیے اور یہ دیکھنا چاہیے کہ آج ہم کیا کر رہے ہیں۔آج ہم ذات پات کی بنیادوں پر نفرتیں پیدا کر رہے ہیں،ستہ پر جمے رہنے کی خاطر من مانا بھرشٹاچار کر رہے ہیں۔کسان ہمارے وکاس کی شکتی ہیں لیکن آج وہی سب سے زیادہ پریشان ہیں،اُن پر خودکشی کی نوبت آگئی ہے۔ہمارے پنچوں نے اُن کے لیے کیا؟؟؟ یہ ایک ایسا سوال ہے جس کا کسی کے پاس جواب نہیں ہے۔کوئی مجھے بتائے اسکول کو بلڈنگ ضروری ہے یا شِکشک۔۔؟ آپ کے اسکول میں کیول دو ہی شکشک ہیں۔سائنس لیبارٹی،لائبریری، چھاتروں کے لیے فرنیچر ضروری ہے لیکن آپ کا اسکول ٹوٹے پھوٹے فرنیچر رکھتا ہے۔دنیا بھر کے اسکول نئی تکنالوجی سے آراستہ ہیں۔اسی لیے وہاں کے چھاتر دنیا کے کسی بھی ملک میں روزگار حاصل کر سکتے ہیں لیکن آپ کے اسکول میں کیا ہے ۔۔۔ ایسی کوئی سویدھا نہیں ہے۔کیا ہمارے چھاتروں کے لیے یہ سب ضروری نہیں ہے تاکہ وہ بھی زمانے کے ساتھ چل سکیں زمانے کا مقابلہ کر سکیں۔۔۔میرے دوستو! اسکول کو بلڈنگ اس لیے ضروری تھی تاکہ اُس کو بنانے کا ٹھیکہ ہمارے سرپنچ جی پرکاش زروانی کو دے سکیں۔۔۔مندر کو بھوئیہ بنانے کا کام بھی اسی لیے شروع کیا گیا تھا کہ یہ کام بھی زروانی جی کو دیا جا سکے۔شہر کو جانے والی سڑک کا ٹھیکہ بھی زروانی جی کے حصے میں آیا؟ اُن کو اِن کاموں کا کیا انوبھاؤ تھا؟ کیا ایسے کاموں کے جانکار اپنی بستی میں اور نہیں تھے۔۔۔؟ اُن کو اور بھی بہت سارے کاموں کے ٹھیکے دیئے گئے جن کی تفصیل بہن سادھنا بتا چکی ہے۔مجھے لگتا نہیں بلکہ یہ سمبھو ہے کہ یہ سب سرپنچ جی کی ساجھے داری ہی کا نتیجہ ہے۔دیسے دبے شبدوں میں زروانی جی اس بات کو پنچایت میں کہہ چکے ہیں۔میں جو کچھ بتا سکتا تھا میں نے بتا دیا۔اب یہ فیصلہ آپ کو کرنا ہے کہ آپ گاؤں کا وکاس چاہتے ہیں یا سرپنچ اور زروانی کا۔۔۔آپ کے پاس تین دن ہیں۔۔۔صرف پانچ کلو اناج،ایک ساڑی،ایک دھوتی اور دارو کی ایک بوتل میں اپنی بستی کے بھوشیہ کو پانچ برسوں کے لیے ستہ کے لوبھیو ں کے حوالے نہ کیجیے۔۔۔میری اِن باتوں پر دھیان دیجیے۔غور کیجیے۔۔۔،آج کے بعد اب میں آپ کے پاس نہیں آوں گا۔اپنے ووٹ کے بارے میں آپ کو خود ہی وچار کرنا ہے کہ اس کا حقدار کون ہوسکتا ہے۔۔۔دھنیاباد۔۔۔وہ اسٹیج سے اُتر گیا اور بھیڑ کا حصہ بن گیا۔

ooo

مختلف مشہور ادبی شخصیات پر تحریر کردہ چند یادگار خاکے

یادیں (خاکے)

مصنف : سید مجاور حسین رضوی

بین الاقوامی ایڈیشن جلد منظر عام پر

مثنویاں اور داستانیں

(مضامین)

مصنف:

سید مجاور حسین رضوی

© Taemeer Publications LLC

Masnavian aur Daastanein (Essays)
by: Syed Mujawir Husain Rizvi
Edition: November '2023
Publisher & Printer:
Taemeer Publications LLC (Michigan, USA / Hyderabad, India)

ISBN 978-93-5872-458-5
9 789358 724585

مصنف یاناشر کی پیشگی اجازت کے بغیر اس کتاب کا کوئی بھی حصہ کسی بھی شکل میں بشمول ویب سائٹ پر اَپ لوڈنگ کے لیے استعمال نہ کیا جائے۔ نیز اس کتاب پر کسی بھی قسم کے تنازع کو نمٹانے کا اختیار صرف حیدرآباد (تلنگانہ) کی عدلیہ کو ہوگا۔

© تعمیر پبلی کیشنز

کتاب	:	**مثنویاں اور داستانیں** (مضامین)
مرتبہ	:	**سید مجاور حسین رضوی**
صنف	:	تحقیق و تنقید
ناشر	:	تعمیر پبلی کیشنز (حیدرآباد، انڈیا)
سالِ اشاعت	:	۲۰۲۳ء
صفحات	:	۷۰
سرورق ڈیزائن	:	تعمیر ویب ڈیزائن

فہرست

(۱)	طلسم ہوش ربا میں نسوانی معاشرہ	7
(۲)	تدوین متن کا مثالی نمونہ: باغ و بہار	21
(۳)	گلزار نسیم: ایک بازیافت	40

تعارف

اردو ادب میں مثنوی اور داستان دونوں اہم اصناف مانی جاتی ہیں۔ شبلی نعمانی کے بقول مثنوی کی خوبی یہ ہے کہ اس میں تہذیب و ثقافت کی مکمل عکاسی ملتی ہے۔ ایسا ہی کچھ معاملہ داستانوں کا بھی ہے کہ ان کا کینوس بھی مثنوی کی طرح کافی وسیع ہے اور ان دونوں اصناف میں مشترکہ تہذیب کی بڑی خوبصورت عکاسی کی گئی ہے۔

اردو و فارسی جیسی ادبیات میں مثنوی کی روایت انتہائی قدیم ہے۔ بیانیہ شاعری کے لیے یہ صنف کافی موزوں ہوتی ہے۔ داخلیت کے بجائے خارجیت کا رجحان زیادہ پایا جاتا ہے۔ فردوسی کا شاہنامہ، رستمی کی خاور نامہ، ملا وجہی کی قطب مشتری اور پنڈت دیاشنکر نسیم کی گلزار نسیم صنف مثنوی کی چند مثالیں ہیں۔

دوسری طرف داستان میں انسان کے سارے جذبات اور سارے علوم کو سمونے کی گنجائش ہے۔ قصہ گوئی کے لیے مختلف علوم پر قدرت کا ہونا لازمی شرط ہے۔ الف لیلہ، بوستان خیال، طلسم ہوش ربا، باغ و بہار جیسی ضخیم داستانیں اردو ادب میں موجود ہیں۔

پروفیسر سید مجاور حسین رضوی نے اپنی اس مختصر کتاب میں طلسم ہوش ربا، باغ و بہار اور گلزار نسیم کا ایک تحقیقی و تنقیدی جائزہ پیش کیا ہے۔

(۱) طلسم ہوش ربا میں نسوانی معاشرہ

خدا مغفرت کرے نواب مرزا شوق کی۔ ہو سکتا ہے ان سے کچھ عورتوں کا "حال پوشیدہ" نہ رہا ہو اور انہیں عورت "آفت اور قیامت" نظر آئی ہو اور اللہ معارف کرے مرزا رسوا کو! انہوں نے اتنا اچھا ناول لکھا کہ آج کے پڑھنے والے کو انیسویں صدی کے لکھنؤ میں صرف امراؤ جان، بسم اللہ جان، خورشید جان، خانم اور آبادی ہی دکھائی دیتی ہے۔ اس دور کے نسوانی معاشرے کا تشخص طوائفیت اور جسم فروشی سے ہی کیا گیا۔ لکھنؤ کی عیاشی کی کہانیاں انیسویں صدی کے لکھنؤ کی پہچان بنا دی گئیں۔! تاریخ کا یہ کتنا بڑا المیہ اور ماہرین سماجیات کی یہ کتنی بڑی ستم ظریفی ہے کہ ایک چھوٹے سے طبقے پر پورے معاشرہ کا قیاس کر لیا گیا!

حالانکہ انیسویں صدی کا معاشرہ صرف امراؤ جان اور فریب عشق کا معاشرہ نہیں تھا۔ یہ مرثیوں کا بھی معاشرہ تھا، جس کے کرداروں کے تقدس کی خود پاکیزگی بھی قسم کھاتی ہے اور جہاں عصمت و عفت کے کبھی نہ بجھنے والے چراغ روشن ہیں!

پھر ایک اور رخ سے اس مسئلہ کو دیکھئے:

کیا تاریخ میں کبھی کوئی ایسا لمحہ آیا ہے جب معاشرہ میں جسم فروشی نہ رہی ہو؟ کسی زمانے میں بھی۔ لیکن کیا اس زمانے کی پہچان یا اس علاقے کی شناخت آوارگی یا جسم فروشی سے کی گئی؟ کیا آج کال گرلس نہیں ہیں؟ امراؤ جان میں کسی نے کسی کو ایڈس کا تحفہ نہیں دیا اور آج نائٹ کلب ہو یا ہوٹل ہوں یا کیبرے ہو یا گلیاں ہوں شاعر کو کہنا پڑتا

ہے:

جسم امراض کے نکلے ہوئے تنوروں سے
تو کیا آج کے معاشرے کی یہ پہچان بنے گی؟

آج اسکرین پر نظر آنے والی اداکارہ آرٹسٹ ہے، فن کار ہے، آج تو اس کے جسم کی اسکرین سے لے کر معمولی کاغذ تک پر نمائش ہوتی رہتی ہے تو ہمیں کیا حق ہے کہ گزرے ہوئے کل کی رقاصہ اور مغنیہ کے فن کی نمائش کو عصمت فروشی کے تختۂ دار پر لاکر کھڑا کر دیں۔ اس کی پیشانی پر بدچلنی کی کیلیں ٹھونک دیں اور اس کے پورے جسم میں عیاشی کا تختہ جڑ دیں!!

شریف اور شائستہ لکھنؤ۔ تہذیب کا دلدادہ، تمدن کا رسیا، اعلیٰ ترین اقدار کا پاسبان و امین اپنی شخصیت کو قربان کر کے دوسروں کی شخصیت کو "پہلے آپ" کہہ کر ابھارنے والا لکھنؤ۔ اور اپنی تاریخ پر کوئی آہنی پردہ نہ ڈالنے والا لکھنؤ۔ ان تمام اہل قلم سے پوچھنا چاہتا ہے جو طوائف کو لکھنؤ کی "زوال آمادہ تہذیب" کی علامت قرار دیتے آئے ہیں کہ انہوں نے لکھنؤ دشمن انگریزوں کے زر خرید اور متعصب لکھنے والوں کی تحریریں پڑھتے ہوئے اپنے ذہن کے دریچے کیوں بند کر لیئے۔؟ صداقت فکر سے کیوں محروم ہو گئے؟

بے شک تخلیق کار کا قلم کمرے کی آنکھ ہوتا ہے لیکن انیسویں صدی کے لکھنؤ میں اگر آپ انیس و دبیر، ضمیر و تعشق کے مرثیے نہیں بھی دیکھنا چاہتے تو داستانیں ہی پڑھ لیجئے کہ ان داستانوں میں ایک مکمل سماجی نظام موجود ہے اور اس سماجی نظام میں عورت بہت اہم ہے اور یہ عورت مضبوط کردار کی مالک، باحیا، صاحب عصمت ہونے کے ساتھ بہادر، کارزار حیات میں معرکہ آرائی، منظم، اپنی کمزوریوں کے ساتھ تمام لطافتوں اور رعنائیوں کا پیکر ہے۔

اودھ کی داستانوں میں بوستان خیال کے ترجمے، ملک محمد گیتی افروز وغیرہ سے صرف نظر کرتے ہوئے چند لمحوں کے لئے فسانہ عجائب کی ہی سیر کر لیجئے تو یہ معلوم ہوتا ہے کہ ماہ طلعت پکی عورت ہے کج بحثی کرتی ہے، ہٹ دھرمی کرتی ہے۔ خود پسند ہے لیکن شوہر سے محبت میں اس کا کوئی ثانی نہیں ہے، باحیا ہے۔ مہر نگار تو غیرت و عفت کی دیوی ہے۔ عقل و دانش کا پیکر ہے۔ انجمن آراء خوبصورت ہے مگر بد چلن نہیں۔ بنی اسرائیل کی عورت یعنی قاضی کی بھاوج عصمت آب ہے۔ غرض کہ ایک جادو گرنی کو چھوڑ کے ساری خواتین اپنی کمزوریوں کے ساتھ عصمت و عفت کی علامتیں ہیں۔ کیا مجال ہے جو ان میں سے کبھی کسی کے دل میں اپنے محبوب کے علاوہ کسی دوسرے کا خیال بھی آیا ہو!

لیکن اس داسانچہ سے قطع نظر طلسم ہوش ربا کی اگر سیر کریں تو ہر گزر گاہ خیال پر محبتوں کے چراغ روشن نظر آتے ہیں۔ اس طلسم کی عورتوں کی کچھ خصوصیات پر غور کیجئے۔ قصہ صرف اتنا ہے کہ شہزادہ اسد کو طلسم ہوشربا کو فتح کرنا ہے۔ اس میں افراسیاب سے محاربات کا تذکرہ ہے اور اسد مہ جبیں پر عاشق ہے وافراسیاب کی لڑکی ہے۔

داستانوں کے ماحول کی سب سے بڑی خصوصیت یہ ہے کہ اس سماج میں مرد حاوی نہیں ہے بلکہ مرد و عورت دونوں برابر سے ایک دوسرے کے شریک کار نظر آتے ہیں۔ لاچین و بلقیس ثانی، افراسیاب و ملکہ حیرت، بہار و قباد، مخمور و نورالدہر، براں وایرج، عمرو عیار و صرصر، قرآں وصبار فتار، اسد و مہ جبیں، غرض کہ صنفی اعتبار سے طلسم ہوش ربا میں توازن ہے۔ نہ عورت مرد کی کنیز ہے اور ہن مرد مطلق العنان۔!

سیاسی اعتبار سے اگر دیکھا جائے تو طلسم ہوش ربا میں اقتدار کی تقسیم تقریباً برابر کی ہے۔ جادو گروں میں بے شک مختار کل افراسیاب ہے لیکن اس کی ایک وزیر ملکہ صنعت سحر ساز ہے۔ اس کی نانی اور دادی یعنی آفات چہار دست اور ماہیانہ زمرد پوش محافظ

سلطنت ہیں، حجرہ ہفت بلا کی ایک بلا تاریک شکل کش ہے اور حجرہ پنجم کی یاقوت سخنداں جس کے ساتھ ہر وقت دو نہریں بہا کرتی ہیں اور پھر بے شمار جادوگرنیاں ہیں جنہیں حکومت کا کل پرزہ سمجھنا چاہئے۔ پھر مخبری اور سراغ رسی کے لئے عیار بچیاں یعنی صر صر، صبا رفتار، تیر نگاہ خنجر زن، شمیمہ نقب زن اور صنوبر ہیں۔ لیکن ان سب سے بالا تر افراسیاب کی بیوی ملکہ حیرت ہے جو منتظم اعلیٰ بھی ہے اور "جو سکہ خطبہ افراسیاب کا مگر عمل دخل ملکہ حیرت کا ہے"۔

ان تمام عورتوں میں کوئی بھی نہ طوائفیت رکھتی یہ نہ بد چلن ہے نہ کسی پر مرزا شوق کے مصرع صادق آتے ہیں اور نہ ہی یہ رسوا ہیں۔

ان کے اور نقائص ہوں گے اور ہیں لیکن جو معاشرہ ان عورتوں کا ہے اس سے محمد حسن عسکری، عزیز احمد یا خورشید الاسلام یا ازیں قبیل صرف نادم ہو سکتے ہیں یا اپنے ذہنی تعقب پر تاسف کر سکتے ہیں۔ غیظ سے اپنی انگلیاں کاٹ سکتے ہیں! مگر اس معاشرہ کو طوائفیت کا نام نہیں دے سکتے۔

اور یہ جادوگروں کا معاشرہ تھا جس معاشرے سے نہ مصنف کی ہمدردیاں وابستہ ہیں نہ سننے والوں کی۔ لیکن اس معاشرہ میں نہ کہیں عدم توازن ہے اور نہ بد چلنی۔ نہ عورت خود جلتی ہے نہ مرد کو جلاتی ہے۔ مصور اور صورت نگار میں کبھی کبھی خوش فعلی کے طور پر مار پیٹ ہو جاتی ہے چنانچہ مصور نے صورت نگار کو طمانچہ مارا تو صورت نگار نے بھی ہزاروں گالیاں دیں۔ دو تھڑ رسید کیا۔ صر صر عیارہ ین عمرو عیار سے محبت کے باوجود اسے ایک بار لات بھی رسید کر دی۔ یہ ایک رخ ہے۔ دوسری طرف عورتیں بڑی اچھی منتظم ہیں۔ ایک ملکہ گلزار عنبریں مو ہے۔ اس کے یہاں سب قیدیوں کو کھانا تو ملتا ہی ہے۔ آٹھویں دن مٹھائی بھی ملتی ہے چنانچہ بدیع الزماں کو بھی مٹھائی ملی تھی۔ اسی طرح

ملکہ حیرت کے ایک انتظام کا نمونہ ملاحظہ ہو:

"عمرو نے شہر ناپرساں کو خوب لوٹا۔ ملکہ حیرت نے شاہی خزانے سے سب کے نقصان کی تلافی کر دی لیکن ساتھ ہی ساتھ یہ اعلان بھی کر دیا کہ آئندہ حکومت کسی نقصان کی ذمہ دار نہیں ہو گی۔ لوگ اپنی حفاظت آپ کریں"۔

حالت جنگ میں جب ایمر جنسی ہو، ایک اچھا انتظامیہ اس سے زیادہ اور کیا کر سکتا ہے۔؟

یہ جادو گرنیاں اپنے عہد کی سائنس (جادو) سے واقف ہیں ان میں سے ہر ایک اپنے فن کی ماہر ہے۔ بد چلنی یا بد کرداری کا کیا ذکر، کوئی آنکھ اٹھا کر دیکھے تو دیر سے پانی کی طرح بہہ جائیں۔

ان عورتوں میں فوجی مہارت اور جنگی صلاحیت ہے۔ یہ اپنے اپنے صوبوں کی گورنر (قلعہ دارنیاں) ہیں۔ کوئی موقع پڑتا ہے تو فوج لے کر نکلتی ہیں۔ ان میں نہ بزدلی ہے اور نہ زندگی کی حقیقتوں سے فرار اور ان تمام باتوں کے ساتھ یہ جس کی ہیں اس کی ہیں۔ بستر کی چادر کی طرح مرد بدلنے کی قائل نہیں ہیں!

یہ تو ہوا جادو گروں کی مملکت کا حال جہاں عورت بڑے وقار، دبدبے اور کلے ٹھلے کے ساتھ زندگی گزارتی ہے۔ عورت کی ایک صحت مند معاشرے میں کیا حیثیت ہونی چاہئے، وہ ان جادوگروں کے دیس میں ہے۔ جو آج کے اعلیٰ ترین نسائی حسیت کے علمبر دار ممالک میں نہیں۔!

اب اس کے مقابل جو معاشرہ ہے اس کے لئے داستان گو لفظ اسلام یا خدا پرستوں کے لشکر کی ترکیب استعمال کرتا ہے۔ یہاں دو طرح کی خواتین ملتی ہیں:

ا۔ وہ خواتین جو امیر حمزہ کی رشتہ دار ہیں جن کی جھلک چشم فلک نہیں دیکھ سکتی، وہ

خوش رہتی ہیں، سکون سے چراغ خانہ بن کر رہتی ہیں۔

۲۔ وہ خواتین جو جادو گرنیاں تھیں اور ہیں اور اب اسد کے لشکر میں ہیں اور افراسیاب سے لڑ رہی ہیں، ان میں اور افراسیاب کے لشکر کی جادو گرنیوں میں ایک چیز مشترک ہے اور وہ یہ کہ علوم متداولہ سے یہ دونوں واقف اور باخبر ہیں۔ اپنے فن کی ماہر ہیں۔ بزدل نہیں بہادر ہیں۔ گو کہ فراسیاب کے ساتھ والی خواتین کی غالب اکثریت بد چلن نہیں ہے اور ملکہ حیرت افراسیاب کے مرنے کے بعد جس شوہر پرستی کا مظاہرہ کرتی ہے وہ ناقابل فراموش ہے۔ لیکن خدا پرستوں کے لشکر کی جادو گرنیاں یا شہزادیاں کردار کے اعتبار سے ایک روشن مینار ہیں۔ شوہر پرست، باوفا، صاحب ایثار ہیں، ایک کی ہو کر رہنے والی، دنیاوی عیش و آرام کو ٹھکرانے والی۔ زمرد شاہ باختری عرف خداوند لقا کی لڑکی لالان خوں قبا ثابت قدم کوئے محبت بنے کے لئے جس جگہ وارث نے بٹھایا وہیں جان دینا چاہتی ہے۔ مہ جبیں افراسیاب کی لڑکی ہے۔ افرادسیاب نے اسے ہر طرح کی لالچ دی ہے، اس پر دباؤ ڈالا ہے۔ سمجھایا ہے کہ وہ اسد کی محبت سے باز آجائے لیکن مہ جبیں

ہم ان سے اقبال دورہ کر اگر جئے بھی تو کیا کریں گے ذرا اس کے الفاظ ملاحظہ ہوں:

"ان کے (شہزادہ اسد) ساتھ تڑپ تڑپ کے مر جاؤں گی کہ یہی لطف زندگی ہے"۔

بہار اور مخمور دونوں کے لئے افراسیاب نے ہر طرح کی لالچ اور طلسمی جنت کے دروازے کھول رکھتے ہیں۔ مگر ناممکن ہے کہ ذراسی لغزش بھی ہو جائے۔

ان عورتوں کا ایک اور نفسیاتی چلو ہے جو معاشرت کا حُسن ہے یعنی ان عورتوں میں باہم ایک دوسرے کے خلاف حسد کا جذبہ نہیں ہے اس پر بہت سی عورتیں عاشق ہیں مگر یہ سب ایک دوسرے سے اس لئے محبت کرتی ہیں کہ ہم ایک ہی شمع کے پروانے ہیں،

اسی ے ساتھ وہ ایک دوسرے کے وقت پر کام بھی آتی ہیں مثلاً بہار یا مخمور یا ملکہ بر اں۔ ا سب کے محبوب الگ الگ ہیں۔ مگر یہ سب شہزادہ اسد کے لئے اور ایک دوسرے کے لئے خلوص کے خزانے رکھتی ہیں۔ جان دینے سے گریز نہیں کرتیں۔ انہیں میں ملکہ محبوب کا کل کشا بھی ہے جس کا کردار ایثار و قربانی کی معراج ہے صورتحال یہ ہے کہ عفریت طلسم بڑھتا چلا آرہا ہے اور وہ صرف ملکہ محبوب کا دل کھا کر مطیع ہو سکتا ہے۔ محبوب اپنی کوکھ پر خنجر مارتی ہے۔ دل نکال کر پیش کرتی ہے اور عفریت کی مصیبت سے اسد کو چھٹکارا دلاتی ہے۔

یہ عورتیں پیکر مہر و وفا ہیں۔ یہ نہ آفت ہیں نہ قیامت بلکہ یہ ایک مثالی معاشرہ کی وہ خواتین ہیں و کسی نہ کسی شکل میں ہندوستانی تاریخ کے صفحات میں اپنا وجود رکھتی تھیں۔ رضیہ سلطانہ، چاند بی بی، حیات بخشی بیگم، مخدومہ جہاں، علی مردان خاں کی بیٹی، رانی درگاوتی، اہلیہ بائی۔ خواتین کا یہ زریں سلسلہ تھا جس کا منطقی نتیجہ بیگم حضرت محل تھیں اور طلسم ہوش ربا کی یہ خواتین انہیں روایات کا روشن اور تابناک عکس تھیں۔

ایک خیال یہ ہو سکتا ہے کہ یہ ساری شہزادیاں عاشق مزاج ہیں تو حق یہ ہے کہ عورت کا عشق کرنا کوئی معیوب بات نہیں ہے۔ گر وہ ایک کی ہو کر رہے۔ یہ شہزادیاں ایک ہی بار عشق کرتی ہیں جس سے عشق کرتی ہیں اسی کی ہو کر رہ جاتی ہیں۔ اپنی شخصیت کے اعتبار سے اپنے کفو سے عشق کرتی ہیں۔ کمتر درجہ کے آدمی کی ان کے پاس کوئی جگہ نہیں ہے اگر کسی کمتر نے ان کے بارے میں سوچا بھی تو جان سے ہاتھ دھو بیٹھا۔

ایسا نہیں ہے کہ طلسم ہوش ربا میں جو معاشرہ ہے اس میں خواتین صرف شہزادیاں یا پریاں ہیں بلکہ ایک طبقاتی سماج ہے س میں ہر طبقے کی عورت نظر آتی ہے اور لباس و زیورات سے پہچانی جاتی ہے۔ شہزادیاں اور ملکہ "انگیا گوکھرو کی یا کامدانی کی، پر زر کرتیاں

سبز بادلے کی، ململ اور آب رواں کی پیشواز، زر دار پاجامے، پائینچے گلبدن کے لچھے دار شجر اور زربفت کے لہنگے۔ شبنم کے دوپٹے اور زیورات میں ٹیکہ، کنگن، چمپا کلی، کرن پھول، چاند ٹیکی، جھومر، یاقوت اور احمر کے چھپکے، جگنو کا توڑا، ناک میں نتھ، کان میں بجلیاں، بالے، جھمکے، مندرے، ادراج، بازو بند، نو گرہی، جوشن، دست بند، پازیب، چھڑے، جھانجھ، گھنگھرو خلخال، پیر میں زر دوزی کی زیر پائی، آرام پائی"۔

یہ ہے وہ متمدن معاشرہ خوش حال لوگوں کا مگر اسی کے ساتھ کنیزیں، جلیسیں، خواصیں، آتوجی، چھوچھو، ماما، اصیلیں، مغلانی، قلماقنی بھی نظر آتی ہیں۔ ملکہ حیرت کے سر پر وزیر زادیاں مگس رانی کرتی ہیں۔ تین چار سو تو صرف چتر بردار ہیں۔ دیہات کی عورتیں البتہ غربت کا شکار ہیں۔ ان کے "لہنگے پھٹے ہوئے ہیں اور پیتل کی بالیاں پہنتی ہیں۔ گاڑھے کی کرتیاں" ہیں۔ شہر میں ساقنیں حصہ پلاتی ہیں۔ ہزار بناؤ کئے دلائی سفید اودی گوٹ کی اوڑھے۔ آگے سے طوق سونے کا دکھانے کو گلا کھولے۔ پائینچے پاجامے کے پیچھے تخت پر پڑے"۔

ان کے آگے بڑھ کر کبڑنوں اور سنکرینوں کی بہار دیکھئے کہ:

"لہنگے قیمت کے پہنے سامنے ٹوکروں میں ترکاریاں، انار، امرود، شریفے، چنے تھے۔ گنڈیریوں کے لئے گنے پونڈے چھیلتی تھیں"۔

ساری عورتیں نفاست پسند ہیں، ان میں شوخی ہے لیکن بدکاری نہیں ہے۔ یہ اعلیٰ ترین معیار کی زندگی گزارنا چاہتی ہیں۔ "ان کے پاس عقیق کی سردانی ہے۔ دانتوں میں مستی لگاتی ہیں۔ گلگونہ، غازہ تو ہوتا ہی ہے پور پور مہندی رچی ہوتی ہے۔

"بی گلرنگ! تم کو اپنی صورت کی قدر نہیں۔ ابٹنا منہ پر ملا کرو، چند دنوں میں رنگت کھل جائے گی"۔

یہ خواتین حقہ اور پان سے شغل کرتی ہیں۔ ہوا اور تخت رواں، محافہ، پالکی نالکسی جیسی سواریاں استعمال کرتی ہیں۔ ان کے یہاں دسترخوان بھی دیباکا ہوتا ہے، ان کے بستر جب بچھتے ہیں تو

"چادر گھڑی دن رہے حکم دیا کہ پلنگ ہمارا بالائے بام بچھاؤ کہ چاندنی کی کیفیت دیکھیں گے اور وہیں آرام کریں گے۔ بجرد حکم پلنگ کوٹھے پر آراستہ ہوا اور اوٹ پھولوں کے کھڑے کر دیئے۔ گلاب اور کیوڑے کے قرابوں اور عطر کے شیشوں کے منہ کھول کر رکھ دیئے۔ گلدستے جابجا چن دیئے، کنیزوں نے کہا داری خواب گاہ آپ کی درست ہے"۔

ان کی نفاست اور ایک سحر کار ماحول کی تخلیق وہ چاہے باغ کا نقشہ ہو، جشن ہو، ساز ہوں، موسیقی کے مختلف راگ ہوں، جو بھی ہو ان سب میں نفاست ہے لیکن آوارگی اور بد چلنی نہیں ہے۔ بیشک شہزادیاں شراب پیتی ہیں لیکن یہ "ماڈرن ڈرنک" نہیں ہے یہ کوئی بھی مشروب ہو سکتا ہے جس سے سرور آتا ہے اس کے نشہ میں خرمستی، بدسمتی نہیں۔

یہ عورتیں ان تمام باتوں کے ساتھ ہمدرد بھی ہیں، ذہین بھی ہیں۔ ان ہی عورتوں میں ملکہ آسمان پری ہے جس نے امیر حمزہ کو مرہم سلیمانی دیا تھا جس سے ہر زخم مندمل ہو جاتا ہے۔ ان میں جہاں طب کا یہ پہلو ہے وہاں ٹوناٹوٹکا بھی ہے کہ "اگر سات جمعرات سوت کا نام لیکر نیم کی پتی اور نمک کنوئیں میں چھوڑ دیا جائے تو وہ مال زادی فوراً نکل جائے گی!!!"

یہ خیال کیا جاتا ہے کہ داستان گو عوامی زندگی سے باخبر نہ تھے۔ عوامی زندگی سے اگر مراد یہ ہے کہ بیل کس طرح ہنکائے جاتے ہیں، سیار کس طرح بھگائے ہیں۔ ہڑتال کیسے ہوتی ہے تو یقیناً یہ معاشرہ تو داستانوں میں نہیں ہے۔ اس لئے کہ داستانوں کی فضا

شرفائے شہر کی ہے مگر اس شہر میں گھسیارے، لکڑہارے، بہیلے، چڑیمار، کپڑا بننے والے اور ان سب کے ساتھ کھاردے اور گاڑھے کی لنگیاں اور انگوچھے ملتے ہیں۔ لیکن یہ سب ہے تھوڑے سے فرق کے ساتھ۔ عمرو ک زنبیل سے کلوا کر بر آمد ہوتا ہے مگر اسی کے ساتھ کٹنی مہترانی بھی دکھائی دیتی ہے وٹو کرا بغل میں رکھے بالیاں اور جھمکے پہنے نظر آتی ہے۔ یہ مہترانیاں مخبری بھی کرتی ہیں۔ داروغہ ان سے گھر گھر تلاشی لینے کا بھی کام لیتے ہیں۔

یہ ساری باتیں ہیں لیکن ان میں کہیں بھی نہ زوال آمادہ تہذیب ہے، نہ بدکار معاشرہ، بد چلن عورتیں۔ لکھنؤ کا یہ خوددار معاشرہ، متنوع معاشرہ بہر حال طوائف سے خالی نہیں ہے۔ مگر ذرا طوائف کا تذکرہ دیکھئے:

"کس طرف ساقتوں کی بناوٹ ہے، رنڈیاں طرحدار چکلہ چوک میں آباد، تماش بین دلشاد، عورتیں جوان، لہنگے زربفت کے، دھوتی کے انداز میں کسے" کہیں کہیں اس طرح کہیں ہیں اس طرح کے فقرے مل جاتے ہیں مگر اہمیت طوائف کی ہیں ہے بلکہ عالم یہ ہے کہ اگر ملکہ نسرین عنبریں محفل میں آگئی تو اجلال جادو اسے بے غیرت کہتا ہے۔

تخلیق کار کا قلم کیمرہ ہوتا ہے۔ اس فقرہ کی تکرار صرف اس لئے ہے کہ اگر شرر کے بیان، فریب عشق اور امراؤ جان ادا کی تصویر کشی کی بنا پر لکھنؤ کی پہچان اور اس کا تشخص کچھ یرقان زدہ اذہان نے طوائفیت سے کیا تو انیسویں صدی کی اس داستان کے واضح بیان سے لکھنؤ کا تشخص اور اس کی پہچان بہادر، باعفت اور ہشت پہل شخصیت کی مالک خواتین سے ہونا چاہئے۔

طلسم میں علم کی قدر ہے۔ "تم نے ذہانت کو ہماری صاحبزادی کی دیکھا۔ بے شک پڑھنے لکھنے سے آنکھیں چار ہو جاتی ہیں"۔ ملکہ ہوشنگ نے کہا۔

یہ ایک پہلو ہے۔ اب ایک رخ ملاحظہ ہو۔ طلسم میں شہزادیاں ہوں یا جادوگرنیاں یہ سب خلا میں نہیں رہتیں۔ ان سب کے ایک دوسرے سے رشتے ہیں اور وہ ان رشتوں کے مطابق رہتی ہیں۔ مثلاً بہار افراسیاب کی سالی ہے۔ براں کوکب کی بیٹی ہے۔ مہ رخ مہ جبیں کی نانی ہے، آفتاب چہار دست اور ماہیانہ زمرد پوش افراسیاب کی نانی اور دادی ہے۔ لعل سخن داں یاقوت سخنداں کی حقیقی بہن ہے۔ ان رشتوں میں کبھی تصادم ہوتا ہے۔ مثلاً لعل سخن داں اسد کی طرف دار ہے، یاقوت سے لڑتی ہے۔ اسد کے بازو پر اکہ باندھتی ہے۔ بہار بھی اپنی بہن حیرت سے لڑتی ہے مگر ایک لمحہ ایسا آتا ہے جب حیرت کو شہنشاہ کوکب تلار کے سائے میں لیتا ہے تو بہار بے چین بھی ہو جاتی ہے۔ ہدوستانی سماج میں جتنے امکانی رشتے ہوسکتے ہیں اور ان رشتوں کی جو نزاکتیں ہیں وہ سب اس معاشرے میں ملتی ہیں البتہ یہ حقیقت ہے کہ مہابھارت کی طرح اصول پر رشتے قربان کر دیئے جاتے ہیں۔

محبت اور فرض کی کشمکش میں بھی فرض کی فتح ہوتی ہے۔ پانچوں عیار بچیاں مخالف کے لشکر کے عیاروں سے عشق کرتی ہیں۔ لیکن افراسیاب کی حیات تک گان کی وفاداریاں افراسیاب کے ساتھ ہیں اور موقع پڑنے پر وہ مخالف لشکر کے بڑے سرداروں کو قید بھی کرتی ہیں اور فرض اور وفاداری کا جو تقاضا ہے اس کے مقابل اپنے عاشقوں کو بھی ڈاج دینے سے نہیں چوکتیں۔

طلسم ہوش ربا کے سلسلے میں یہ پہلو بھی قابل غور ہے کہ تمام اہم شہزادیوں کے جادو دراصل عورت کے مزاج کی مختلف کیفیتیں ہیں۔ بہار، پیکر، رنگ و بو، مخمور، نشہ و مستی، برق خنداں و گریاں رونے اور ہنسنے کی کیفیت، برآں کا اثر مروارید فضا کی بیکراں دستوں تک عورت کی پہونچ حیرت کے بال حَسین جمال مجلس کی گڑیاں، عورت کا بھولا

پن اور کھیل کی کیفیت وغیرہ۔ لیکن یہ پہلو ضمناً عرض کیا گیا۔ موضوع نسوانی معاشرہ ہے۔ یہ معاشرہ صحت مند ہے اس میں بد چلنی نہیں ہے، بد کرداری نہیں ہے۔ آزاد خیالی ہے، لطافت ہے، شوخی ہے، بذلہ سنجی ہے، عورت بہادر ہے منتظم ہے۔ اعلیٰ صلاحیتوں کی مالک ہے۔

ایک داستان کی مثالی عورت دیکھئے:

"یہ اپنے باپ کی جانشین ہے۔ اس کی نسبت تلاش کی جارہی ہے، ایسے سے جو رنگ سنگ ڈھنگ رکھتا ہو، رنگ علم و ہنر کا، سنگ شریفوں کا، ڈھنگ غیرت کا۔ اگرچہ یہ لائق و فائق عورت ہے مگر جے پال شاہ عورت کی اطاعت کو دل گوارا نہیں کرتا۔ ہاں ایک صورت ہے نکاح کرلے"۔

اور نکاح شریف زادیاں کرتی ہیں، طوائفیں نہیں۔ اس لئے انیسویں صدی کے لکھنؤ کی عورت کا تشخص اور پہچان فریب عشق، عمار عشق مرتبوں کو دل و دماغ کی فرحت اور ہاضمہ کی طاقت بڑھانے کے لئے استعمال کیا جاتا تھا۔ حکیموں کے نسخوں میں سیب کے مربے کو ہمراہ ورق نقرہ یا ہمراں ورق طلا استعمال کرنے کی ہدایت عام طور پر کی جاتی تھی۔ طرح طرح کے لذیذ حلوے بھی طبی فائدوں کے پیش نظر تیار ہوتے تھے ان کو طاقت و توانائی عطا کرنے والی غذا کا درجہ حاصل تھا اس لئے ان میں بادام، پستہ اور دیگر خشک میوے، زعفران اور کبھی کبھی مشک بھی شامل کی جاتی تھی یا بعض یونانی دواؤں کو حلوے کے اجزاء میں شامل کیا جاتا تھا۔

غذائیت کے صحت اور جسم کی طاقت اور توانائی کے تعلق کا پورا لحاظ رکھا جاتا تھا۔ اس لئے ہر موسم میں پیدا ہونے والی سبزی، ترکاری بھی بڑے اہتمام سے استعمال کی جاتی تھی۔ اس میں سستی اور آسانی سے دستیاب ہونے والی ترکاریوں سے پرہیز بالکل نہیں تھا

بلکہ بطور خاص ان کو استعمال میں لایا جاتا تھا۔ سبزیوں اور ترکاریوں کے پکانے میں لکھنؤ کے ماہر باورچیوں نے اپنے فن کی پوری مہارت سے کام لیا۔ ہر ایک ترکاری کو کئی کئی ڈھنگ سے پکانے کے طریقے کر کے سبزی خوری میں نئی لذت پیدا کر دی۔

حامد علی خاں بیرسٹر نے اس صدی کی پہلی دہائی میں اپنے ایک ماہر باورچی کا تذکرہ کیا ہے جو صرف بھنڈی کی ترکاری کو اسی الگ الگ طریقوں سے پکاتا تھا اور ہر ہانڈی کا ذائقہ الگ ہوتا تھا۔

لکھنوی دستر خوان کی سرسری جھلک اس کے متنوع، رنگا رنگی اور فن کارانہ وسعتوں کا احاطہ نہیں کر سکتی۔ یہ بلا مبالغہ سینکروں اقسام کے نمکین اور میٹھے کھانوں سے آراستہ تھا۔ مشرقی تمدن اور تہذیب کی صدیوں سے چلی آنے والی روایتوں نے سا کو ہمہ گیر بنا دیا تھا۔ داستان امیر حمزہ، طلسم ہوش ربا اور دوسری داستانوں میں کھانوں کے سینکڑوں نام ملتے ہیں، ہر کھانے کی بے شمار اقسام کی جانب اشارہ ملتا ہے۔

یہ کہنا تو دشوار ہے کہ لکھنوی دستر خوان اس کے کھانوں اور ان کی تیاری کے ماہرانہ طریقوں، مسالوں اور ان کے امتزاج کے ضابطوں کی پوری بازیافت آسان یا ممکن ہے لیکن کچھ نہ کچھ تو ممکن ہے اور اسی لئے اس تہذیبی سرمایئے کی بات تحریری ذخیرے کی بازخوانی لکھنؤ والوں پر فرض ہے۔

اور امراؤ جان نہیں۔ کسی حد تک فسانہ آزادی بھی نہیں بلکہ داستانیں ہیں یا طلسم ہوش ربا ہے جو داستانوں کے کوہ عتیق گیان چند کے لفظوں میں:

"داستانیں اودھ کی تہذیب کا ایک ارژنگ ہیں، یہ اس تہذیب کے روشن اور چمکتے ہوئے نقوش ہیں، جو آج کے دور میں بھی بہت کچھ سکھاتی ہے، وہ تہذیب جس کے پس منظر میں اس کے ماضی کی وراثت تھی۔

"حال کی لطافت تھی اور مستقبل کی طرف خوش گوار، صحت مند اور روشن اشارے تھے"

اب اس کے بعد بھی ساری داستان میں کسی کو یاد رہ جائے کہ ادھر لکھنؤ کی پہچان عیاشی تھی تو پھر کہنا پڑے گا:

مہتاب میں دھبے ہیں گلوں میں کانٹے
مہ جبیں کو بس اتنا ہی نظر آتا ہے

استفادہ: طلسم ہوش ربا، ایک مطالعہ۔ از ڈاکٹر راہی معصوم رضا

(۲) تدوین متن کا مثالی نمونہ: باغ و بہار

تحقیق، صداقت کا اظہار و اعلان ہے، گفتار صدق مایہ آزار ہوتی ہے اور حرف حق کا بلند ہونا منزَ وار سے گزرنے کے مترادف ہے اور اس منزل سے گزرتے ہوئے سب سے بڑا خطرہ کسی دوسرے سے نہیں خود اپنی ذات سے ہوتا ہے۔ مزعومات، تشکیک، احساس تفرق، اپنی شخصیت کے حصار میں گم رہنے کی پرانی عادت، ہر لمحہ انانیت کی فریب خوردگی، یہ سب ایسے پہلو ہیں جو اظہار و اعلان صداقت کی راہ کے سنگ گراں ہیں۔ ان اصنام کی بت شکنی کے بعد ہی نگاہ تحقیق صداقت کو بے حجاب دیکھتی ہے۔

تحقیق کا ہی بے حد اہم ذیلی رخ تدوین متن ہے اور یہ سب سے مشکل مرحلہ ہے۔ گیان چند نے تدوین متن کو "سیمیا کی سی نمود" کہا ہے اور یہ درست ہے کہ ہر لمحہ مختلف روپ بہروپ فریب نظر کا شکار بناتے ہیں۔ ایک رخ تو یہ ہوتا ہے کہ اگر متن پہلے مرتب کیا جا چکا ہے اور مجموعہ اغلاط ہے تو اس کی تصحیح میں آبگینوں کو ٹھیس لگنے کا خطرہ ہے اور اگر متن پہلی بار مرتب کیا جا رہا ہے تو مرتب متن سے یہ توقع کی جاتی ہے کہ وہ بہت سارے "واقعات کی فردوس گم شدہ" کی ضرور سیر کرائے گا۔ چاہے یہ واقعات شداد کی جنت ہی کیوں نہ ہوں۔ حالانکہ مرتب متین کی بنیادی ذمہ داری منشائے مصنف کے مطابق متن پیش کرنا ہے۔ مفروضہ واقعات کی بہشت کی تخلیق نہیں۔!

متن کی ترتیب میں سب سے مشکل مرحلہ اس وقت آتا ہے جب مرتب کو اپنی بیش بہا معلومات کے اظہار پر پابندی عائد کرنا پڑتی ہے۔ دراصل تحقیق ریاضت کے

ساتھ ضبط نفس کا بھی مطالبہ کرتی ہے اور جب تک متعین دائرے میں کام نہیں کیا جاتا غیر ضروری معلومات نقصان دہ ثابت ہوتی ہیں اور طالب علم کو گوہر مراد تو نہیں ملتا۔ صحرانوردی البتہ ہاتھ آتی ہے۔

رشید حسن خاں اردو تحقیق کی آبرو ہیں۔ اپنی عمر عزیز کے بہترین زمانے کو انہوں نے تحقیق کے ناشکرے کام میں صرف کیا ہے۔ تحقیق میں انہوں نے اس دور بلا خیز میں کاندھے پر سچ اور صرف سچ کا پرچم رکھا اور سچ ہی لکھا۔ کچھ عرصہ قبل انہوں نے اشعار کے صحیح انتساب اور صحیح قرأت پر زور دیا تھا اور بتایا تھا کہ "سرہانے میر کے آہستہ بولو" میں "آہستہ بولو" غلط اور صحیح مصرعہ ہے

سرہانے میر کے کوئی نہ بولو

اس طرح بہت سارے اشعار کا صحیح متن درج کر کے اس طرف متوجہ کیا تھا کہ متن وہ نہیں ہوتا جو ہمیں اچھا معلوم ہوتا ہے بلکہ متن وہ ہوتا ہے جو مصنف نے پیش کیا ہو انہوں نے بار بار اس پہلو کی طرف متوجہ کیا۔ سودا کا انتخاب ہو یا "فسانہ عجائب" یا دوسری کتابیں جنہیں انہوں نے مرتب کیا ان سب میں ان کی فکر کا ایک ہی مرکز اور محور ہے۔

سچ! سچ! سچ!

اب یہ اور بات ہے کہ دانش گاہوں میں جو ادبی مہنت بیٹھے ہیں۔ انہیں اس کی توفیق نہیں ہوتی کہ صحیح متن ہی پڑھ لیا کرتے اور اگر کسی نے پڑھ لیا تھا تو یاد بھی رکھتا اور اگر یاد رکھا تھا تو صداقت کی خاطر طالب علموں کو یہ بھی بتا دیتا کہ جس متن کو پڑھ رہا ہے وہ غلط ہے اور اگر درست ہے تو رشید حسن خاں کا فیضان ہے۔

انہوں نے بہت لکھا ہے۔ بالخصوص وہ تدوین متن کے سلسلے میں مثالی حیثیت کے

مالک ہیں اور اپنے کارناموں سے انہوں نے عملی تحقیق کی اعلیٰ ترین روایت کی تشکیل کی ہے۔

"باغ و بہار" کی تدوین بلاشبہ ان کی تحقیقی غزل میں بیت الغزل ہے۔

"باغ و بہار" اسم با مسمیٰ ہے۔ اسے کسی طرح کی خزاں کا ڈر نہیں تقریباً دو صدی سے ہرج مرج کھینچتے ہوئے یہ خزاں نا آشنا داستان معجز بیان اکیسویں صدی کے دروازے پر دستک دے رہی ہے یہ داستان اردو نثر میں وہی درجہ رکھتی ہے جو غزل میں میر تقی میر یا مرثیہ میں میر انیس کا ہے۔ اس کا ڈرامائی انداز بیان، متصوفانہ پہلو اور اس کا تہذیبی رخ یادگار حیثیت کا مالک ہے۔ میر امن کا مقدمہ بھی اس اعتبار سے بہت اہم ہے کہ تاریخی اور تہذیبی پس منظر میں اردو زبان کے آغاز کا نظریہ پہلی بار پیش کیا گیا ہے اور پھر اس میں الفاظ کا سحر حلال تو ایسا ہے کہ جب تک گنگا جمنا میں روانی ہے اس کا اثر کم نہ ہو گا۔ جرمن فلسفی نے بیسویں صدی میں یہ بتایا کہ لفظ کے معنی نہیں ہوتے بلکہ لفظ اپنے محل استعمال سے معنی دیتا ہے۔ میر امن نے بہت پہلے الفاظ کے استعمال سے عملی طور پر یہ بات سمجھا دی۔ ان کے پاس الفاظ نہیں ہیں بلکہ کسی مصور کے سامنے بکھرے ہوئے بے شمار رنگ ہیں۔ جہاں جس طرح کا رنگ ضروری ہے اسے وہاں لگا کر تصویر کے نقوش ابھار دیتے ہیں۔

"باغ و بہار" پہلے بھی مرتب ہوتی رہی ہے۔ مختلف لوگوں نے اسے مرتب کیا ہے لیکن حق یہ ہے کہ حق ادا نہ ہوا تھا کسی کا نقطہ نظر ماخذ کی بحث ہے۔ کسی کے مقدمے نے نسوانی کرداروں پر بڑی اچھی روشنی ڈالی ہے۔ کوئی معاشرتی اور تہذیبی پہلو کو اجاگر کرتے ہوئے ہندوستان کی تاریخ اور ادبی سماجیات پر گہر افشانی کرتا ہوا نظر آتا ہے۔ لیکن مقدمہ متن کے اسرار و غوامض پر بہت کم روشنی ڈالتا ہے۔ اس کا مختلف نسخوں سے تقابلی مطالعہ

کسی نسخہ کے مرجح ہونے کی دلیل، لسانی پہلو اور فرہنگ، الفاظ کی تشریحات، اس عہد کی لسانیات اور وہ بہت سارے گوشے سامنے نہیں آتے جہاں ایک ایک لفظ کے پس منظر میں جہان معنی آباد ہے۔

رشید حسن خاں نے اس ترتیب سے نہ صرف ایک اہم ضرورت کی تکمیل کی ہے اور باغ و بہار سے صحیح معنوں میں روشناس کرایا ہے بلکہ تدوین متن کی دنیا میں عملی تحقیق کی بڑی اچھی مثال قائم کرتے ہوئے انہوں نے اپنے تحقیقی نقطہ نظر کی بھی جگہ جگہ وضاحت کی ہے لکھتے ہیں:

"اصول تحقیق پر ایمان نے بے ایمانی کی پیدا کی ہوئی قناعت پسندی کو ذہن پر اثر نہیں ڈالنے دیا اور نشاط کار کا ایسا احساس کبھی ذہن پر حاری نہیں ہو سکا جس سے ہوس کے تقاضوں کو آب و رنگ ملتا"۔ ۱)

مرتب متن کی ذمہ داریوں کی طرف متوجہ کرنے کا بہت خوبصورت انداز ملتا ہے لکھتے ہیں:

"اس اعتبار سے ہر لفظ کا تعین، مرتب کی ذمہ داری میں شامل ہے۔ لفظ مجموعہ ہوتا ہے حرفوں کا یوں یہ کہا جا سکتا ہے کہ ہر حرف کا تعین اس کی ذمہ داری میں شامل ہے۔ اس لحاظ سے دیکھئے تو معلوم ہو گا کہ الفاظ کے تعین اور ان کی صورت نگاری کی، صحت متن میں اصل حیثیت ہوتی ہے"۔ ۲)

وہ ان تمام دشواریوں اور مسائل سے باخبر ہیں جو اختلاف نسخ اور تقابلی مطالعہ کی صورت میں پیش آتے ہیں لکھتے ہیں:

"کسی کتاب کے مختلف اہم نسخوں کو (اگر وہ موجود ہوں) سامنے رکھنا از بس ضروری بلکہ لازم ہے، جب بھی مختلف نسخوں کو پیش نظر رکھ کر عبارت کی تصحیح کی جائے

گی تو بہت سے مسائل پیدا ہوں گے۔ یوں یہ ضروری ہو گا کہ حواشی میں ایسے ہر لفظ سے متعلق ضروری تفصیلات درج کی جائیں جو کسی بھی لحاظ سے وضاحت طلب ہوں۔ خواہ بہ لحاظ معنی مطلب، خواہ بہ لحاظ املا اور خواہ بہ لحاظ قواعد۔ بہت سے جملوں کی ترتیب اور معنویت بھی تشریح کی محتاج نظر آئے گی۔ حواشی میں ایسی تشریحات کا شامل کرنا بھی ضروری قرار پائے گا۔

ایسے مفصل حواشی کی ضرورت ایک اور وجہ سے بھی ہوتی ہے۔ زمانے گزرنے کے ساتھ بہت سے لفظ متروک ہو جاتے ہیں یا ان کی شکل وصورت میں کسی طرح کی تبدیلی راہ پا لیتی ہے۔"(۳)

انہیں اس بات کا احساس ہے کہ محقق کے لئے تنقیدی بصیرت ناگزیر ہے اور نقاد تحقیق کے بغیر ایک قدم بھی نہیں چل سکتا۔ لیکن وہ اس سے بھی باخبر ہیں کہ کوئی متن مدون ہو جانے کے بعد تنقیدی مباحث کے دروازے کھولتا ہے۔ تدوین کے مرحلے میں تنقیدی بحث غیر ضروری ہے۔ عمارت کی تعمیر کے بعد ہی اس کی تزئین اور آرائش کی فکر مناسب ہوتی ہے۔ تعمیر کے مرحلے میں اگر یہ بحث شروع ہو جائے کہ تصاویر نشست گاہ میں آویزاں کی جائیں یا خواب گاہ میں تو یقیناً یہ مضحکہ خیز ہو گا۔ یہی حال مرحلہ تحقیق میں تنقیدی مباحث کا ہے۔ بڑی تفصیل کے ساتھ انہوں نے روشنی ڈالی ہے۔ وہ لکھتے ہیں:

"متن کی تصحیح اور متعلقات متن کی کماحقہ ترتیب کے لئے یہ بھی ضروری سمجھا گیا کہ مفصل تنقیدی اور تدوین دو الگ موضوع ہیں۔ متضاد تو نہیں لیکن مختلف ضرور ہیں"۔ (۴)

آگے چل کر وہ مزید وضاحت کرتے ہیں:

"مقدمہ کتاب میں طویل تنقیدی مباحث کو شامل کرنے سے یہ نقصان ضرور ہوتا

ہے کہ دونوں کا حق ادا نہیں ہو پاتا اور سب سے بڑھ کر یہ کہ متعلقات متن کی ضروری تفصیلات زیر بحث نہیں آپاتیں۔ مرتب کا اصل کام یہ ہے کہ وہ متن کو صحیح طور پر پیش کرے اور اس متن سے متعلق بحثوں کو مناسب تفصیل کے ساتھ لکھے جس میں قابل ذکر حصہ لسانی مباحث کا ہوگا، اس کے فرائض میں یہ شامل نہیں کہ وہ تنقیدی رائے بھی دے، اسی لئے یہ ضروری سمجھا گیا کہ اس سلسلے میں زیر ترتیب کتابوں کے مقدمے میں مفصل تنقیدی مباحث کو شامل نہ کیا جائے"۔۵)

انہوں نے ہر جگہ تدوین متن کے اصولوں کی پابندی کی ہے اور یہ پابندی شعوری ہے روایتی نہیں۔ اس لئے کہ انہوں نے جگہ جگہ اس کی طرف اشارے بھی کئے ہیں۔ ان میں تنقیدی شعور ہے لیکن اصولوں کی پاسداری نے انہیں ایک قدم بھی تجاویز کرنے نہیں دیا ہے حالانکہ ان کا تنقیدی شعور اعلیٰ درجہ کا ہے ملاحظہ ہو:

"میر امن کی نثر میں جو حُسن، طاقت اور چھا جانے والی کیفیت ہے، اس میں ان کے زمانے کا کوئی شخص شریک نظر نہیں آتا۔ یہی وجہ ہے کہ باغ و بہار کو جدید اردو نثر کا پہلا صحیفہ کہا گیا ہے۔ اس کتاب نے ایک نئے طاقتور اسلوب کی بنیاد ڈالی جو معیار ساز ثابت ہوا۔ باقی سب کی نثریں خوب ہیں۔ مشکل پسندی سے محفوظ ہیں، ااسان ہیں مگر ان میں وہ طاقت نہیں کہ ایک نئے اسلوب کی تشکیل ہو سکے اور ایک نئے پیرایہ اظہار کے خط (کذا) د خال ٦) روشن ہو سکیں نئی روایت کی تشکیل ہر شخص کے بس کی بات نہیں ہوتی۔ کالج کے کسی اور مصنف میں یہ جرأت اور ہمت نظر نہیں آتی۔"۷)

انہوں نے تحقیق میں ایجاد بندہ قسم کے بہت سارے التباسات کو دلائل کے ساتھ رد کیا ہے۔ تحقیق کی ایک قسم "خواہ مخواہی تحقیق"" بھی ہوتی ہے۔ اس کا بہت اچھا نمونہ میر امن کی تاریخ ولادت اور تاریخ وفات کے سلسلے میں نظر آتا ہے۔ نصر اللہ خاں

خورجوی اور انتظام اللہ شہابی کے سلسلے میں جو بہت سارے گوشے بغیر کسی دلیل کے سامنے آگئے تھے اس پر مدلل بحث کرتے ہوئے اسے رد کیا گیا ہے۔۸)

البتہ پوری بحث پڑھنے کے بعد طالب علم کا دل یہ چاہتا ہے کہ کاش اس کی بھی تحقیق ہو گئی ہوتی کہ تاریخ ولادت و وفات کیا تھی۔ میر امن کے وطن، علاقہ اور جاگیر و منصب کے عنادین کے تحت بڑی اچھی بحث کی گئی ہے۔ خصوصاً میر امن کے اب وجد کی جاگیر کے علاقہ کا تعین بہت اہم دریافت ہے۔ انہوں نے مختلف نسخوں اور اشاعتوں کا تقابل بھی کیا ہے اور ہندی مینول کے بارے میں بے حد اہم معلومات اکٹھا کی ہیں اور اس سلسلے میں معلومات کا بیش بہا خزانہ ہاتھ آتا ہے۔ ص ۸۳ سے ص ۱۰۶ تک انہوں نے اعراب رموز واوقاف، حروف کی صوتیات اور بعض الفاظ کے بارے میں نتیجہ خیز مدلل بحث کی ہے۔ یہ دریافت بھی بہت اہم ہے کہ شیر علی افسوس نے نثر بے نظیر، قصہ گل بکاولی، مادھونل، طوطا کہانی، قصہ حاتم طائی کو واجبی واجبی درست کیا ہے، لیکن قصہ چہار درویش کا تو" محاورے میں اکثر درست عبارت نہایت چست تھی، یہ کہیں کہیں جملے بے ربط تھے سو مربوط کر دیئے ۹)

انہوں نے میر امن کے اسلوب کی خصوصیات میں الفاظ کی تکرار، توابع کا استعمال، صناعی، قافیہ بندی کی تفصیلات دی ہیں۔ اس کے ساتھ میر امن کے یاں "نے" اور "کو" کے استعمال اور اسے ترک کرنے کی مثالیں بھی دی ہیں۔ کر کر، کی، کر کراہٹ کا بھی ذکر کیا ہے۔ تذکیر و تانیث، شتر گربہ وغیرہ کے بیان سے ان کے تنقیدی نقطہ نظر کی وضاحت بھی ہوتی ہے اور ان کی تنقیدی بصیرت کا بھی اندازہ ہوتا ہے اور پھر اس پر حیرت ہوتی ہے کہ کتنے ظرف کے ساتھ انہوں نے اپنے اوپر عائد کردہ احتساب کی پابندی کی ہے حسن سے گریز احساس کمتری کا نتیجہ ہوتا ہے لیکن شعور و ارادہ کے ساتھ ہو تو پھر اسے

شان یوسفی و پیغمبری کہا جاتا ہے۔

تنقیدی مباحث سے ان کا گریز شان یوسفی ہی ہے!

مقدمہ کے بعد متن ہے۔ وہ ص ۲۵۰ پر ختم ہوتا ہے اس کے بعد ضمیمہ ہے۔ ضمیمہ میں ایک ایک لفظ کی مدلل اور خوش سلیقگی کے ساتھ بحث ملتی ہے۔ ان کی دیدہ ریزی، باریک بینی اور تبحر علمی کا قائل ہونا پڑتا ہے۔ کچھ مثالیں ملاحظہ ہوں:

عیسوی سال کے سلسلے میں (سال عیسوی) کے بارے میں لکھتے ہیں:

"اس عبارت میں لفظ سال اضافت کے بغیر ہی مرجح ہے"۔ ۱۰)

پوری تحقیق کے ساتھ دلائل سے یہ ثابت کیا ہے کہ سال کے نیچے اضافت مناسب نہیں ہے۔ ۱۱)

ایک جگہ لکھتے ہیں:

"میر امن کی نثر میں ایسے بہت سے جملے ملتے ہیں جن کا انداز آج بالکل اجنبی معلوم ہوتا ہے اور عام آدمی یہ خیال کر سکتا ہے کہ یہاں شاید کسی طرح کی غلطی راہ پا گئی ہے۔ چوں کہ ایسے جملوں کی تعداد کم نہیں ہے اس لئے یہ بات تقاضائے احتیاط کے بالکل خلاف ہے (اصول تدوین کے بھی خلاف ہو گی) کہ ایسے مقام پر کسی طرح کی بھی تبدیلی کو روا رکھا جائے۔" ۱۲)

آگے چل کر لکھتے ہیں:

"وہ مقامات جہاں احتمال کی گنجائش نکلتی ہو، میں نے خاص طور پر خیال رکھا ہے کہ ایسے مقامات پر کسی طرح کی دخل اندازی نہ کی جائے۔۔۔ جب تک اس کا یقین نہ ہو جائے کہ فلاں مقام پر لازماً غلطی کتابت ہو یا غلطی طباعت ہے تب تک عبارت میں دخل نہیں دینا چاہئے اور تصحیح سے کام نہیں لینا چاہئے کیونکہ ایسی تصحیحات کو بہ آسانی تصرف کہا

جاسکتا ہے۔ البتہ پڑھنے والوں کی معلومات کے لئے ایسے بھی مقامات پر وضاحتی نوٹ ضرور لکھتے ہیں۔"۱۳)

انہوں نے تاریخ کے سلسلے میں بھی اس بات کا خیال رکھا ہے کہ کوئی دعویٰ بغیر دلیل کے نہ ہو۔ ص ۳۶۸ سے ص ۲۷۱ تک علی مرداں خاص کی نہر کا تذکرہ ہے اور یہ تذکرہ علم کی نہر علقمہ نہیں معلومات کی گنگا ہے حوالے، تفصیلات، استدلال، غرض کہ کوئی گوشہ ایسا نہیں ہے جو نظر انداز کیا گیا ہو اور یہ انداز صرف نہر یا عمارتوں کے سلسلے میں نہیں ہے زندگی کا ایک اہم جز و طعام ہے۔ انہوں نے اس پر بھی میر امن کی طرح پوری توجہ دی ہے۔ "قلیہ" کی بحث پڑھتے ہوئے منھ میں پانی بھر آتا ہے اور ہونٹوں پر زبان پھرانے کو بھی جی چاہت ہے۔ یہ عالمانہ بحث عرب سے ایران تک چلی آتی ہے۔

تلفظ و املا کی بحث کے سلسلے میں راقم الحروف کو اس کا احساس ہے کہ اس کے پاس توصیفی الفاظ بہت کم ہیں بہر حال جتنے الفاظ بھی ہیں وہ ان کی نذر ہیں۔ محاورہ عام کیا تھا؟ اصل لفظ کیا تھا۔؟ لفظ کس طرح مسترد کیا گیا۔؟ تذکیر و تانیث کی کیا صورتیں ہیں؟ محل استعمال کیا ہے؟ مختلف علاقوں میں کسی لفظ کی قرأت کیا ہے؟ ادائیگی کس طرح ہوتی ہے؟ یہ ساری تفصیلات بڑی جامعیت سے ملتی ہیں۔ باقر اور باقر کی بحث پر نظر پڑی تو وسعت علم کے ساتھ فاضل مرتب کی حاضر دماغی اور ہر رخ سے مسائل کو پرکھنے کی لاجواب عادت نے بے اختیار ان کے لئے توصیفی کلمات صرف کروائے کوئی علامہ لسانیات قطب مینار جیسی شخصیت اور گنبدان قطب شاہی جیسی دستار فضیلت سر پر رکھنے کے باوجود اس جگہ پہونچ کر عجز سے سر نیاز خم کرنے پر مجبور ہے۔

اس سلسلے میں چھپا، چھپا۔ جمعہ جمعرات، گزری، گزرا کی بحثیں صفحہ ۴۴۶، ۴۶۰ اور ۵۵۷ پر دیکھی جاسکتی ہیں۔

فاضلانہ انداز، عالمانہ شان اور محقق کا وقار اس کتاب میں ہر جگہ نظر آتا ہے۔ کسی سے ایک لفظ کا بھی استفادہ ہے تو اس کا تذکرہ کیا گیا ہے۔ کھرے علم کی پہلی شرط ایمانداری ہے کچھ مثالیں ملاحظہ ہوں۔

لکھتے ہیں:

"بہر حال تقدم کا شرف مصنفہ ڈاکٹر عبیدہ بیگم کو حاصل ہے" ۱۴)

یہ بھی معلوم ہوتا ہے کہ ڈاکٹر نفیس ۱۵) جہاں نے باغ و بہار پر تحقیقی مقالہ پیش کیا ہے۔ انہوں نے شاکر ناجی کے دیوان کی مرتبہ محترمہ ۱۶) افتخار بیگم صدیقی صاحبہ کا بھی تذکرہ کیا ہے اور ڈاکٹر جمیلہ جعفری صاحبہ کا بھی حوالہ دیا ہے۔ ان معزز اور محترم خواتین کے کارناموں سے راقم الحروف اپنی کم علمی کے سبب متعارف نہ تھا۔ عموماً ایسے لوگوں کا تذکرہ اس لئے نظر انداز کر دیا جاتا ہے کہ اس سے اپنی اہمیت کچھ کم ہوتی ہوئی نظر آتی ہے۔ علم کی ایک شان انکسار ہے اور اسے شخصیت کا ایک جزو بننا چاہئے اس کے لئے دیانت، وسیع النظری اور ضبط و نظم نیز تحمل جیسی صفات ناگزیر ہیں۔ رشید حسن خاں ان تمام صفات سے متصف ہیں۔

انہوں نے جس سے بھی استفادہ کیا ہے اس کا حوالہ دیا ہے اور جس موضوع پر جس کا پایہ استناد مستحکم ہے اس سے ہی رجوع ہوئے ہیں۔ اس کی ایک مثال ملاحظہ ہو۔ لکھتے ہیں:

"ویزلی کو بہ سکون زا بھی سنا گیا اور اس طرح بھی سنا گیا کہ "ز" قصر خفیف کے ساتھ تلفظ میں آتی ہے۔ میں نے اول الذکر کو ترجیح دی اور اس سلسلے میں جناب شمس الرحمان فاروقی کی تحریر پر اعتماد کیا ہے۔" ۱۸)

یہ بہت بڑی بات ہے اور اس سے یہ معلوم ہوتا ہے کہ دیانت و متانت علمی کسے

کہتے ہیں۔ وہ اگر چاہتے تو سینکڑوں باتیں اس طرح لکھ سکتے تھے جیسے یہ سب کچھ انہیں کی دریافت ہے لیکن جس وسیع القلبی اور حزم و احتیاط کے ساتھ انہوں نے ہر بحث کے سلسلے میں مستند افراد سے مشورہ کیا ہے وہ ہر طالب علم کو کبھی کبھی مبہوت و متحیر کر دیتا ہے۔ انہوں نے ابتداء میں ہی گیان چند کا حوالہ دیتے ہوئے ساری تفصیلات درج کی ہیں اور یہاں تک کہ محمد غوث زریں (صحیح) محمد عوض (غلط) کا تذکرہ کرتے ہوئے انہوں نے گیان چند کا حوالہ دیا ہے گیان چند نے ڈاکٹر رحمت یوسف زئی کے ذریعہ داستان چہل وزیر کا تذکرہ کیا تھا۔ یہ ممکن تھا کہ ڈاکٹر رحمت یوسف زئی کا نام نظر انداز کر دیا جاتا مگر وہ عملی دیانت کے خلاف ہوتا، اس لئے یہ تذکرہ بھی موجود ہے۔ ۱۹)

اگر یہ کہا جائے کہ تدوین متن کا یہ کارنامہ مثالی ہے تو غلط نہ ہو گا۔ انسانی ذہن متن کے سلسلے میں جتنی متعلق اور ضروری باتیں سوچ سکتا ہے وہ سب اس میں موجود ہیں لیکن اس خوف سے کہ اس کارنامہ کو فوق البشر کا کارنامہ نہ سمجھا جائے اور اس خیال سے بھی کہ ہر حُسن مجسم کو کالا تاگا باندھ دینا چاہئے کہ نظر نہ لگے، کچھ گوشوں کی طرف متوجہ کیا جارہا ہے حالاں کہ یہ عمل ایسی ہی ہے جیسے گلستاں میں کانٹوں کی تلاش یا بدر کامل میں دھبے کی نشاندہی۔! بہر حال اس کا حرف آغاز محترم ڈاکٹر خلیق انجم صاحب نے لکھا ہے۔ حرف آغاز کے بعد مقدمہ شروع ہوتا ہے ص ۱۶ اور ص ۱۷ پر صدیق الرحمن قدوائی اور دلوی صاحب کے بھائی کا تذکرہ ایک صفحہ کے بجائے تین چار سطروں میں ہو سکتا تھا۔ یہ تطویل ناگوار معلوم ہوتی ہے۔ خصوصاً جاگیر دار اشرافیہ پر "طنز مسور"۔

میر امن کے سلسلے میں کہ ان کا نام میسر امان تھا یا نہیں تذکرہ شعرائے ہند کا بھی حوالہ دیا گیا ہے۔ یہ تذکرہ ۱۸۴۸ء میں مرتب ہوا تھا۔ میر امن اور کریم الدین کے درمیان بعد زمانی بہت کم ہے اور کریم الدین کے بیان پر اعتماد کیا جاسکتا ہے۔ اگر غور کیا

جائے تو بظاہر ۴۳سال کا فاصلہ اور بھی کم ہو جائے گا۔ اس لئے کریم الدین کے بیان کو سرسری طور پر نظر انداز نہیں کرنا چاہیے۔ یہ مفروضہ نہیں بلکہ قرینہ معلوم ہوتا ہے کہ ان کا تخلص امان بھی رہا ہو اور امن بھی اور لطیف بھی یا نام ہی امان رہا ہو۔

میر امن کے مذہب کے سلسلے میں لکھتے ہیں:

"واضح طور پر یہ معلوم ہوتا ہے کہ وہ شیعہ تھے۔" ۲۰)

لفظ "شیعہ" کا اطلاق عام طور پر واقفیہ اور اثنا عشری دونوں پر ہوتا ہے۔ واقفیہ میں وہ لوگ شامل ہیں جنہیں دور حاضر میں سلیمانی، داؤدی، آغا خانی کہا جاتا ہے۔ واقفیہ کا سلسلہ امامت حضرت اسمعیل مکتوم بن حضرت امام جعفر صادقؑ سے ملتا ہے۔ یہ بھی عرض کرنا ہے کہ کیسانیہ اور زیدی بھی اپنے کو شیعہ کہتے ہیں۔ میر تقی خیال (صاحب بوستان خیال) بھی شیعہ تھے۔ ان کا مسلک خاطمیوں کا تھا جو آل بویہ کا مسلک تھا۔

احتیاط کا تقاضا یہ تھا کہ میر امن کو شیعہ اثنا عشری لکھا جاتا ہے۔ ایک جگہ حاشیے میں لکھتے ہیں:

"بیان واقع کے اندراج کی بنیاد پر ابدالی مرجح ہے"۔ ۲۱)

اس سلسلے میں اگر گنڈا سنگھ کی کتاب "احمد شاہ درانی" جو نیویارک پبلشنگ ہاؤس سے ۱۹۶۹ء میں شائع ہوئی، ملاحظہ کر لی جائے تو یقیناً احمد شاہ کے ساتھ درانی کو ہی ترجیح دی جائے گی۔ یہی درست ہے۔ احتشام صاحب مرحوم نے بھی درانی کو ہی ابدالی پر ترجیح دی تھی۔

"سامھنے" کے بارے میں لکھتے ہیں کہ "اب، سامنے" لکھتے ہیں"۔ اس سے مترشح ہوتا ہے کہ پہلے سامھنے لکھتے رہے ہوں گے اور سامنے بولتے رہے ہوں گے۔ ۲۲) عابد پیشاوری کا خیال ہے کہ سامھنے بولتے اور لکھتے بھی تھے، بعد کو سامنے ہو گیا۔ ۲۳)

"جن پاس روزہ کھول کے کھانے کو کچھ نہ ہو"

اسے رباعی کا مصرعہ لکھا ہے۔ عابد پیشاوری کا خیال ہے کہ یہ رباعی کا مصرعہ نہیں ہے۔ ۲۴)

چڑھواں اڑایا۔ عابد پیشاوری کا خیال ہے کہ اڑایا ۲۵) ہونا چاہئے۔ ان کا خیال ہے کہ ایڑی میں ڈالتے والی بات مشکوک ہے اور اس مناسبت سے اڑایا درست نہیں ہے۔ ۲۶) میں نے (راقم الحروف) اپنے بچپن میں ۴۰۔۴۵ سال قبل اڑانا ہی سنا ہے بہ معنی اٹکالینا، ڈال لینا، مراد پہننے سے ہو گی۔ فاضل مرتب نے ساری بحث کے بعد اڑانا کو ترجیح دی ہے۔ کراچی کی لغت میں اڑایا چھپا ہے۔ اڑانا اگر کہیں درج ہے تو اسے سہو قرار دینا چاہئے۔

"رموز و اوقاف کی پابندی کے سلسلے میں ڈیڑھ سطر میں اپنی مرتبہ فانہ عجائب کا تذکرہ کیا ہے کہ اس میں بھی اسی طرح کی رموز واوقاف کی پابندی کی گئی ہے۔ یہ عبارت حاشیہ میں ہوتی تو زیادہ بہتر تھا۔

ایک جگہ لکھتے ہیں:

"یہ دروازہ لال بنگلے سے پہلے حضرت فاطمہ سام کے مزار کے آس پاس کہیں تھا۔"

فاطمہ کے آگے سام دو جگہ اور بھی ہے لیکن گیارہویں سطر میں فرہنگ آصفیہ کے حوالے سے حضرت فاطمہ صائمہ کا تذکرہ ہے۔ یہ سمجھ میں نہیں آتا کہ سام کیوں لکھا گیا۔ راقم الحروف اس سلسلے میں کوئی معلومات نہیں رکھتا۔ لیکن عقل کہتی ہے کہ جب یہ محترم خاتون کا مزار ہے تو صاحبہ مزار کی کوئی صفت ہونا چاہئے کہ سام تو موت کے معنوں میں استعمال ہوتا ہے۔ یہودی، سرکار عظیم المرتبت کو سام علیک کہا کرتے تھے البتہ صائمہ صفت ہے یعنی روزے دار۔ اغلب ہے کہ ان کے صائمہ ہونے کی وجہ ان کے وصفی نام کے ساتھ مزار معروف ہو اور فاطمہ صائمہ ہو۔ بہر حال سام اور صائمہ میں سے ایک ہی

ہو سکتا ہے دونوں نہیں۔۲۶)

عالی گوہر کا شاہ عالم کے لقب کے ساتھ اپنی بادشاہت کا اعلان ۱۲۰۹ میں درج ہے۔ یہ محل نظر ہے۔ اس سلسلے میں یہ عرض کرنا ہے کہ عرشی صاحب مرحوم کی ہر سطح کی گرد بھی ہم سب کے لئے سرمہ چشم بصیرت ہے۔ لیکن تاریخی واقعات اور اس کے استناد کے لئے ایشوری پرشاد اور رام پرشاد ترپاٹھی کو ترجیح دی جانی چاہئے تھی۔ نادرات شاہی کی ادبی اہمیت ہے تاریخی نہیں۔۲۷)

"چلتی چکی دیکھ کے رہا کبیرا روئے"

شعبۂ ہندی بنارس یونیورسٹی کی ریڈر صاحبہ کی یہ اطلاع رام چندر شکل کی مرتبہ کبیر گرنتھاولی پر ہے۔ ہندی کے علماء کبیر کے بہت سے اشعار کے انتساب اور ان کی شخصیت کے زمانی تعین کے سلسلے میں مشکوک و مشتبہ ہیں۔ اس سلسلے میں اتنی تفصیل کی بھی ضرورت نہیں تھی۔ اتنا لکھ دینا کافی ہوتا کہ کبیر کے نام سے معروف ہے۔

تیسرے درویش کی سیر کے اختتامی حصے میں بہاء الدین برناوی کا مشہور شعر اء درج ہے۔

ان نینن کا بس یہی بسیکھ
ہوں تج دیکھوں تو مج دیکھ

میر امن نے ستم یہ کہا کہ شعر کو نثر کی طرح لکھا۔ حواشی میں اگر صحیح انتساب، درست متن اور میر امن کی تحریف کا بھی تذکرہ ہوتا تو بہت خوب تھا۔

اب کے بھی دن بہار کے یونہی چلے گئے۔

اگر وضاحت ہو جاتی کہ یہ مصرع سودا کا ہے اور چلے گئے کے بجائے گزر گئے ہوتا تو بہت خوب تھا۔

خمس کی تشریح میں لکھا ہے: فقہ جعفری کے مطابق مال کا پانچواں حصہ جو غریبوں اور لاوارثوں کے لئے دیا جائے۔ صحیح صورتحال یہ ہے کہ بچت کا پانچواں حصہ خمس کہلاتا ہے جس کا نصف سہم امام علیہم السلام اور نصف سہم سادات زاد اللہ شرفہم۔ سہم امام میں سے حاکم شرع مذہبی فرائض کی بجا آوری کے لئے خرچ کرتا ہے۔ یعنی مساجد اور امام باڑہ وغیرہ کی تعمیر اور سہم سادات بنی فاطمہ کا حق ہے۔۲۸)

کچھ اور الفاظ کے سلسلے میں اپنی کم علمی کے اعتراف کے ساتھ وضاحت مقصود ہے۔ Present Version اور Preface لکھنے کا کوئی جواز سمجھ میں نہیں آسکا۔ جبکہ اردو میں اس کا مترادف موجود ہے۔۲۹)

کتاب میں ہر جگہ جز کو جزو کے معنی میں لکھا گیا ہے۔ میر انیس نے

جز خاک نہ تکیہ نہ بچھونا ہو گا

لکھا ہے کہ جز کے معنی سوا اور جزو بہ معنی ایک حصہ۔ کتاب میں دونوں کی املا ایک ہی ہے۔ اطائی انقلاب کے معنی اگر یہ ہیں تو بصد حسرت و یاس اس سے استفادہ دینے کو جی چاہتا ہے اس کا نتیجہ یہ ہو گا کہ درسگاہوں میں یہ چلن عام ہو گا اور اس کی آڑ میں بیشتر الفاظ کی پاشکنی ہو گی۔ میں بے حد ادب سے درخواست کرتا ہوں کہ ان دونوں الفاظ کی حد تک املا کا اجتہاد و انقلاب کام نہ لایا جائے۔۳۰)

موچھ درج ہے لیکن سنسکرت کے علماء سے مونچھ سنا۔ "منھ چھو" کی مناسبت سے مونچھ زیادہ درست معلوم ہوتا ہے۔

اسرار و اسرار کی دلچسپ بحث میں اسرار کو ترجیح دی ہے۔ اسرار بھوت، پریت، آسیب کے معنی میں استعمال ہوتا ہے۔ میر امن چوتھے درویش کی سیر میں لکھتے ہیں:

"مدت سے یہ تماشا ہو رہا ہے

لیکن اب تک اسرار معلوم نہیں ہوتا۔"

سیاق عبارت سے معلوم ہوتا ہے کہ یہاں بھیدے معنی میں استعمال ہوا ہے۔ اسرار مرنج ہے۔ اسرار کی صوت اصرار کی طرف لے جاتی ہے۔

شیدی، سیدی اور سدی کی بحث کے سلسلے میں یہ عرض کرنا ہے کہ یہ سدی ہے بے معنی حبشی، میر امن نے جس نمکیں شخص کا سراپا بیان کیا ہے وہ حبشی ہی معلوم ہوتا ہے۔ حیدرآباد میں آج بھی سدی عنبر بازار موجود ہے۔

بھچنپا کا مطلب جھاڑ دار درخت نہیں ہو سکتا۔ میر حسن کہتے ہیں

کہے تو کہ جیسے بھیجنپا کے جھاڑ، بھچنپا خود ایک جھاڑ (درخت) ہوتا ہے۔

سنگت کے ایک ہی معنی درج ہیں۔ بے شک فرہنگ کا تقاضا یہی ہے لیکن اور معنی بھی اگر لکھ دیئے جاتے تو کیا خوب ہوتا جبکہ اور الفاظ کے دوسرے معنی بھی لکھ دیئے گئے ہیں۔

سات سو صفحات کا ایک ایک لفظ موتیوں سے تولے جانے کا مستحق ہے۔ کسی بھی تنقیدی مقالے میں اتنی صاف ستھری سجی سنوری زبان نظر سے نہیں گزری۔ محققین کی حسابی اور جناتی زبان کی جو روایت ہے اس سے یہ بالکل الگ ہے۔ صرف دو جگہیں ایسی تھیں جہاں ذہن کو یہ احساس ہوا کہ وہ گلستاں میں جوئے نغمہ خواں نہیں بلکہ کسی جوہڑ کے بیہڑ راستے پر ڈھلک گیا ہے۔ مثلاً لکھتے ہیں:

"مجھے صحیح معنی میں تعجب اس پر ہے"---

تعجب صحیح معنی میں ہوتا ہے غلط معنی میں نہیں ہوتا۔ صحیح، معنی، یہ دو لفظ غیر ضروری ہیں۔

اسی طرح تحریر فرماتے ہیں:

"پرانے قلعے کے قریب یہ مقبرہ ہے لال کنور شاہ عالم کی ماں کا۔!"(۳۲)

پہلی بات تو یہ ہے کہ یہ تحریر خاں صاحب کے شایان شان نہیں ہے۔ شاید وہ اس پہلوئے ذم کی طرف اپنی شرافت نفس کی بنا پر متوجہ نہ ہوسکے۔ دوسری بات یہ ہے کہ لال کنور شاہ عالم کی ماں نہیں تھیں۔ شاہ عالم کے لئے قائم نے لکھا۔

دادا اتراجو لال کنور کا تھا مبتلا

اس سے یہ معلوم ہوتا ہے کہ شاہ عالم جہاں دار شاہ کا پوتا تھا اور لال کنور جہاں دار شاہ کی داشتہ تھی۔ اس لئے وہ شاہ عالم کی ماں تو نہیں ہوسکتی تھی۔

ایک جگہ لکھتے ہیں:

"صاف معلوم ہوتا ہے کہ چوں کہ انہوں نے فرض کرلیا۔۔۔"(۳۳)

"کہ" کے بعد "چونکہ" خلاف سلاست ہے۔

ان کی وسیع القلبی اور اعلیٰ ظرفی کا اندازہ اس سے لگایا جاسکتا ہے کہ انہوں نے جہاں محققین اور مدرسین کا شکریہ ادا کیا ہے وہیں اس خوش نویس کا بھی شکریہ ادا کیا ہے جس کی سات سو بارہ صفحات کی کتابت میں راقم الحروف کو صرف تین غلطیاں مل سکی ہیں۔ صفحہ ۲۹۹ سطر ۸ میں چ کے تینوں نقطے چھوٹ گئے ہیں اور ص ۲۷۲ پر میدان کے بعد "میں" چھوٹ گیا ہے۔ ص ۲۷۳ پر ۱۲۶۱ھ ہوگیا ہے یہ ۱۲۱۶ھ ہے اور ممتاز حسن اور ممتاز حسین میں اس لئے ذہنی انتشار ہوتا ہے کہ راقم الحروف اپنی کم علمی کی بناء پر صرف ممتاز حسین (مرتب باغ و بہار) سے واقف ہے جن کا حال میں انتقال ہوا اور جو سرخ تنقید کے مسافر کہے جاتے تھے۔ ممتاز حسن نام کے ایک بزرگ پاکستان ریزرو بنک کے گورنر ہوا کرتے تھے۔ ہوسکتا ہے انہوں نے امیر خسرو پر کوئی کتاب مرتب کی ہو جو راقم الحروف کی نظر سے نہیں گزری لیکن باغ و بہار والے تو ممتاز حسین ہی ہیں۔

ایک ایسی کتاب میں جہاں کسرہ وفتحہ ہر باب میں ہو اور رموزو او قاف کی پابندی کی گئی ہو،وہاں تلاش بسیار کے بعد تین غلطیوں کا ملنا اسے صحیفۂ آسمانی ہونے سے تو بچا لیتا ہے لیکن یہ اردو کی کتاب نہیں معلوم ہوتی! خوش نویس ابو جعفر زیدی کے قلم کو سلام!

تدوین متن کے اصول الہامی نہیں ہیں اور نہ ہی ان میں اضافہ یا ترمیم بدعت سیہ ہے۔ تدوین میں عموماً کتابیات کی ضرورت نہیں ہوتی لیکن اتنی کتابوں کے حوالے دیئے گئے اور یہ ادعا بھی ہے کہ یہ کتاب مدرسین اور طالب علموں کے لئے ہے اور اس میں تقریباً نصف سے زائد حوالے ایسے ہیں جن سے اردو کے عام طالب علم اور مدرسین واقف نہیں ہیں۔اس لئے کتابیات ہوتی تو زیادہ بہتر ہوتا۔

آخری بات!

فاضل مرتب نے ماخذ کی بحث بہت سرسری کی۔ انہوں نے متصوفانہ پہلو کو قطعی طور پر نظر انداز کر دیا۔ بے شک ان کے اوپر یہ واجب نہیں تھا کہ وہ یہ بحث کریں لیکن ماخذ کی بحث اگر ہوتی تو یہ بہت بڑا استحباب ہوتا ہے۔

رشید حسن خاں نے مقدمہ میں کچھ متون کو مرتب کرنے کی تمنا کا اظہار کیا ہے ان میں ایک اضافہ اگر اردو کے پہلے صاحب دیوان شاعر کی کلیات کا بھی کر لیا جائے تو احسان عظیم ہو گا۔ اردو کی دعا ہے کہ وہ ہر خطہ نئے طور اور نئی برق تجلی سے روشناس کراتے رہیں اور طالب علم کی یہ آرزو ہے کہ وہ اپنی ساری تمناؤں کی تکمیل کر سکیں (آمین) اور دنیا میں انہیں جتنے بھی اعزازات و انعامات ملیں کم ہیں۔ مگر میری چشم تخیل دیکھ رہی ہے کہ فرشتے ان کا یہ کارنامہ باغ بہشت میں لے گئے ہیں اور امتیاز علی خاں عرشی اسے میر امن کو پیش کرتے ہوئے مسعود حسن رضوی ادیب اور قاضی عبدالودود سے کہہ رہے

ہیں کہ اب دنیا میں:

آ کے سجادہ نشیں قیس ہوا میرے بعد
نہ رہی دشت میں خالی مری جا، میرے بعد

(۳) گلزار نسیم: ایک بازیافت

تحقیق نتیجہ خیز حقائق کی بازیافت ہے۔ یہ ضروری ہے کہ محقق ذہنی دیانت کے ساتھ تخلیق کو اس کی اصل شکل میں دیکھنے کی تمنا اور تڑپ رکھتا ہو اور قاری کے سامنے اسی شکل میں پیش کرنا بھی چاہتا ہو۔ اس کے لئے یہ ناگزیر ہے کہ وہ منطق سے باخبر ہو، اور جن نتائج تک وہ پہونچے وہ اصول درایت پر پورے اتریں اور یہ اسی وقت ممکن ہے جب وہ اپنی فکر اور اپنے علم کو ترتیب دینے کی صلاحیت کے ساتھ ضبط و نظم کا پابند ہو۔ اور اپنے موضوع کے دائرے میں رہتے ہوئے اپنی فکر کو نقطہ تحقیق پر مرکوز کرنے کا ملکہ رکھتا ہو۔

یہ خصوصیت بھی اگر ہو تو بہتر ہے کہ محقق اپنی شخصیت کو قاری پر مسلط نہ کرنا چاہتا ہو اور موضوع کے بجائے خود اپنی ذات کو محور فکر بنانے کی کوشش میں نہ لگا رہے۔ یہ ٹھوس حقیقت ہے کہ انانیت، خودستائی اور "میں میں" کی ممیاہٹ میں کڑھی ہوئی علمی شخصیت میں بیر ہوتا ہے۔ اسی لئے سچا محقق عموماً اپنے پیش کردہ نتائج سے اپنی شخصیت کو الگ رکھتا ہے۔ اکثر محققین نے جب کسی شخصیت پر تحقیقی کام کیا تو اس کی آڑ میں اپنی شخصیت ابھارنے کی کوشش کی اور افسوس ناک طور پر کوئی نتیجہ برآمد نہ ہوا، اس کے کارناموں کی صحیح تصویر بن سکی اور نہ ہی شخصیت کا حقیقی تعارف ہو سکا۔

تدوین متن کے سلسلے میں دکنیات میں ایسی مثالیں اکثر ملتی ہیں جہاں ایک ہی متن کئی بار مختلف افراد نے پیش کیا اور صاحب متن کی شخصیت کو پس پشت ڈال کر مرتب

متن نے اپنے قد کو اونچا کرنا چاہا۔ نتیجہ یہ ہوا کہ ایسے متون مجموعہ اغلاط ہی رہے۔

متن میں ذرا سی غلطی بھی حد درجہ گمراہ کن ہو سکتی ہے۔ اگر متن ہی سے باخبری نہیں ہے اور صحت کے ساتھ متن کی قرأت نہیں کی جاسکتی تو نہ تخلیق کا حُسن سامنے آسکتا ہے نہ اس کے نقائص گرفت میں آسکتے ہیں نہ ہی اس کی تاریخیت کا عرفان ہو سکتا ہے۔ حقائق جمع کرنا اس میں سے منتخب کرنا تدوین متن کے لئے ناگزیر ہے اور بغیر اس کے اصلی متن تک رسائی ممکن ہی نہیں۔

تدوین متن کا مسئلہ اس وقت اور بھی اہم ہو جاتا ہے جب داستانوں کی تحقیق کا مرحلہ ہو۔ داستانوں کے طلسم کشا اور صاحب قران گیان چند نے اپنی لوح طلسم یعنی "اردو کی نثری داستانیں" میں تقریباً تمام داستانوں کی نشاندہی کی ہے۔ لیکن یہ بھی سچ ہے کہ وہ کسی داستان کی تدوین کا حوصلہ نہ کر سکے۔ انہی کے الفاظ ہیں:

"تحقیق متن کی دنیا سیمیا کی سی نمود ہے"

اور اس "سیمیا" کو وہ متن کی کیمیا میں نہ بدل سکے۔

دراصل داستانوں کا متن مرتب کرنے کے لئے اس کی تخیلی دنیا سے لطف اندوز ہونے کی ضرورت ہوتی ہے، مدرسہ کا قاری اس سے عاری ہوتا ہے۔ داستانیں صرف واقعات کا پلندہ یا بچوں کا قصہ نہیں ہوتیں بلکہ ان داستانوں میں بڑی حد تک ملک کا وقار، طبقات کی شدت احساس اور تہذیبی گروہوں کا جذباتی رجحان بھی چھپا ہوتا ہے۔ داستان نظم میں ہو یا نثر میں، اس کا اسلوب، اس کا ڈرامہ اور علم معنی و بیان و بدیع کی نزاکتوں پر گہری نظر ہونی چاہئے۔ داستان ساز کی بنائی ہوئی دنیا میں سورج کی گرمی اور چاند کی خنکی سو دو زیاں والی دنیا سے بالکل مختلف ہوتی ہے۔ وہ لفظوں کے گلدستے سے خوشبو پیدا کرتا ہے اور ایسے پیکر تراشتا ہے جو کرنوں کے بنے ہوئے ہوتے ہیں اور محقق اگر ان رموز سے

بے خبر ہے تو وہ داستان کا متن ترتیب نہیں دے سکتا۔

رشید حسن خاں تحقیق کے مرد مومن ہیں۔ ان کے عشق تحقیق کا قافلہ سخت جاں آج بھی سرگرم سفر ہے۔ وہ ان تمام صفات سے متصف ہیں جو ایک محقق میں ہونی چاہئیں، خصوصاً داستانوں کے متون مرتب کرنے کے سلسلے میں

نہ ان کا کوئی مقابل نہ ان کا کوئی بدل۔

انہوں نے بڑی خوش سلیقگی اور نفاست کے ساتھ امتیاز علی خاں عرشی سے ملی ہوئی تحقیقی وراثت کو اپنے قلم کی پلکوں پر سجا کر اب تک محفوظ رکھا ہے اور عالمانہ انداز میں اس روایت کو آگے بڑھایا ہے۔

داستانوں کے وہ ماہر ہیں اور اس سے قبل "باغ و بہار" اور "فسانہ عجائب" جیسی نثری داستانوں کا متن کر چکے ہیں "گلزار نسیم" منظوم ہے۔ حالانکہ اس کا اصل قصہ نثر میں ہے اور دیا شنکر نسیم نے جسے شعری پیکر عطا کر کے اسے "دو آتشہ"" بنا دیا ہے۔ اس کی ادبی اہمیت پر اردو کے خدائے نثر نے یوں روشنی ڈالی ہے:

"پنڈت صاحب نے ہر مضمون کو تشبیہ کے پردے اور استعارہ کے پیچ میں ادا کیا اور وہ ادا معشوقانہ خوش ادائی نظر آئی، اس کے پیچ، دہی بانکپن کی مروڑ ہیں جو پری زادیں بانکا دوپٹا اوڑھ کر دکھلاتی ہیں اور اکثر مطالب کو بھی اشاروں اور کنالوں کے رنگ میں دکھایا ہے باوجود اس کے زبان فصیح اور کلام شستہ اور پاک ہے۔

اختصار بھی اس مثنوی کا ایک خاص وصف ہے جس کا ذکر کرنا واجب ہے کیونکہ ہر معاملہ کو اس قدر مختصر کر کے ادا کیا ہے جس سے زیادہ ہو نہیں سکتا اور ایک شعر بیچ میں نکال دو تو داستان برہم ہو جاتی ہے"۔ ا)

آزاد نے مثنوی کی جس حسین انداز میں توصیف کی ہے اس کے علاوہ بھی دور حاضر

کے تناظر میں اس کے کچھ ایسے گوشے بھی ہیں جو گہری معنویت رکھتے ہیں:

(۱) اس مثنوی کا لکھنے والا ہندو ہے اور "ہر" سے اپنے کلام کا آغاز کرتا ہے لیکن اسلامی اصطلاحات و تلمیحات و قرآنی ترجمے نگینے کی طرح اپنے اشعار میں جڑتا چلا جاتا ہے۔

(۲) اردو کا یہ واحد قصہ ہے جس کے مصنفین یا مولفین کا سلسلہ بنگال سے کشمیر تک پھیلا ہوا ہے۔ عزت اللہ بنگالی، نہال چند لاہوری اور نیرنگ بہار باغ کشمیر دیا شنکر نسیم نے اس قصہ کو زندہ جاوید بنا دیا ہے۔

(۳) اس کا قصہ بھی کامروپ سے امر کنٹک کی پہاڑیوں تک پھیا ہوا ہے۔

(۴) اس میں علم بدیع کی وہ ساری صناعی موجود ہے جو اردو شاعری میں انیس و دبیر کے علاوہ کسی کے یہاں نہیں ملے گی۔

(۵) اس کی یہ اہم ترین خصوصیت ہے کہ اردو میں کسی شعری تخلیق پر اتنا زبردست ادبی معرکہ نہیں ہوا جتنا اس مثنوی پر ہوا یہ معرکہ اتنا اہم ہے کہ ایک عام طالب علم اگر صرف اس معرکہ کو پڑھ لے تو جملوں کی ساخت، صرفی و نحوی تراکیب، روزمرہ غرضیکہ زبان و بیان کے ہزاروں گوشے تاریکی سے روشنی میں آجائیں۔

اتنی اہم مثنوی کی تدوین مشکل نہ سمجھی گئی اور اس کے بہت سے متون مرتب کیے گئے۔ خود رشید حسن خاں صاحب اس کا ایک ایڈیشن مرتب کر چکے ہیں۔ ۲) چکبست، قاضی عبدالودود اور صغر گونڈوی نے بھی اسے مرتب کیا ہے۔ دور حاضر کے بہت سارے افراد اپنی کتابوں کی فہرست کی زلف کو دراز کرنے کے لئے بہت سارے متون کو الٹا سیدھا مقدمہ لکھ کر شائع کراتے رہتے ہیں اور یونیورسٹیوں میں ماشاء اللہ لکچرر، ریڈر، پروفیسر بنے رہتے ہیں، ایسے افراد نے بھی گلزار نسیم کو مرتب کیا ہو گا۔ اس طرح کے

نسخوں سے قطع نظر، معتبر نسخوں میں اصغر گونڈوی کا مرتبہ نسخہ یادگار نسیم وقیع اور اہم تھا۔ انہوں نے اپنے عہد کے تقاضوں کے مطابق نسیم کی شخصیت اور ان کے کلام کے فنی محاسن پر بھی اپنے مقدمہ میں روشنی ڈالی تھی۔ لیکن یہ تسلی بخش نہ تھا، جس طرح نذیر احمد گلستاں کے باب پنجم میں بہت سارے اشعار پر قلم پھیر دیا کرتے تھے، مولانا اصغر گونڈوی بھی، جہاں کہیں شعر میں جنسیت دکھائی دی، اسے قلم زد کر گئے ہیں۔ اس کے علاوہ تیسری دہائی میں تحقیق اس منزل تک نہیں پہونچی تھی کہ جس سے آج کے طالب علم کو تشفی ہو اور وہ گلزار نسیم کا مطالعہ کرتے ہوئے ہر زاویہ نظر سے باخبر ہو سکے!

اس قصے کے علاقے، اس کے محل وقوع، اس کی اساطیری اہمیت پر لکھا گیا ہے لیکن وہ منتشر صورت میں رہا۔ گیان چند نے امر کنٹک کی پہاڑیوں کی سیر کرائی۔ رام گڑھ کے جنگل میں لے گئے۔ دلدل کا منظر دکھایا اور دلدل کے بیچ میں قلعہ اور رات کو طلسماتی روشنی وغیرہ سے متعارف کرایا۔

ہندی ساہتیہ سمیلن والوں نے مانک ہندی کوشش میں لکھا کہ:

"اگستیہ نام کا درخت و پھول بگلے کی طرح سفید ہوتا ہے۔ گل بکاؤلی کے لئے لکھا کہ ہلدی کی ذات کا پوداجو عام طور سے دلدل میں ہوتا ہے۔ لمبوترا اور خوشبودار اور آنکھوں کے امراض کے لئے مفید ہوتا ہے"۔ اس کی اساطیری اہمیت پر بھی کافی سوشگافیاں ملتی ہیں۔ مثلاً سون بھدر بکاؤلی پر عاشق ہوا اور پھر جوہلا پر عاشق ہو گیا۔ بکاؤلی نے لات مار کر دونوں کو پانی بنا کر بہادیا۔ دریائے نربدا اور سون "سزایافتہ کردار"" ہیں۔

محترم حیات اللہ انصاری نے بتایا کہ جہاں سے دریائے سون و دریائے نربد انکلتے ہیں وہاں بکاؤلی نام کا ایک پوداہوتا ہے اس میں پھول بھی آتا ہے آج کل اس کا سوکھا پھول دو۔ دو روپیئے میں بکتا ہے اور مقامی دواساز ایک پھول لے کر گائے کا گھی اور کافور اور

جانے کیا کیا ملا کر دوا بناتے ہیں۔

گلزار نسیم کے موجودہ نسخے میں ان تمام اساطیری اور طلسماتی قصوں کو پیش نظر رکھتے ہوئے محاکمہ کیا گیا ہے۔ لکھتے ہیں:

"کسی اور علاقے میں اور اس میں "امر کنٹک"" کا بھی علاقہ شامل ہے۔ تحریری صورت میں اس سے پہلے کوئی کہانی نہیں ملتی۔ اس سلسلے کی یہ بات بھی ہے کہ عزت اللہ نے لکھا ہے کہ دو شہر از شہر ہائے شر قستان تاجدار بود کہ اور از زین الملوک گفتندے"۔

تاجدار کے نام سے یہاں بحث نہیں کیونکہ وہ مؤخر صورت ہو گی۔ اصل بحث شر قستان سے ہے۔ ہندوستان کا مشرقی علاقہ وہی ہے جس میں آسام و بنگال شامل ہے۔۔۔ اگر یہ مان لیا جائے کہ اس کہانی کا ہیرو بنگال کے علاقے سے آیا تا اور امر کنٹک کے علاقہ سے ہیروئین کو اور پھول کو ساتھ لے گیا تو اسے قرین قیاس کہا جا سکتا ہے۔ اس صورت میں یہ بات آسانی سے سمجھ میں آسکتی ہے کہ اس قصہ کی قدیم ترین تحریری شکل کیوں علاقہ بنگال سے تعلق رکھتی ہے۔ عزت اللہ کی صراحت کے مطابق یہ قصہ بہت مشہور تھا ظاہر ہے کہ ہیرو جب ہیروئن کو (اور شاید پھول) کو بھی اپنے دیس واپس لے گیا ہو گا تو اس کی محیر العقول مہم جوئی، خطر پسندی اور بہادری اور پھر کامیابی کی داستانیں تو اسی کے دیس میں بنی ہوں گی اور انہوں نے وہیں شہرت پائی ہو گی۔ ۴)

اس اقتباس سے یہ واضح ہو جاتا ہے کہ اس کہانی کا علاقہ اور محل وقوع کیا ہے اور یہ کس طرح کاروپ سے لے کر وسطی ہندوستان تک کو اپنے دائرہ میں لیئے ہوئے ہے۔

اس کا قصہ مکمل طور سے ہندوستانی اور سیکولر ہے، زین الملوک تاج الملوک، روح افزا غیر ہندوستانی سے لگتے ہیں۔ محمودہ میں ہلکی سی اسلامیت کی جھلک ہے، لیکن یہ سارے نام بالکل اسی طرح سے سیکولر ہیں جیسے آنجہانی مالک رام نے اپنے بچوں کے نام

رکھے تھے یا جیسے بیسویں صدی کے آغاز تک راج بہادر، تاج بہادر اور اقبال بہادر قسم کے نام رکھے جاتے تھے۔

رشید حسن خاں نے متذکرہ پہلو کے ساتھ بڑی فراخدلی سے قصہ کے اجزاء و عناصر کے سلسلے میں گیان چند کے نتائج تحقیق کو مختصراً پیش بھی کیا ہے اور ان کا اعتراف بھی کیا ہے۔

قصہ گل بکاؤلی کی منظوم حیثیت پر بھی انہوں نے روشنی ڈالی ہے۔ اس سلسلے کا ایک دلچسپ واقعہ بھی درج ہے۔ کراچی میں "اردو ادب کی تاریخ مرتب کی گئی، مرتب ہیں عبد القیوم لکچرر کراچی یونیورسٹی۔ ان کی اس تاریخ میں حبیب اللہ غضنفر صاحب لکچرر اردو کالج کراچی کا ایک مضمون ہے ''دیسی زبانوں کی ترقی میں مسلمانوں کا حصہ"" اس سلسلے میں انہوں نے ص ۱۴۶ پر اس عہد کے ایک بڑے شاعر نوازش خاں کا تذکرہ کیا ہے جس نے گل بکاؤلی کا قصہ پہلی بار نظم کیا۔ یہ نوازش خاں ۱۶۳۸ء میں حیات تھے، ۱۷۶۵ء میں انتقال ہوا۔ چٹگام کے رہنے والے تھے تاریخ ادبیات مسلمانان پاکستان و ہند میں بھی ان کا تذکرہ ہے۔ ۵)

رشید حسن خاں نے تفصیلی بحث کر کے یہ ثابت کیا کہ یہ قصہ عزت اللہ کے بعد کا ہے اور اس طرح گل بکاؤلی کا توقیت نامہ بھی تیار کر دیا کہ ۱۷۲۰ء اور ۱۷۳۰ء کے درمیان عزت اللہ نے لکھا پھر ریحان کی مثنوی ۱۷۹۷ء سے ۱۷۹۸ء کے درمیان، نہال چند کی "مذہب عشق""۱۸۰۳ء میں اور پھر گلزار نسیم ۱۸۳۸ء میں لکھی گئی۔ انہوں نے رفعت کی مثنوی اور تلسی رام عزیز کی مثنوی قصہ گل بکاؤلی کے سلسلے میں بھی حقائق پر سے پردہ ہٹایا ہے۔ نہال چند لاہوری نے جو ترجمہ کیا تھا اس میں اصل متن سے کہیں کہیں انحراف بھی ہے۔ اس کا بھی ذکر ہے اور یہ کہ میر شیر علی افسوس نے جگہ جگہ "مذہب

عشق""" کی سست عبارت کو "چست و درست""" کیا ہے۔

ریحان کی مثنوی یا اس سے استفادے یا سرقے پر بھی اچھی بحث ملتی ہے۔ سنٹرل یونیورسٹی آف حیدرآباد میں عزیزی ڈاکٹر محمد کلیم الحق قریشی نے بڑی دیدہ ریزی اور کدو کاوش کے ساتھ ریحان کی مثنوی کو مرتب کیا اور مقدمہ لکھا، ان کے پیش نظر ریحان کا نسخہ حیدرآباد اور نسخہ کراچی بھی تھا۔ وہ غیر معمولی صلاحیتوں کے حامل ہیں اور کسی بھی استاد کو ان پر بجا طور سے فخر ہو سکتا ہے۔ لیکن وہ ریحان کی مثنوی کی زبان اور اس کے لہجہ پر غور نہ کر سکے اور سرسری طور سے اس جہاں سے گزرے۔ دلچسپ پہلو یہ ہے کہ ریحان اور نسیم کے متحد المضامین اشعار ساڑھے سینتیس اشعار قرار پاتے ہیں۔ جہاں تک ذاتی خیال ہے رفعت نے ریحان سے استفادہ کیا ہے، نسیم نے نہیں۔

رشید حسن خاں نے جہاں عزیزی ڈاکٹر محمد کلیم الحق قریشی کے مقالہ پر جرح کی ہے وہیں سید خورشید علی حیدرآبادی کے اس مضمون کی بھی حلاجی کی ہے جس میں انہوں نے ریحان کی مثنوی کو متعارف کرایا تھا۔ اس مثنوی کے بارے میں رشید حسن خاں سے اتفاق کرتے ہوئے یہ لکھنا پڑتا ہے کہ:

(۱) ریحان لکھنوی نہ تھا بلکہ اردو جاننے والا بنگالی رہا ہو گا۔

(۲) موزوں طبع تھا لیکن تشاعر تھا۔ اس کے صرف تین مصرعے درج ہیں:

پوشاک لباس سب چھنالیں

استاد جی واہ آفریں باد

جیسے ہو کوئی مٹھائی رنگیں

رشید حسن خاں نے اس کے دو شعر اور نقل کئے ہیں۔

وہابیوں نے ہے سر اٹھایا۔۔۔ یک خلق کو ہے غرض ستایا

جہاں تک حافظہ سات دیتا ہے، وہابی تحریک انیسویں صدی کی ہے اٹھارہویں صدی کی نہیں، کم از کم ۱۷۹۰ء کے بعد کی ہی تھی۔ مرتب متن نے اس سلسلے میں صفحہ ۱۰۱ سے ۱۲۳ تک مدلل بحث کر کے یہ ثابت کیا کہ نسیم کے پیش نظر ریحان کی مثنوی ہونے کا امکان ہے لیکن استفادے یا سرقے کا کوئی امکان نہیں ہے۔

نسیم کے حالات زندگی بھی ممکنہ استناد کے ساتھ پیش کئے گئے اور قطعیت کے ساتھ یہ ثابت کیا گیا ہے کہ دیا شنکر نسیم اپنے آبائی مذہب پر ہی رہے۔ اس کے ساتھ چکبست کی ان روایتوں کو بھی رد کیا ہے جن سے نسیم کی شخصیت خواہ مخواہ کے لئے ایک تنگ مزاج غیر مسلم کی بنتی ہے۔ وہ اشعار جن پر مبینہ طور سے نسیم کی گرہ لگانے کا ذکر ہے ان کے بارے میں کالی داس گپتا رضا پہلے ہی لکھ چکے ہیں۔ اس بازیافت میں بھی چکبست کی اس غیر ضروری جانبداری کی تردید کی گئی ہے۔ اصغر نے نسیم کی غزلوں کا بھی ذکر کیا ہے ان کی غزلوں کے دو مصرعے ہر لمحہ ذہن میں گونجتے رہتے ہیں۔

جان پڑی تب بار شکم تھے مر کے وبال دوش ہوئے

یہ چاند اس کے ساتھ چلا جو جدھر گیا

لیکن رشید حسن خاں نے نسیم کی غزلوں پر غالباً اس لئے روشنی نہیں ڈالی کہ وہ ان کے دائرہ کار سے باہر تھی۔ البتہ نسیم کی شخصیت پر وہ جتنی معلومات فراہم کر سکے وہ انہوں نے اکٹھا کر دیں۔

اس بازیافت کا بے حد اہم حصہ معرکہ چکبست و شرر پر محاکمہ ہے صفحہ ایک سو ستائیس سے ایک سو چالیس تک اس معرکہ کا پس منظر بیان کیا گیا ہے صفحہ ۲۳۷ سے یعنی ضمیمۂ تشریحات سے صفحہ ۵۲۰ تک اختلاف نسخ کے ساتھ اس معرکہ کی حلاجی بھی کی گئی ہے۔ جن لوگوں نے اس معرکہ میں حصہ لیا تھا ان کے خیالات بھی اور ان کے بارے

میں بہت ساری معلومات فراہم کی گئی ہیں۔

اس ضمیمہ تشریحات میں بہت ساری ضمنی باتیں اتنی اہمیت رکھتی ہیں کہ ان کا تذکرہ ضروری معلوم ہوتا ہے مثلاً معرکہ چکبست وشرر کے مرتب کا نام تو سید محمد شفیع شیرازی تھا لیکن نقاد لکھنوی کے نام سے جو بزرگ اس معرکہ میں کود پڑے تھے ان کا اسم گرامی نوبت رائے نظر تھا۔۷)

"جیب" اور "جیب" کی معلومات آفریں بحث میں پتہ چلا کہ جیب مذکر ہے اور جیب مونث ہے۔۸)

اس لطیف فرق سے بس گہری نظر رکھنے والے ہی باخبر ہوتے ہیں۔ ایک لفظ "آشنا" کا بیان ہے۔ ذہن اس طرف نہیں جاتا کہ اس لفظ کے ایک معنی پیراک کے بی ہیں۔۹)

اسی طرح ریگ ماہی کی بحث پڑھئیے تو آنکھیں کھل جاتی ہیں جہاں تک "ریگ ماہی میں اضافت کا تعلق ہے تو یہ مرکب لازم "بغیر کسرہ اضافت درست ہے وجہ اس کی یہ ہے کہ اس میں اضافت مقلوب ہے۔ ماہی ریگ (ریت کی مچھلی) مقلوب ہو کر ریگ ماہی بن گیا۔ یہ مسلم ہے کہ ترکیب مقلوب میں اضافت کا زیر نہیں آسکتا۔ اضافت کا زیر مضاف کے حرف آخر کے نیچے آتا ہے۔ میں جو "ریگ ماہی" ہے، اسی بناء پر وہ قابل قبول نہیں ہو سکتا۔ مجھے زیادہ تعجب اس پر ہے کہ اردو لغت میں اسے مع کسرہ اضافت "ریگ ماہی" لکھا گیا۔ مرتبین لغت نے اس لفظ کی ساخت پر غور ہی نہیں کیا۔۱۱)

معلومات کا ایک پرسکون سمندر ہے جس سے ہر سطح کا طالب علم استفادہ کر سکتا ہے۔ کچھ مثالیں درج کی جاتی ہیں:

"حلوا" الف سے ہے ۱۲)

"اختراع" کو عموماً مونث سمجھا جاتا ہے، مذکر ہے ۱۳)

ناسخ کا شعر نور اللغات میں غلط درج ہو گیا۔ گرفت کی گئی اور بتایا گیا کہ یہ شعر ناسخ کا نہیں ہے۔ ایک جگہ یہ بھی نظر سے گزرا کہ مالک داروغہ جہنم کو تو کہتے ہی ہیں، حضرت یوسفؑ کو جس نے خریدا تھا اس کا نام بھی مالک تھا۔ یہاں ضمناً یہ عرض کرنا ہے کہ ارم بنی عاد کا بادشاہ تھا اور شداد کا دادا تھا۔ اسی کے نام پر شداد نے اپنی ساختہ جنت کا نام "باغ ارم" رکھا تھا۔

لغات و محاورہ پر گہری نظر رکھنے کے لئے ساتھ ضمیمہ حصہ دوئم میں جہاں صحیح قرأت کے لئے تلفظ و املا لکھا گیا ہے، وہیں روز مرہ پر بھی روشنی ڈالی گئی ہے۔ دو مثالیں پیش ہیں:

"رضا، خوشنودی کے معنی عربی میں۔۔۔ آصفیہ میں رضا ہے یعنی "ر" پر "زبر" بھی ہے زیر بھی۔ سننے میں بالعموم بالفتح اول آتا ہے"۔

دوسری مثال لفظ "خوش خبر" کی ہے۔

نسیم کا شعر ہے

شادی کی خبر سے خوش خوش آئی۔۔۔ مشتاق کو خوش خبر سنائی

شررو چکبست کے مباحثہ کے ساتھ فارسی کے اور حیرت انگیز طور پر خاور نامہ سے اور ذوق کے شعر سے مثال پیش کر کے یہ ثابت کیا ہے کہ نسیم نے غلطی سے اس لفظ کو پیش نہیں کیا بلکہ وہ اسی طرح اس کا استعمال درست سمجھتے تھے۔

بے شمار الفاظ کے لئے صحیح تلفظ اور ان کی ادائیگی کے لئے اعراب بھی لگائے گئے ہیں اور روز مرہ بھی لکھ دیا ہے۔

یہ درست نہیں ہے کہ محقق اس کو کہتے ہیں جو اقلیدسی زبان لکھتا ہو اور تنقیدی

صلاحیت سے بے بہرہ ہو بلکہ اگر تجزیہ اور تحلیل کے بغیر تفہیم کی کوشش کی جائے گی تو وہ بے معنی ہو گی اور تنقیدی عمل تجزیہ اور تحلیل سے ہی عبارت ہے۔

رشید حسن خاں کی تحقیق میں دریافت محض نہیں ہے کہ بلکہ اعلیٰ ترین تنقیدی بصیرت ملتی ہے۔ ایک مثال ملاحظہ ہو:

"بولی وہ کہ ہوے کو ہوا ہے۔۔۔ جو غنچہ کو گل کرے صبا ہے
بولا وہ یہی تو چاہتا ہوں۔۔۔ گل پاؤں تو میں ابھی ہوا ہوں

یہ شعر بھی حسن تعبیر کا عمدہ نمونہ ہے۔ بیان وہی جنسی عمل کی تکمیل کی علامت قرار دیا ہے۔۔۔ محمودہ کا یہ کہنا کہ ہوا تو چلتی ہی رہتی ہے جس ہوا سے کلی کھل سکے اسے صحیح معنوں میں صبا کہنا چاہئے۔ اشارتاً یہ خیال ہے کہ جنسی عمل کی تکمیل نہ ہو تو پھر صبا کے وجود (یعنی مرد کے وجود) کا حاصل کیا۔ اس کے جواب میں تاج الملوک کا یہ کہنا ہے
مجھے پھول مل جائے تو میں ابھی ہوا بن جاؤں، پہلو دار انداز بیان ہے اس کا ایک مطلب تو یہ ہے کہ مجھے پھول (گل بکاؤلی) مل جائے تو میں بھی وہی کام کروں جو باد صبا صبح کے وقت انجام دیتی ہے یعنی کلی کو کھلاتی ہے (مراد یہ ہے کہ جنسی عمل کی تکمیل ہو جائے)
ایک مفہوم یہ بھی نکلتا ہے کہ پھول مل جائے تو میں ابھی ہوا ہو جاؤں، یعنی فوراً چل دوں، ہوا ہو جانا محاورہ ہے" (۱۴)

عملی تنقید کے اس اعلیٰ معیار کے پیش نظر جی چاہتا ہے کہ دو مثالیں اور درج کی جائیں تاکہ گلزار نسیم کی تدریس کے وقت فاضل اساتذہ کرام یہ دیکھیں کہ اشعار سمجھانے کے لئے اور طالب علم میں ادب سے دلچسپی پیدا کرنے کے لئے کیا طریقہ اختیار کیا جانا چاہئے۔

"جو نخل تھا سوچ میں کھڑا تھا۔۔۔ جو برگ تھا ہاتھ مل رہا تھا

اس سے پہلے شعر میں کہا گیا کہ شمشاد دم بخود کھڑا تھا۔ یعنی ساکت خاموش۔ اس شعر کا پہلا مصرعہ بھی اس مفہوم کو دہرا رہا ہے اور ہر درخت چپ چاپ دم بخود تھا۔ دم بخود ہونے اور سوچ میں کھڑے رہنے کا مضمون اس نسبت سے پیدا کیا ہے کہ ہوا سے پتیاں تک نہیں ہل رہی ہیں مگر دوسرے مصرعہ کا انداز بیان اس صورتحال کے منائی ہے، ہوا چلنے سے پتے ہلتے ہیں اور ایک دوسرے سے رگڑ بھی کھاتے ہوں، اسے (عالم حیرت و افسوس میں) ہاتھ ملتے سے تعبیر کیا ہے لیکن پتوں کا ہوا سے اس طرح متحرک ہونا، درختوں کے دم بخود کھڑے ہونے کے منافی ہے۔ نخل اور برگ کی رعایت نے معنوی پہلو کی طرف شاعر کی توجہ منعطف نہیں ہوے دی اور بیان کی اس خامی تک اس کی نظر نہیں پہونچ سکی۔ اس شعر کے دونوں مصرعوں میں الگ الگ انداز سے صنعت حُسن تعلیل ہے۔ درخت کے ساکن ہونے کی وجہ سے ہوا کا نہ چلنا، مگر شاعر نے ایک شاعرانہ وجہ اس کے لئے فراہم کی ہے کہ وہ حیرت و افسوس کی تصویر بن گیا تھا، ساکٹ، دم بخود، دوسرے مصرعے میں ہوا سے متحرک ہونا اصل وجہ ہے، مگر یہاں بھی شاعر نے ایک دوسری شاعرانہ وجہ بتائی ہے۔

یہاں مجھے ثاقب لکھنوی کا یہ مشہور شعر یاد آ گیا

باغباں نے آگ دی جب آشیانے کو مرے

جن پہ تکیہ تھا وہی پتے ہوا دینے لگے

نسیم سے تقابل منظور نہیں۔ ہو بھی نہیں سکتا۔ صرف یہ کہنا ہے کہ ہوا سے پتوں کے متحرک ہونے سے ایک دوسرے شاعر نے ایک مختلف کام لیا ہے اور حس بیان کے لحاظ سے وہ کامیاب رہا ہے"۔

عملی تنقید کی ایک اور مثال ملاحظہ ہو

"بیڑی تھی رخ جنوں کی کاکل۔۔۔ پابوسی گل کو آیا سنبل

اس سے پہلے شعر میں کہا گیا ہے کہ بکاؤلی کے پیروں میں بیڑیاں ڈال دیں۔ اس شعر میں نہایت عمدہ شاعرانہ تعبیرات کے ذریعہ اس خیال کو ادا کیا ہے کہ وہ تو محبت کی زنجیروں میں خود گرفتار تھی۔ کاکلوں کو زنجیروں سے تعبیر کیا ہے۔ کاکلیں چہرہ پر بکھرتی ہیں۔ اس رعایت سے رخ جنوں کہا گیا ہے۔ پہلے مصرعہ میں "بیڑی" آیا ہے بیڑیاں پیروں میں ڈالی جاتی ہیں۔ اس نسبت سے دوسرے مصرعہ میں "پا" کا لفظ لایا گیا ہے۔ رخ اور کاکل پا اور پیروی میں مناسبت ہے۔ مگر ان سب رعایتوں سے بڑھ کر یہ تعبیر بے مثال ہے کہ اس کے پیروں میں بیڑیاں ڈالی گئیں، تو ایسا معلوم ہوا کہ گل کے پیر چومنے کے لئے سنبل نے اپنی لٹیں پھیلا دی ہیں۔ گل سے مراد بکاؤلی ہے اور سبنل (بالچھڑ) تو شعراء محبوب کی زلفوں سے اور گیسو سے تشبیہ دیتے ہیں اس نسبت سے اسے زنجیروں سے بھی تعبیر کرتے ہیں۔ (نسیم نے خود بھی کہا ہے: "مشکیں کس لی نہ تونے سنبل")۔ سنبل پھیل کر پھول کی شاخوں میں (یعنی پیروں) میں لپٹ جاتا ہے یعنی گل کے پیر چوم رہا ہے۔ بکاؤلی کے پیروں میں بیڑیاں بھی ایسی ہی معلوم ہوتی ہے جیسے اس کی قدم بوسی کے لئے آئی ہوں۔"(۱۶)

اس بازیافت میں بے شمار محاسن ہیں۔ اس کے ماخذ کے سلسلے کے مباحث گل بکاؤلی کے قصہ اور دیگر ہندوستانی قصوں کے درمیان مماثلتوں کی تلاش، معرکہ، چکبست و شرر میں جرأت مندانہ ایمانداری کے ساتھ محاکمہ اور دونوں کی انتہاپسندی کی نشاندہی، گلزار نسیم کے مختلف نسخوں کے درمیان اختلاف نسخ کی تشریح معانی و بیان کے ساتھ علم بدیع کی روشنی میں گلزار نسیم کی صنعتوں اور دیگر محاسن کا تذکرہ۔۔۔ یہ سب مل کر اس بازیافت کو نہایت اہم بناتے ہیں لیکن ان سب سے بالاتر وصف اصل متن، یعنی شیخ عزت اللہ بنگالی

کے فارسی کے متن کی پیشکش ہے۔ اس متن کا تذکرہ پڑھا اور سنا گیا مگر اسے دیکھنے کا شرف پہلی بار ملا۔

رشید حسن خاں کی عالی ظرفی قابل ستائش ہے۔ اس کتاب کا انتساب نیر مسعود کے نام ہے۔ انتساب عموماً دنیاوی فائدہ کے لئے کیا جاتا ہے۔ یہ انتساب علمی دیانت کا بھی مظاہرہ ہے اور اپنے سے کم عمر محقق کے لئے اعتراف خدمات کا درجہ رکھتا یہ۔ نیر مسعود بہت بڑے باپ کے بہت بڑے بیٹے ہیں اور بقول شخصے موتی لال نہرو کے جواہر لال نہرو ہیں۔ حالانکہ وہ فارسی کے فارس میدان کی حیثیت سے معروف ہیں لیکن اردو ادب کو بھی انہوں نے بہت کچھ دیا ہے۔ شاید گیان پیٹھ ایوارڈ سے بھی انہیں (اور ہم سب کو) اتنی مسرت نہ ہوتی جتنی گیان چند کے توصیفی کلمات اور رشید حسن خاں کے اس انتساب سے ہوئی ہے۔ اس انتساب کے لئے رشید حس خاں کو مبارک باد!

عالی ظرفی کے ساتھ وہ اعلیٰ اخلاقی جرأت بھی رکھتے ہیں۔ جس عربی عبارت کو وہ خود نہ پڑھ سکے تھے انہوں نے اس کے لئے بنارس کے ظفر احمد صدیقی سے مدد لی۔ ڈاکٹر ظفر احمد صدیقی نے شاعر کی نشاندہی کی اور اشعار نقل کر کے بھیجے۔ رشید حسن خاں نے ان کا شکریہ ادا کیا۔ اسی طرح وہ شعر نمبر ۱۳۰۔

دانا تھی جہل خانہ آئی۔۔۔ بگڑی ہوئی کو بنانے آئی

جہل خانہ کو جیل خانہ پڑھتے تھے۔ مولانا عرشی نے متوجہ کیا کہ پرانا لفظ جہل خانہ ہے۔ انہوں نے اپنی اصلاح بھی کی اور اپنی غلطی کا اعتراف بھی۔

ایک بات۔ اسے ایک ادنیٰ سے طالب علم کی تمنا سمجھنا چاہئے، اگر موصوف نے اس کی بھی وضاحت کر دی ہوتی کہ نسیم نے ہر جگہ قلم کی اہمیت کی طرف کیوں متوجہ کیا اور حمد باری کو قلم کا ثمرہ کیوں قرار دیا اور میر حسن نے ساقی کو کیوں مخاطب کیا ہے، تو کتنا

اچھا ہوتا! درسگاہوں کے لاکھوں اساتذہ انہیں دعائیں دیتے۔!

تحقیق میں توقیت نگاری دلچسپی پیدا کرتی ہے اور اس میں تاریخ کا سا مزا آنے لگتا ہے۔ راقم الحروف کو یہ لکھنے کا حق ہے اگر سلیقہ تحریر ہے تو اس طرح کی تحقیقی کتابیں پر اسرار اور تجسس سے بھری ہوئی ناولوں سے زیادہ دل کش اور دلچسپ ہوتی ہیں۔ کیونکہ ناولوں سے معلومات نہیں فراہم ہوتیں اور یہاں ہر جہا جہاں دیگر نظر آتا ہے۔ سلیقہ، تحریر کے لئے شائستہ مگر خوبصورت زبان ضروری ہے۔ رشید حسن خاں کے دو تین جملے ملاحظہ ہوں:

"بعض مقامات پر انداز بیان نے یہ صورت پیدا کر دی تھی کہ سخن فہمی پر طرف داری کا رنگ غالب آ گیا تھا"۔

"دونوں طرف سے ایسی تحریریں لکھی گئیں جنہیں پڑھ کر معقولیت کا سر شرم سے جھک جاتا ہے اور شائستگی آنکھیں بند کر لیتی ہے۔"

اتنی خوبصورت زبان لکھنے والا جب "استعمالات" لکھتا ہے تو ایسا معلوم ہوتا ہے جیسے ذوق سلیم کا اسپ صبا رفتار سکندری کھا گیا ہو۔ کیسے ان لوگوں سے شکوہ کیا جا سکے گا جو لفظوں کی "سینڈوچ" بناتے ہیں اور تیتر بٹیر زبان لکھتے ہیں۔

اسی طرح صفحہ ۲۹۹ پر "مختارات" کا لفظ ملا۔ ہو سکتا ہے کہ "مخترعات" کی کتابت کی غلطی ہو۔ یہ بھی ممکن ہے کہ راقم الحروف کو ناواقفیت کی بناء پر یہ لفظ کھٹکا ہوا۔ حالانکہ عبا بردوش و عمامہ بر سر افراد سے بھی اس طرح یہ لفظ سننے کو نہ ملا۔

ص ۴۰۵ پر ایک مصرعہ غلط درج ہو گیا۔ لکھا ہے کہ

ہر سخن موقع و ہر نکتہ مکانے دارد

دراصل یہاں لفظ "مقامے" ہے۔ میر انیس کا مشہور بند

"ہے کجی عیب مگر"۔۔۔الخ کی بیت ہے:

داند آنکس کہ فصاحت بکلامے دارد

ہر سخن موقع وہر نکتہ مقامے دارد

رشید حسن خاں کی مرتبہ کتابوں میں اغلاط تلاش کرنے پر بھی نہیں ملتیں لیکن ص ۱۶۰ پر شعر نمبر ۱۴۸ میں "چکھوں" کے بجائے "چھکوں" ہو گیا ہے۔

اشعار کے متن کے سلسلے میں کہیں کہیں ان سے اختلاف ہو سکتا ہے۔ مثلاً شعر نمبر ۱۲۰ میں "سلطنت ہی" کے بجائے "سلطنت ہے" مرجح معلوم ہوا۔ اسی طرح شعر نمبر ۱۹۷ میں دوسرا مصرعہ "تارے میں اتاروں آسماں سے" زیادہ اچھا لگتا ہے۔

استخارہ کے معنی (۱۲۷۰) لکھتے ہیں :

"کام کرنے یا نہ کرنے کے بارے میں غیبی اشارہ معلوم کرنا۔

(۱) عشاء کی نماز بعد دعائے استخارہ پڑھ کر اس امید میں سو جانا کہ خواب میں رہ نمائی ہو۔

۲۔ درود اور مقررہ دعا پڑھ کر تسبیح کا تھوڑا سا حصہ دونوں چٹکیوں سے پکڑنا اور دو دو دانے کر کے طرح دینا۔ آخر میں طاق سے اجازت اور جفت سے مخالفت کا حکم لگانا۔

۳۔ خاص دعا پڑھ کر قرآن کریم کھولنا اور مقررہ اصول کے مطابق حکم الٰہی دریافت کرنا۔ دیوان حافظ سے فال لینا ۱۹)

استخارہ کے اصل معنی ہیں طلب خیر۔ اس میں پہلے معنی پر القاء کا اطلاق ہو گا۔ دوسرے معنی میں دراصل استخارے کا ایک طریقہ ہے۔ تیسری شکل فالکی ہے، استخارہ کی نہیں۔ استخارہ کی ایک قسم ذات الرقاع کہلاتی ہے۔ ایک استخارہ سجادیہ ہوتا ہے۔

یہ کچھ فقرے اس لئے بھی لکھے گئے کہ اس اہم تحقیقی کارنامے کو صحیفۂ آسمانی نہ

سمجھ لیا جائے۔ ورنہ سچ تو یہ ہے کہ اس کتاب کا ایک ایک لفظ بکاؤلی کے پھول کی طرح ذوق سلیم کی آنکھوں کو ادبی بصیرت عطا کرتا ہے۔ تحقیق کی دنیا میں جو ایک طرح کا سناٹا سا ہو گیا تھا اسے رشید حسن خاں نے دور کیا ہے۔ وہ اردو تحقیق کی آبرو ہیں اور گلزار نسیم کی یہ بازیافت اردو تحقیق کا ایسا پھول ہے جن کی خوبی دلوں کو تسخیر کرتی ہے اور جس کی مہک لازوال ہے۔

اردو داستانیں

"اور انہیں منع کیا گیا تھا کہ وہ اس درخت کے پاس نہ جائیں" مگر وہ بہکاوے میں آئیں گے اور جیسے ہی اس درخت کے قریب آئے دونوں کے سر کھل گئے اور وہ پتوں سے اپنے جسم کو ڈھانکنے لگے۔ انہیں ندامت ہوئی کہ وہ سادرخت کے پاس کیوں گئے؟ کھلے ہوئے صریح دشمن کی باتوں میں کیوں آ گئے؟ انہوں نے توبہ کی۔ اور پھر انہیں دنیا میں بھیج دیا گیا۔

لیکن وہ درخت کیسا تھا؟ کیا وہ شجر حیات تھا یا شجر شباب یا شجر حسہ؟ اس کی وجہ سے شتر کیوں کھل گیا؟ اگر اس درخت کو ہی تسخیر کلیا ہوتا تو یہ ندامت نہ ہوتی اور اس طرح سے نکالے نہ گئے ہوتے مگر اب جب یہاں آہی گے ہیں تو اس مکار کی دلفریب باتوں میں نہ آنا چاہئے اس لئے لڑنا چاہئے تاکہ پھر ستر نہ کھل جائے۔

اردو داستانوں کا محور خیر و شر کی یہی معرکہ آرائی اور تسخیر فطرت کی یہی کوشش ہے یعنی شجر حیات کا راز جانے کی تمنا اور تڑپ اور پلکوں پر سجے ہوئے خوابوں کی تعبیر پا لینے کی آرزو۔

اس روشنی میں کسی داستان پر نظر ڈالئے یہ معلوم ہو گا کہ ایک طرف خیر کی طاقت شر سے نبرد آزما ہے دوسری طرف خیر کی قوتیں اس کائنات کی تسخیر کرنا چاہتی ہیں اس

راز کو معلوم کرنا چاہتی ہیں جو راز نہ جاننے کی وجہ سے ندامت کا سامنا کرنا پڑا تھا۔ راز جاننے کی یہ کوشش اپنا آئیڈیل بھی رکھتی ہے اور یہ آئیڈیل ہے۔ زندگی کو حَسین سے حَسین تر بنانا اور انسانی عظمت کا اعلان۔ یہ جو طلسمات کی معرکہ آرائیاں ہیں یہ جو پہاڑ ریزہ ریزہ ہو جاتے ہیں دریا خشک ہو جاتے ہیں، ریگستان میں سمندر کا تموج پیدا ہو جاتا ہے درخت بولنے لگتے ہیں پھر شعلہ صفت بن جاتے ہیں۔ افراسیاب ہزاروں میل کے فاصلے تو چشم زدنی میں طے کر لیتا ہے۔ عمر و عیار گلیم کے ڈرامہ سب کی نظروں سے او جھل ہو جاتا ہے تخت رواں فضاء میں پروانہ کرتا ہے۔ یہ سب اور اس قبیل کے ہزارہا واقعات تسخیر فطرت و تسخیر زماں و مکاں کا عمل انجام دیتے ہیں وَیہ جادوگر ہوں یا عامل یا خدا پرستوں کی صف میں شامل ہونے والے جادوگر۔ یہ سب کسی نہ کسی نہج سے تسخیر کائنات یا تسخیر فطرت کے عمل میں مصروف نظر آتے ہیں۔

نمبر ا و نمبر ۲ پر طلسم ہوشربا کے کردار ہیں۔

اب فرق یہ ہے کہ اس تسخیر فطرت کا کوئی مقصد ہونا چاہیئے، اگر یہ تسخیر انسانی عظمت کا اعلان نہیں کرتی۔ اسے دنیا میں جھگڑنے والا۔ خود پرست خونی بہانے والا، انسان کے اقتدار کو انسان پر مسلط کرنے والا بنا دیتا ہے اور پر فریب ماحول کی تخلیق کرتی ہے تو تسخیر فطرت کی یہ کوشش شر ہے۔ لیکن یہ شر بالکل اسی طرح نظر آتا ہے جس طرح ساحری کا سنہرا بچھڑا بولتا تھا۔ با جس طرح فرعون کے جادوگروں نے لکڑی کے سانپ بنا کر اس کے اندر پارہ بھر دیا تھا اور وہ شعاع آفتاب پڑتے ہیں ذرا سی گرمی کی وجہ سے متحرک ہو کر سانپ کس طرح رینگنے لگتے تھے اور فریب نظر کی کیفیت پیدا کر رہے تھے۔ اس فریب کو ٹوٹنا چاہیئے، ظاہر ہے کہ جب فریب کی دنیا ٹوٹتی ہے تو طلسم ٹوٹتا ہے اور یہی کام طلسم کشا انجام دیتا ہے اور شر ہو یا فریب یا طلسم اسے توڑنے والا خیر کی غیبی

طاقتوں کا نظر کر دہ ہی ہو سکتا ہے۔

اس طرح تسخیر فطرت اور خیر و شر کے تصادم کا عمل ایک دوسرے سے جڑا ہوا ہے۔ تسخیر فطرت کے جس مقصد کی بات ہو رہی تھی وہ مقصد زندگی کو خوبصورت بنانا ہے اور زندگی کو حَسین بنانے کے لئے کچھ خواب دیکھنے ضروری ہیں۔ تو خوابوں کا ایک جزیرہ بھی ہونا چاہئے۔ رنگ برنگی تتلیوں کا۔ اسی تتلیوں کا۔ جن کا مشاہدہ ممکن نہیں ہے اور جب مشاہدہ نہیں ہو سکتا تو پھر تجربے کا سوال ہی نہیں پیدا ہوتا۔ لیکن اگر ان تتلیوں تک پہونچنا ہے تو پھر جو بھی دشواریاں ہوں گی ان پر بھی قابو پانا ہوگا۔ کوئی اور مخلوق بھی ہو سکتی ہے جو ان تتلیوں کو پکڑنا چاہتی ہے لیکن وہ ہماری طرح نہیں ہو سکتی اس کے سر پر سینگ ہو سکتے ہیں وہ ہم سے کئی گنا طاقتور ہو سکتے ہیں۔ منہ سے آگ نکل سکتی ہے وہ مختلف پیکروں میں اپنے کو ظاہر کر سکتے ہیں لیکن کچھ بھی ہو۔ ہم انسان ہیں ہمارے پاس عقل ہے ہم اس مخلوق کو تتلیاں نہیں پکڑنے دیں گے۔ یہ تتلیاں تو ہماری ہیں۔

اب یہ نئی دنیا جس میں دیو، جن اور پریاں ہیں، یہ دنیا بھی ہمارے خوابوں کی تعبیر کی ایک شکل ہے۔ یہ تسخیر فطرت بھی ہمارے وہ خواب ہیں جنہیں آج ہم بہت ساری اشیاء میں حقیقت کی شکل میں دیکھتے ہیں۔

ہیگل نے کہا تھا تخلیق کا کار تخیل معمار کی تعمیر پر تفوق رکھتا ہے۔ آج مزائل، ہائیڈروجن بم، طیارے، آبدار کشتیاں، راکٹ، خلائی جہاز، ٹیلی ویژن، یہ سب ہمارا کل کا خواب تھے۔ وہ چاہے ملکہ براں کا اختر مروارید ہو یا باغ سیب میں افراسیاب کا آئینہ جمشیدی یا فضاء میں پرواز کرنے والے جادوگر۔ "زمین پر تھپکی دی اور دوسرے لمحے فضاء میں بلند ہوئی اور پھر بادلوں میں غائب ہوگئی"۔ ماضی میں یہ انسانی تخیل کے خواب آج کیا حقیقت نہیں بن گئے ہیں؟

آج خلاء میں جو فضائی کشتیاں ہیں وہ یہی تو ہیں جو نت نئی رنگین و تباہ کن ایجادات ہیں۔ انہیں خوابوں میں کی تو ایک لقد پر بالتعبیر سمجھنا چاہئے۔ یہی تعبیر جو مکمل خواب تھی آج سائنسی ارتقاء کے معزز لقب سے سرفراز ہے۔

لیکن داستانوں کا مطالعہ کرتے ہوئے اس پہلو کو بھی یاد رکھنا چاہئے کہ کہیں اگر انسان سے اس کے خواب چھن گئے ہوئے تو زندگی کتنی بے کیف بے رنگ اور بے مزہ ہوتی اور یہ ارتقاء کی کہانی آج نہ ہوتی۔ ایک بے کیف جمود، اکتا دینے والا ٹھہراؤ اور یکسانیت سے لبریز فضاء۔ انسان کا مقدر ہوئی! لیکن خیر و شر کی کشمکش تسخیر فطرت کا جذبہ اور خواب کی تعبیر پالینے کی تمنا۔ یہ وہ تین گوشے تھے جنہوں نے زندگی کو بچالیا۔

ان تینوں گوشوں پر جب غور کیا جاتا ہے تو پتہ چلتا ہے کہ بہر حال ان کا تعلق تخیل سے ہے لیکن تخیل کا ملکہ انساں کے پاس ہوتا ہے اور انساں ایک دوسرے کے ساتھ رہتے ہیں۔ ان کا اپنا ایک طرز بود و ماند ہوتا ہے ان کی تخیل بھی ان کی معاشیات اور معاشرت سے وابستہ ہوتی ہے۔

چار ہزار پانچ سو سال قبل مسیح جب شاہ خامغرمی کی داستا لکھی گئی تو اسوقت تخیل میں اتنی ہی پرواز تھی کہ بادشاہ کی بیوی اپنے غلام سے پھنس جائے ناؤ لنگر سے ٹھہری ہوئی ہو۔ بی بی اٹکی ہوئی ہو نوکر سے اور ویدوں کے عہد میں انسانی تخیل یہاں تک آیا کہ ایک برہمن دانشور خود کو کوڑھی بنائے ہوئے ہے اور آگے بڑھے تو یہ تخیل جانوروں کیو حکایات سنانے یا حکایات السبب میں انسانوں کی طرح بولنے پر غاب کرتا رہا البتہ مہرشی ویاس نے عالمی ادب میں پہلی بار انسانی تخیل کو بے پناہ وسعت عطا کی اور یہ سمجھایا کہ ایسے قصوں کو بے معنی اور لایعنی نہ سمجھو جن کی بنیاد تخیل پر ہو۔ بلکہ ان میں زندگی کے بنیادی رموز و نکات تلاش کرو۔ تمہاری سمجھ میں آجائے گا کہ انسان اپنے کرموں کا پھل

بھوگتا ہے اور ہر فرد کو اپنے دھرم کا پالن کرنا چاہئے۔ لیکن مہابھارت کی یہ تخیلی وسعت اپنائی نہیں جاسکتی تھی یہ عروج تھا۔ اعتقاد کے آئینہ میں تخیل کی صورت گری کا۔ اس لئے تخیل نے دوسرا راستہ اپنایا۔ تخیل نے ایک روح کو دوسرے کے قالب میں جاتے ہوئے دیکھا۔ کہیں کوئی درخت سے الٹا لٹک گیا اور طوطا بن کر دانشور ہو گیا۔ کہیں آدھا دھڑ انسان کا اور آدھا حیوان کا ہو گا۔ ایسا محسوس ہونے لگا جیسے تخیل میں ایجاد و اختراع باقی نہ رہ گیا شاید اس کا سبب بھی تھا اور وہ یہ کہ چراگاہی دور میں انسانی فکر صرف یہی چاہتی تھی کہ اچھا آدمی بننے کے لئے اور زندگی کو حَسین سے حَسین تر بنانے کے لئے اخلاقیات کا سہارا کافی ہے۔ اس اخلاقیات میں ایجاد و اختراع اور امور فطرت کا انکشاف نہ تھا۔ مگر ان سب کا میں وہ طرز معاشرت ضرور تھا جس معاشرت میں یہ لوگ سانس لے رہے تھے۔ وہ تہذیب بھی تھی جو انھوں نے اپنائی تھی۔ فنون لطیفہ سے ان کی وابستگی کا اظہار بھی تھا۔ فن تعمیر مصوری باغبانی۔

مصر کی داستانوں میں گل گاش کا ذریعہ بہت مشہور ہے جس میں انکدو کے محاربات، سبابا کا قتل اور عشتار سے محبت ملتی ہے۔ لیکن سب سے اہم نکتہ شجر جنات کی تلاش ہے اور شجر جنات کے بجائے سجر شباب کا ملنا ہے اور وہاں بھی بیٹھا ہوا ایک سانپ۔

یہ پہلی داستاں تھی جس نے حیات انسانی کے رموز کو ظاہر کرنے کے لئے ایک لطیف سا پردہ ڈال دیا۔ یہ اس طرح کا پردہ تھا کہ دونوں تصویریں متوازی ملتی تھیں۔ اسی کو بعد میں تمثیل کا نام دیا گیا جہاں دو معنی متوازی طور پر چلتے ہوں۔ چونکہ انساں ازل ہی سے شجر شباب سے دھوکا کھا چکا تھا اس لئے اس نے شجر جنات کی تلاش شروع کر دی۔ وجہی نے سب اس میں اسی شجر حیات کو آب حیات کے تصور میں پیش کرتے ہوئے تمثیلی رنگ اختیار کیا اور بنیاد ہی محور حُسن اور عشق کو رکھا۔ یقیناً اس میں تصوف کے

مراحل ہیں لیکن صرف یہ بات عرض کرتی ہے کہ حُسن کا یہ تصور زندگی کو خوبصورت بنانے کی تڑپ اور تمنا کا دوسرا نام ہے۔

اردو داستانوں کا مطالعہ کرتے ہوئے یہ پہلو یقیناً پیش نظر رہنا چاہئے۔ عام طور پر سرسری نظر ڈالنے والے انہیں کبھی بے سروپا قصہ کہتے ہیں کبھی زوال آمادہ تہذیب کی یادگار کہتے ہیں اور کلیم الدین احمد کی طرح آگے بڑھتے ہیں تو انہیں خط و مسرت و انبساط کی شیئے کہہ کر خاموش ہو جاتے ہیں۔ گیان چند اور وقار عظیم اسے ہماری تہذیبی وراثت قرار دیتے ہیں ممتاز حسین خود کو تصوف کے باغ اور مشن کی بہار میں محصور کر کے باغ و بہار کی جادو بیانی ہی کو سب کچھ سمجھ لیتے ہیں۔

آیئے دیکھیں کہ اردو داستانوں کی دنیا میں کتنی وسعت ہے۔ اردو کی بنیادی داستانیں تو یہ ہیں۔

آرائش محفل، انشائے گلشن نو بہار، مستانہ عجائب، سب اس لقمہ مہر افروز و بر، ملک محمد گیتی افروز، باغ و بہار (چہار درویش) رانی کیتکی کی کہانی گل بکاؤلی، گل صنوبر، داستان امیر حمزہ، معہ متعلقات، بوستان خیال۔

ان داستانوں میں الف لیلہ کو شامل نہیں کیا گیا کہ اس کا تعلق براہ راست ہندوستانسے نہیں ہے۔

متذکرہ بالا داستانوں میں جو پہلو ملتے ہیں ان کی طرف صرف اشارے کئے جارہے ہیں لیکن اس سے پہلے ایک گوشہ کی طرف متوجہ کرنا ضروری ہے۔ کبھی کبھی ایسا ہوتا ہے کہ ہمیں حرکت پیدا کرنے کے لئے یا کسی کو راہ راست پر لانے کے لئے دوسروں کو واقعات سنانے پڑتے ہیں۔ یہ واقعات آئیڈیل ہوتے ہیں۔ ان میں مبالغہ ہوتا ہے مگر یہ مبالغہ مستحسن ہے اس لئے کہ اس کا مقصد زندگی کو بہتر بنانا ہے۔ ۱۸۵۷ء کے بعد

معاشرے میں انحطاط آیا تھا اسی انحطاط پذیر دور میں داستانیں اس لئے سنائی جاتی تھیں کہ دوڑے تو ایک بار رگوں میں تیزی سے خون محرومی

ہو سکتا ہے کہ یہ داستانیں۔۔۔۔۔ کی چکی لے کر لکھی گئی ہوں لیکن ان میں کہیں نہ۔۔۔۔۔ ہیں اور ان کے اثرات ایندنی بنے کی ترغیب دیتے ہیں۔ ہر تو قوت عمل کو ابھارتی ہیں۔ اور جو "بازیاں" اس دور میں رائج تھیں ان بازیوں سے منحرف کرنے کا گر جانتی ہیں۔ اس لئے کہ محاریات مشکلات کا سامنا کرنا حالات سے لڑنا، منزل مراد تک پہنچنے کے لئے اپنی صلیب اپنے کاندھوں پر اٹھائے چلنا۔ اس طرح کے واقعات اور یہ طرز تحریر کسی معاشرے کو سلاتے نہیں۔ جگاتے ہیں اور طلسم کشاؤں کے واقعات تو صاف صاف بناتے ہیں کہ زیادہ سونا اسی طرح مدت کی علامت ہو گی جس طرح جادوگروں کی مدت واقع ہوگئی۔

ضمناً یہ پہلو عرض کیا گیا ہے اب ذرا اس پر نظر ڈالی ج ائے کہ داستان ہے کیا۔ داستاں کے لغوی معنی نغمہ کے ہیں لیکن عام طور پر اس سے مراد طویل قصہ ہوتا ہے۔

اردو میں دو اصناف ایسی ہیں جو نگارش سے بھی تعلق رکھتی ہیں۔ مگر "تفنن" سے جن کا تعلق زیادہ ہے۔ یہ اصناف داستان اور مرثیہ ہیں۔ داستان گوئی ہو یا مرثیہ نگاری۔ یہ دونوں کہنے کے فن ہیں اور جب کوئی بات کہی جاتی ہے تو اس کے لئے سننے والا کا ہونا لازمی شرط ہے۔ کہنے کا فن ایسا ہونا چاہئے کہ سننے والا اپنی ذات کو بیان کی ہوئی باتوں سے الگ نہ سمجھے بلکہ خود کہنے والے کے ساتھ ساتھ رہے۔ اس کو ارسطو نے ڈرامہ کے ضمن میں خطابت سے تعبیر کیا ہے۔ داستاں گوئی بھی ڈرامہ کا فن ہے اس میں بھی خطابت ہے اور اس لئے داستاں کا امتیازی وصف اس کی ڈرامائیت ہے۔ کہیں یہ نہیں معلوم ہو گا کہ واقعات بیان کئے جارہے ہیں بلکہ ایسا معلوم ہوتا ہے جیسے سب کچھ نظروں کے سامنے ہو

رہا ہے۔ ہماری چشم گناہگار پر منظر تو دیکھ رہی ہے۔ یہ ملکہ بہار آئی، اس نے گلے سے ہار اتارا۔ ٹھنڈی ٹھنڈی ہوا چلی۔ بہار نے مخالف پر پھولوں کا ہار پھینکا اور وہ دیوانہ ہو گیا۔ اس طرح کا طرز تحریر ایک خاص طرح کے لہجہ کا مطالبہ کرتا ہے۔ ایسا لہجہ جو ادا کیا جاسکتا ہے۔ سن کر وہ غازی مرد نعرہ بھرتا ہوا چلا"۔ "برس دن کا ہر جے مرجے کھینچتا ہوا شیر نمبروز پہونچا۔"

اس طرح کی بھارت میں رستمرار ہے۔ ماضی نہیں۔ "تھا" نہیں بلکہ "ہے" اور یہ لہجہ اس طرح کے الفاظ کی نشست کا مطالبہ کرتا ہے کہ اسے پڑھا جائے تو ایسا معلوم ہو کہ بولنے والے کی آواز کانوں میں گونج رہی ہے۔ لفظوں کی نشست سے بولنے والے کے لہجہ کا یقین ہو جائے۔ اس لئے اس طرح کی عبارت لکھنے والے کو صناعی کا شعور بھی ہونا چاہئے اور یہی وجہ ہے کہ پرامن ہوں یا سرور یا جاہ و قمر یا منشی رتبہ پرشاد ان سب کے پاس منشر میں صناعی کا تصور ہے۔

داستانوں میں صناعی سے انکار نہیں کیا جاسکتا۔ البتہ ان کے صناعی کے تصور سے اختلاف ضرور ممکن ہے۔ مثلاً جب علی بیگ سرور کی صناعی۔ کسی عروس کو اتنے قیمتی کپڑے پہنانے کے مترادف ہے کہ صرف کپڑا ہی نظر آئے۔ دل آویز خطوط جسم چھپ جائیں۔ لیکن اس کپڑے کی قدر و قیمت کو کم نہیں کیا جاسکتا۔ بہر حال وہ کپڑا خوبصورت ہے اور سرور کی صناعی داستا کا جزو اعظم ہے۔

اس طرح داستان کے اسلوب کا امتیازی وصف اس کا لہجہ اس کی ڈرامائیت اور اس کی صناعی کی ہے۔ جس طرح اس مضمون کا آغاز۔ ایک شجر سے ہوا تھا لیکن اس میں بہت ساری شاخیں نکل آئیں بالکل اسی طرح ہر داستاں کا بنیادی حصہ ایک ہوتا ہے مگر اس میں متعدد شاخیں نکل جاتی ہیں۔ اس لئے داستان کے لئے یہ ضروری کہ وہ قصہ در قصہ ہو۔

کیونکہ یہی قصہ در قصہ ہونا زندگی کے تنوع اور رنگارنگی کی دلیل بن جاتی ہے۔

جیسا کہ عرض کیا گیا۔ داستانیں خوابوں کے جزیرے میں پلتی ہیں۔ اور خواب کی بنیادیں تخیل کی جولانی ہوئی ہے۔ اسی خواب اور تخیل کی جولانی کو خون فطرت کہا جاتا ہے اور خون فطرت سے مراد کچھ جادوگری۔ کچھ سحر و ساحری، کچھ غیر انسانی مخلوق سے نبرد آزمائی بھی ہے۔ لیکن ایسا ہمیشہ نہیں ہوتا۔ باغ و بہار میں پہلے درویش کی سیر میں ایسا کچھ نہیں ہے۔ لیکن اس میں خواب ہیں۔ سوداگر زادے کو شہزادی و عشق مل جاتی ہے خواب دیکھتا ہے تو کہ فیصل سے جو صندوق اترتا چلا آتا رہا ہے اس میں دولت ہو گی لیکن نکلتی عورت ہے۔

داستان کے دو امتیازی اوصاف اخلاقیات اور جمالیات ہیں اس کی جمالیات میں حُسن اور اظہار عشق پر کوئی پابندی نہیں اور اس کی اخلاقیات میں نہ نذیر احمد کا وعظ ہو گا اور نہ راشد الظہری کا لکچر۔ بلکہ اس کی اخلاقیات کا محور انسانی اقدار کا تحفظ اور خود پرستی کے حصار کو توڑنا ہو گا۔

ان داستانوں میں صرف خیال کی کرشمہ سازیاں تھیں ان میں علوم و فنون کا ایک سحر ذخار ہے۔ بوستان خیال کے ترجمہ میں خواجہ امان نے صدائق الانظامیں داستان کی جو شرائط گنوائی ہیں ان میں اس بات پر بھی زور دیا ہے کہ داستان میں تاریخ کا مزہ آجائے اور علاوہ ازیں بے جدو۔۔۔۔ مسائل جو علم نجوم سے متعلق ہیں انہیں بھی پیش کیا ہے جسے بوستان خیال میں حکیم استلینوس نے طلسم اجرام و اجسام ترتیب دیا ہے۔ حکیم قرطاس الحکمت اس طلسم کے سربراہ ہیں۔ حکیم ابوالمحاسن اور کلیم ترشی جان اس کے نگراں ہیں۔ پورا طلسم کا فلسفہ، عناصر کا اسقل السافلین سے احسن تقدیم تک کا سفر ہے اور عناصر اربعہ کی جگہ سات عناصر اور سات مراحل نظر آتے ہیں۔ طب کے سینکڑوں

مسائل طلسم ہوشربا میں بھی ملتے ہیں اور دوسری داستانوں میں بالخصوص باغ و بہار میں۔
مثلاً نمرود کے قصے میں "سادھو کے ذکر میں" کنکھجورا ذراسی گرمی پاکر نکل آتا ہے۔

یہ درست ہے کہ فلسفیانہ مسائل مثلاً روح الاما دے کا ربط تبدیل قالب کے واقعات، حقیقت مطلقہ کی تلاش ان سب کا بیان سرسری ہوتا ہے لیکن جہاں تصرف کا ہے وہاں نہایت گہرائی کے ساتھ مراحل عشق کا بیان ملتا ہے۔ سب رس، تو ہے ہی، باغ و بہار میں تصور توسل ملتا ہے بغیر توسل کے مشکل کشائی ممکن نہیں اور یہ وسیلہ مشکل کشا کا ہے جس کے بغیر کوئی منزَ مراد تک نہیں پہونچتا۔ راہ عشق کے سالک جب ہلاکت میں گھر جاتے ہیں تو مشکل کشا ہی ان کی رہنمائی کرتے ہیں۔

ان داستانوں میں اپنے ملک کی تہذیبی اقدار تو ملتی ہی ہیں کھانے کی تفصیل، زیورات کی تفصیل، پشدلی کی تفصیل وغیرہ بھی ہیں اور دوسرے ممالک کے بارے میں بھی اہم معلومات حاصل ہوتی ہیں۔ باغ و بہار میں آذر بائجانی نوجوان کی سرگذشت میں درج ہے کہ جب اس کی بیوی مر گئی تو عورتیں برہنہ ہو کر اس کے سامنے آئیں اور اسے اور اس کی مردہ بیویوں کو کھانے پینے کے سامان کے ساتھ قبرستان نماشئے میں بھیج دیا گیا۔ ابن بطوطہ نے ۱۳۲۴ھ میں اپنے سفر نامہ میں چین اور سوڈان کا ذکر کرتے ہوئے لکھا ہے کہ یہاں مردے کے ساتھ زندہ کو بھی کھانا پانی دے کر بھیج دیتے تھے۔ یہ زندہ کو بھی مردہ بنانے کی ترکیب تھی۔ سوڈانی میں بھی عورتیں اسی طرح برہنہ ہو جاتا کرتی تھیں جیسے باغ و بہار میں نظر آتی ہیں۔

داستانوں کی تحقیق دیتا کے حکیم قسطاس پروفیسر گیان چند سے تسامح ہوا جب انہوں نے لکھا کہ داستانوں میں صرف امراء اور جاگیرداروں کے کردار ملتے ہیں۔ اس میں بھے لئے، چڑی مار، بونٹ اکھاڑنے والے، کلدل، فلوارنین، سنکرنیں، داوم مراثی، بھگتے، خیاط

غرض کہ ہر پیشے کا فرد ملتا ہے۔ اور حیرت ہوئی ہے جب وہ جادوگروں کا مرکز و محور لونا چارتی دکھائی دیتی ہے، اس دور میں جب پسماندہ اقدام کی سطح بلند کرنے کی بات ہو رہی ہے۔ ہماری داستانوں میں جب کسی جادوگر پر برا وقت پڑتا تھا تو وہ ابگاری دے کر اس طرح لوناچاری کو بلاتا تھا۔

ارمل، خرمل، بنتا میتا، لوٹک لوٹا، جھٹک جھوٹا بلاؤ لوٹا حچاری کو۔ جادوگری کی دنیا میں۔۔۔۔۔۔ صرف طلسم ہوشربا میں تک محدود نہیں ہے۔

بہت سارے گوشے ترک کرتے ہوئے ایک آخری پہلو پیش کرنا ہے کہ لکھنؤ پر لکھی گئی داستانوں پر عزیز احمد اور حسن عسکری نے بہت ہی پھوہڑپن سے طوائفیت کے معاشرے کا الزام لگایا ہے۔ لکھنوی داستانوں میں سب سے اہم طلسم ہوشربا ہے اس میں کوئی عورت بھی نہ بدکار ہے اور نہ بد چلن، نہ آوارہ نہ فلرٹ کرنے والی۔ یہ سب جہاں عشق کرتی ہیں اور اپنے محبوب کے لئے اپنی جان تک دینے پر آمادہ ہیں وہیں ان میں ہندوستان کی راجپوت خواتین اور بیگم حضرت محل، اہلیا بائی، چاند بی بی، حیات بخشی بیگم، مخدومہ، جہاں کی طرح بہترین انتظامی صلاحیت بھی ہے اور اپنے ماحول کے فن سپ گری سے یہ واقف و باخبر ہی نہیں ماہر بھی ہیں۔ انہوں نے اپنے اپنے نام کی مناسبت سے عناصر کی تسخیر کی ہے۔ ملکہ بہار رنگ و بو کا پیکر ہے۔ اسی کی تسخیر کی ہے۔ لاکھوں سے لڑتی ہے۔ ملکہ براں کا احترام وارید کون فراموش کر سکتا ہے۔ ملکہ مجلس گڑیوں سے سحر کرتی ہے۔ برق الامع کڑک کر گرتی ہے۔ مخدوم مدہوش کر دیتی ہے یا ان زمین کن زمین کے طبقات کو توڑتی ہوئی نکلتی ہے یہی نہیں افراد سیاب کی زوجہ ملکہ حیرت وہ بھی مضبوط کردار کی ہے۔ باغ و بہار کی شہزادی و عشق کے شربت ورق اطیال استعمال کرنے پر تمام داستانوں کی عورتوں پر عیاشی کا لیبل لگا دینا محض ادبی بد دیانتی ہے۔ جو معاشرہ پیش کیا گیا

ہے وہ متوازن ہے۔ آج ہم عورتوں کے حقوق کے تحفظ اور ان کو سماج میں برابر کا درجہ دینے کی بات کر رہے ہیں۔ انیسویں صدی کے معاشرے میں ہمارے داستان گو اس معاشرے کا خواب دیکھ چکے تھے۔

داستانوں میں تہذیبی وراثت ایک نسل سے دوسری نسل تک منتقل ہوتی ہے۔ داستان نے ہماری تہذیب کے روش نقوش کو تسلسل عطا کیا ہے ان فصلوں کے پیچھے ہمارا سیاسی انحطاط، ہمارا نفسیاتی اضمحلال بھی چھا ہوا ہے اور ہمارے تاریخی پس منظر کا وہ کرب بھی جسے ہمارا تخلیق کار محسوس کر رہا ہے۔ یہ کہا جاتا ہے کہ تاریخ میں سنینن کے علاوہ سب غلط ہوتا ہے لیکن قصہ میں تاریخ کا دل دھڑکتا ہے اس میں سنیسن نہیں ہوتے زمانے کے ساتھ دل کی دھڑکنیں ہوتی ہیں اسی لئے کوئی بھی مذہب ہو۔ یہاں تک کہ دور حاضر کے غیر مذہبی تصورات کا نظریہ ہو۔ سب کی بنیاد میں قصہ ہے۔ یہ قصہ نہ ہو تو حیات سچ مچ دیوانے کا خواب ہو جائے قصہ گوئی کے اس فن میں ن اول اگر ادبی دنیا کا سفر ہے تو داستاں ادبی دنیا کا افضل، سفر میں منزل کی جہت وسخت تعین ہوتی ہے۔ مگر اس میں بے خودی اور شرمساری وم دہوش کن کیفیت نہیں ہوتی۔ لیکن رقص میں بس دائرہ ہوتا ہے۔ کب رقص تھم جائے گا نہیں معلوم، گھنگھروؤں کی جھنکار، سرشاری اور نشے میں ہوش کی کیفیت پیدا کرتی رہتی ہے رقص کا ہر بھاؤ کچھ نہ کچھ ضرور کہتا ہے۔ اس کے پس منظر میں کوئی نہ کوئی قدر ضرور ہوتی ہے داستاں بھی رقص ہے۔ اس کے اسلوب کے گھنگھروؤں کی جھنکار بھی محویت پیدا کرتی ہے ایک کیفیت سے سرشار کرتی ہے۔ لیکن جس طرح آپ رقص میں بھاؤ دیکھتے ہیں اسی طرح داستاں پڑھتے وقت اس کے بھاؤ یعنی اس کے پیچھے چھپے ہوئے تصورات کو بھی فراموش نہ کیجئے۔

شمس الرحمن فاروق لکھتے ہیں۔

"داستاں کا مطالعہ اس لئے ضروری ہے کہ یہ ہماری تہذیبی میراث اور ادبی میراث کا گراں قدر حصہ ہے کیا یہ لحاظ کیفیت، کیا یہ لحاظ کمیت۔ داستاں امیر حمزہ (نولکشوری) کی ۴۶ جلدیں جو تقریباً ۵۰ ہزار صفحات پر مشتمل ہیں دنیاں کے داستانی ادب اور نثری ادب میں ممتاز مقام کی مستحق ہیں۔ داستان کا مطالعہ اس لئے بھی ضروری ہے کہ اس کے بغیر بیانیہ کی کوئی قابل ذکر تھیوری مرتب نہیں ہو سکتی۔ بیانیہ کے بار رسمیں سجائے جو خیالات ہیں وہ مغربی نظریات کے اس حصہ سے ماخوذ ہیں جن کا تعلق ناول کے نظریات سے ہے بھی ان نظریات سے جن کا تعلق ہنرمی جمیز اور پھر سی لیوپک کی تحریریں ہیں ظاہر کہ اپنے مختصر سرمائے سے کوئی سیر حاصل نظریہ نہیں ہو سکتا۔

داستاں کا مطالعہ اس لئے بھی ضروری ہے کہ اردو کا جدید فکشن آج جس Dilemma گرفتار ہے اس سے نجات کا ایک راستہ بیانیہ کی وہ سکلین ہیں اور وہ امکانات ہیں جن کا پتہ داستاں سے لگتا ہے داستاں صرف اس چیز کا نام نہیں جس میں "اے عزیز" اور پھر وہ گویا ہوا" پہلے وہ رویا پھر ہنسا" وغیرہ اور مختلف Archaic فقرے سے استعمال ہوتے ہیں داستاں کی چوری شعریات ہے اور اس سے واقفیت ضروری ہے۔

داستانوں کے مطالعہ کے لئے فاروقی کے پیش کردہ یہ پہلو بہت اہم ہیں اسی کے ساتھ داستانوں نے یہ بھی بتایا ہے کہ صرف جمالیات ہی زندگی نہیں ہے بلکہ جمالیات کی بھی اخلاقیات ہوتی ہے اور اگر اخلاقیات میں جمالیات نہ ہوتی تو پھر وہ لاحاصل گفتگو بن جاتی۔

اس طرح داستانیں اخلاقی جمالیات کا اور جمالیاتی اخلاقی کا تصور پیش کرتی ہیں۔

***